KB180528

『경성일보』 문학·문화 총서 ❻

조선인 작가 작품 선집 **영원한 여성 외**

〈『경성일보』 수록 문학자료 DB 구축〉 사업 수행 구성원

연구책임자

김효순(고려대학교 글로벌일본연구원 교수)

공동연구원

정병호(고려대학교 일어일문학과 교수)

유재진(고려대학교 일어일문학과 교수)

엄인경(고려대학교 글로벌일본연구원 부교수)

윤대석(서울대학교 국어교육과 교수)

강태웅(광운대학교 동북아문화산업학부 교수)

전임연구원

강원주(고려대학교 글로벌일본연구원 연구교수)

이현진(고려대학교 글로벌일본연구원 연구교수)

임다함(고려대학교 글로벌일본연구원 연구교수)

연구보조원

간여운 이보윤 이수미 이훈성 한채민

주관연구기관

고려대학교 글로벌일본연구원

조선인 작가 작품 선집

영원한 여성 외

진학문 · 이석훈 · 이무영 지음 | 윤대석 옮김

역락

〈『경성일보』 문학 · 문화 총서〉 기획 간행에 즈음하며

본 총서는 고려대학교 글로벌일본연구원에서 한국연구재단 토대연구사업(2015.9.1~2020.8.31)의 지원을 받아 〈『경성일보』 수록 문학자료 DB 구축〉 사업을 수행하는 과정에서 발굴한 『경성일보』 문학·문화 기사를 선별하여 한국사회에 소개할 목적으로 기획한 것이다.

조선총독부의 기관지로서 일제강점기 가장 핵심적인 거대 미디어였던 『경성일보』는, 당시 정치, 경제, 문화, 사회 지식, 인적 교류, 문학, 예술, 학문, 식민지 통치, 법률, 국책선전 등 모든 식민지 학지(學知)가 일상적으로 유통되는 최대의 공간이었다. 이와 같은 『경성일보』에는 식민지 학지의 중요한 한 축을 구성하는 문학·문화의 실상을 알 수 있는, 일본 주류 작가나 재조선일본인 작가, 조선인 작가의 문학이나 공모작이 다수 게재되었다. 이들 작품의 창작 배경이나 소재, 주제 등은 일본 문단과 식민지 조선 문단의 상호작용이나 식민 정책이 반영되기도 하고, 조선의 자연, 사람, 문화 등을 다루는 경우도 많았다. 본 총서는 이와 같은 『경성일보』에 게재된 현상문학,

일본인 주류작가의 작품이나 조선의 사람, 자연, 문화 등을 다룬 작품, 조선인 작가의 작품, 탐정소설, 아동문학, 강담소설, 영화시나리오와 평론 등 다양한 장르에서, 식민지 일본어문학의 성격을 망라적으로 잘 드러낼 수 있도록 구성하였다. 아울러 본 총서의 마지막은 〈『경성일보』 수록 문학자료 DB 구축〉 사업을 수행하는 과정에서 발굴한 실린 문학, 문화 기사를 대상으로 식민지 조선 중심의 동아시아 식민지 학지의 유통과정을 규명한 연구서 『식민지 문화정치와 『경성일보』: 월경적 일본문학·문화론의 가능성을 묻다』(가제)로 구성할 것이다.

본 총서가 식민지시기 문학·문화 연구자는 물론 일반인에게도 널리 읽혀져 식민지 조선의 실상을 바라보는 새로운 시각을 제시하고 동아시아 식민지 학지 연구의 지평을 확대시킬 수 있기를 기대한다.

2020년 5월

〈『경성일보』 수록 문학자료 DB 구축〉 사업 연구책임자 김효순

일러두기

1. 현대어 번역을 원칙으로 하나, 작가의 한글 번역이 있는 경우는 그것을 참고하여 당대의 용어와 표기를 사용하기도 했다.
2. 각주는 독자의 이해를 돕기 위해 번역자가 단 것이다.
3. 판독이 불가능한 경우는 0으로 표시하고 주석에 그 사정을 밝혔다. 주석이 없는 X나 0은 원문 그대로이다.

차례

진학문
(진순성) 편

외침

(기자의 말) 이 작품의 작자 진순성 군은 와세다(早稲田) 대학 출신의 수재로서 지금은 경성 자택으로 돌아와 칩거하고 있다. 재학 중 러시아어를 배워 러시아 문학 연구에 몰두했던 사람으로 「외침」은 실로 그 부산물이다. 조선인 청년의 손으로 된 것으로는 그리 흔하지 않은 한 편의 소설이다.

젖빛유리처럼 조용한 겨울 하늘에 몽롱하게 앉은잠을 자고 있던 박명이 내리자 축축하고 하얀 안개가 숨 막힐 듯 거리를 짓누르고 있었다. 집도 나무도 전신주도 모두 안개에 싸여 버렸고, 다만 처마등과 정류장의 붉은 전등 불빛이 짙은 안개를 뚫고 위태롭게 흔들리고 있을 뿐이었다. 거리에는 인적도 거의 없고 가끔 맹수 같은 전차가 요란스레 종을 울리며 달려갈 뿐이었다. 가끔 눈에 띄는 길 가는 사람은 불쾌한 공기를 마시는 것이 싫은 듯 숨을 참으며 종종걸음으로 걸어갔다. 어두운 안개 속에서 무언가 하얀 물체가 빛나든가 혹은 소리라도 나면 무언가 무서운 것이 튀어나와 갑자기 자기 뺨이라도 때리는 듯 생각되었던 것이다. 그리고 급한 발길을 멈추고 참고 있던 숨을 한꺼번에 토해 내면서 조심스레 헤엄치는 듯한 손놀림을 하며 깊은 어둠을 헤쳐 갔다.

건삼(健三)[01]은 낡고 기분 나쁜, 사첩 반의 하숙방에서 희미하고 붉은 전깃줄을 뚫어지게 바라보고 있었다. 장지문에 난 유리창을 통해 짙은 안개가 힘차게 주위를 감싸고 있는 것이 느껴졌다. 건삼은 그렇게 음울한 안개가 무서운 팽창력을 지니고 방 전체를 압박하여 마침내는 문에 난 유리창을 통해 방 안으로 난입하여 약한 자기 몸을 움직일 수 없을 정도로 강하게 감싸는 듯한 기분이 들었다.

그 짙은 안개의 포위를 뚫고 때때로 아래쪽에서 고통스런 여자의 신음소리가 들렸다. 그 때마다 건삼은 눈을 감고 얼굴을 찡그렸다. 그것은 하숙집 여주인의 신음소리였다. 그녀는 늑막염을 앓아 여섯 달이나 병상에 있었으나 상태는 나날이 나빠져 갈 뿐이었는데 어제부터는 여러 번 혼수상태에 빠지기도 했다. 건삼이 조금 전 문병을 갔을 때, 틀니를 뺀 오목한 뺨 위로 광대뼈가 불쑥 튀어나와 있어 마치 백골 같은 얼굴을 한 젊은 여자가 날카로운 눈을 무의식적으로 두리번

---

01 '건삼'이라고 번역하긴 했으나, 소속 민족에 대한 표지는 보이지 않기 때문에 일본인으로 해석하여 '겐조'라고 읽어도 되며, 심지어 대만인, 중국인으로 해석하는 것도 불가능하다고 할 수 없다. 다만 작가가 조선인이기 때문에 조선인으로 해석하였을 뿐이다.

거리며 말라비틀어진 입술에 얼마 되지 않는 끈적끈적한 침을 흘리는 것을 보았다. 그녀는 어린 딸의 손을 잡으려 애썼지만 떨리는 팔은 말을 듣지 않았다. 뭔가 할 말이 있는 듯 입을 우물우물했지만 혀도 이제 굳어버려 말이 또렷이 들리지 않았다. 그녀는 끊임없이 눈물을 흘리면서 겨우 토막말로, "진정하거라."라고 말하고는 바로 또 정신을 잃었다. 그 때 그 집 사람들은 깜짝 놀라 의사를 불러왔다. 의사는 가방에서 주사기를 꺼내 그녀의 뇌에 찔러 넣었다. 여주인은 겨우 정신을 차렸지만, 의사가 주위 사람들에게 작은 목소리로 "오늘밤을 넘기기는 어렵겠소."라고 말하는 것을 건삼은 들었다. 건삼은 정말 비참하다고 생각했다.

지금 그녀의 신음소리가 밤과 안개의 포위를 뚫고 건삼의 귀에 들릴 때마다 그는 의사가 말한 "오늘밤을 넘기기는 어렵겠소."라는 말이 떠올라, "아아, 마침내!"라고 중얼거리며 조금 전에 본 여자의 납빛 얼굴을 떠올리며 지금 막 죽어가고 있는 인간의 쓸쓸한 생애에 대해 생각했다.

안개 낀 밤은 무겁고 조용했다.

계단 소리가 났다. 누군가가 계단을 다 올라왔구나 생각하는 순간 주저 없이 장지문이 쓱 열리며 키가 크고 창백한 얼굴을 한 남자가 들어왔다.

"야아, 모리[森] 군인가?"하고 건삼은 말했다.

"응, 오랜만일세."라고 그는 침울한 목소리로 대답했다. 그는 건삼이 내민 방석에 털썩 주저앉고는 아무 말도 하지 않고 고개를 숙이고 있었다. 무언가 깊은 생각에 빠져 있는 듯했다. 건삼은 탄(炭)을 넣으며 "오늘 밤은 안개가 지독하군."하고 말했다.

모리는 짧은 간격을 두고 "그렇군."이라며 흥미 없다는 듯 대답을 했을 뿐 두 사람 사이에는 잠시 침묵이 흘렀다. 두 사람의 시선은 동시에 탁탁 소리를 내며 튀어 오르는 불꽃을 향하고 있었다. 원체 이 두 사람의 교제는 매우 탈속적인 것이어서 오랜만에 만나도 세속적인 긴 인사도 없이 "어이."라는 한 마디면 끝이었다. 딱히 세상사를 이야기하는 것도 아니었고, 때로 사상 문제를 이야기하다가 피로를 느낄 때에는 마음을 맞춘 듯 긴 침묵이 이어졌다. 그러고는 그대로 헤어지는 일이 보통이었다. 그러나 오늘은 처음부터 뭔가 거북한 침묵이 이어졌다. 왠지 쓸쓸했다.

건삼은 부젓가락으로 재 위에 글자를 쓰고는 지우고, 지우고는 다시 썼다. 모리는 언제까지나 머리를 숙이고 손을 쬐며 가끔 깊은 한숨을 쉬었다. 건삼은 촉촉한 목소리로 "모리 군. 군에게 무슨 일이라도 생긴 건가?"라고 물었다.

모리는 여전히 대답이 없었다. 이런 슬픈 침묵이 잠시 이어졌다. 잠시 후 모리는 슬퍼 보이는 눈을 들어 가만히 건삼을 정면으로 쏘아보다 고통스러운 듯 "나와 야에[八重] 씨의 사랑은 실패했어."라고 말하는 것이다.

"그건 왜?"라고 건삼은 다소 놀란 듯 눈을 크게 떴다.

"군도 알다시피 요시다[吉田] 군이 두 사람 사이를 이어주는 끈이라고만 믿고 그 사람을 완전히 신뢰했지 않은가. 그런데 말이야. 끈이 아니었다네. 요시다는, 나를 …… 나를 팔아서…….”

모리는 다소 흥분했지만 잠시 지난 후 “음, 그렇지만 나는 그들을 원망하지는 않아…….”라고 하는 것이었다.

침묵은 다시 두 사람을 뒤덮어 버렸다. 둘은 쓸쓸한 기분에 휩싸여 오랫동안 머리를 숙이고 있었다. 마침내 모리는 돌아갔다. 건삼은 딱히 그를 붙잡으려고도 하지 않았다. 다만 소리도 없이 새빨갛게 타고 있는 탄불을 바라보며 언제까지나 움직이지도 않았다.

먼 정거장에서 축축한 기적 소리가 슬픈 듯 길게 울렸다. …… “전보요!”하는 날카로운 소리가 들렸다. 그리고 바로 꾀바른 하녀가 쿵쾅거리며 매우 익숙한 듯 재바른 발걸음으로 올라 와서 “도련님, 전보이옵네다.”라고 눈을 굴리며 건삼에게 전보를 건네주었다. 건삼은 전보를 받아드는 순간 어떤 큰 공포가 폭풍처럼 몰려오는 것을 직감했다. 그리고 손을 떨면서 황급히 봉투를 찢었다. 전보에는 ‘어젯밤 10시 구로 죽음, 야마무라.’라고 쓰여 있었다.

야마무라 구로[山村九郞]는 건삼의 죽마고우로서 특히 친한 동지였다. 지금 건삼은 자기 친구의 부고를 보고 그것이 도저히 진짜라고는 믿어지지 않았다. 그래서 그 간단한 전보문을 몇 번이나 거듭 읽었다. 그러나 전보에는 바로 친구의 죽음이 쓰여 있었다. 그는 전보를 쥔 채 하늘을 가만히 노려보다가 갑자기 전보를 책상 위에 던져버렸다. 그리고 팔짱을 베개 삼아 누워 버렸다.……

야마무라가 죽었다! 그의 짧고 고통스런 생애는 22세를 일기로 끝나버렸다. 어떤 즐거움도 어떤 광명도 없던, 그의 단조롭고 쓸쓸한 생활은 형적도 없이 사라져 버렸다. 긴 침묵으로부터 뛰쳐나와 약하고 희미한 소리를 질렀다. 그러나 다시 긴 침묵은 그 소리를 삼켜 버렸다. 그는 짙은 어둠에서 나타나 한순간 빛났다. 그러나 짙은 어둠은 다시 그 반짝임을 삼켜 버렸다. 그리고 그 침묵은 아무리 두드려도 조금도 반향이 없었다. 침묵은 여전히 길게 지속되고 있다. 한번 삼켜 버린 목소리를 다시 토해 내지는 않을 것이다. 어둠은 아무리 걷어내려 해도 걷어낼 수가 없는 것이다. 어디까지나 어두운 어둠인 것이다. 한번 감싼 불빛을 결코 다시는 토해내지는 않을 것이다. 야마무라는 그 침묵, 그 어둠 속으로 삼켜지고 말았다. 나도 곧 그 끝없는 무서운 어둠 속으로 사라져 버릴 것이다! 차가운, 얼음처럼 차가운 침묵에 삼켜지고 말 것이다…… 그리고 또 여러분도!! 이것은 벗어날 수 없는 인간의 운명인 것이다.

짧은 불꽃과 희미한 외침! 이것은 무엇을 위한 것일까? 서로 으르렁거리고 서로 헐뜯기 위한 불꽃이고 외침일까? 돈과 사랑, 거짓된 사랑을 쟁탈하기 위한 불꽃과 외침일까!!

아아, 짧은 인생!을, 고귀한 불꽃과 외침을…….

건삼의 얼굴은 죽은 사람처럼 창백해졌다.

갑자기 어둠을 찢는 듯한 날카로운 여자의 목소리가 들렸다.

"어머, 도둑이 집 물건을 훔쳐…… 스이도바시[水道橋] 쪽으로 도망가요."

이 고통스러운 목소리가 난 후 밤은 원래대로 다시 조용해지며 자신의 침묵을 굳게 지키고 있었다. 그것은 아래쪽 여주인의 잠꼬대였다. 건삼은 부르르 몸을 떨었다.

"아아, 이것이 그녀의 외침인가! 이 외침이 그녀의 라이프를 상징한 것인가!! 인간의……."

밤공기는 차가웠다. 처마 밑으로 떨어지는 빗방울처럼 건삼의 눈에서는 주룩주룩 뜨거운 눈물이 샘처럼 흘렀다.

안개 낀 밤은 무겁고 조용히 점점 깊어졌다. 무언가를 의미하듯 어디 먼 절에서 종소리가 울려왔다…….

(1917.8.10)

이석훈 편

즐거운 장례식

상

급행열차는 북으로 북으로 거침없이 달려간다. 저물녘의 황금빛 들판이다.

덜컹덜컹 벌써 달천강(達川江)[01] 작은 철교에 다다랐다. 늦은 가을 줄어든 강물이 막 얼어가고 있다. 황혼의 차갑고 옅은 어둠이 엔진 기름처럼 무겁고 찐득하게 흐르고 있었다.

덜컹덜컹 한 순간에 철교를 건넜다.

이제 곧 T역이다. 내 가슴은 점점 뛰었다. 누를 수 없는 흥분이 타오른다. 아아! 미쳐 죽은 아버지가, 성공하지 않으면 돌아오지 않겠다

01 평안북도 구성시와 정주군을 흘러 황해로 흘러드는 강. 작가 이석훈은 정주 출신이다.

던 나를 고향으로 불러온 것이다.

오른쪽에 T역이 보인다. 정답고 즐거웠던 지난날의 갖가지 꿈이 서려있다. 그게 나에게 웃음을 보낸다.

그러나 모두 고통스런 고향의 추억이다.

역을 나왔다. 누구도 맞이하는 자가 없다.

차가운 바람이 천천히 빰을 어루만지며 지나갔다.

전등이 조각조각 빛난다. 이렇게 혼자인 게 좋다. 나는 왠지 켕기는 마음에 지배당하고 있었다. 고향사람들에게 매도와 증오를 받았던 아버지의 방탕한 후반생과 인과응보의 가장 적절한 예라도 되는 듯한 아버지의 미쳐죽음이 내 마음을 주저케 했다.

"흥, 그것 봐라, 인과응보지."

입이 걸쭉한 사람들의 선량한 척 하는 조소가 불꽃처럼 차례차례 머릿속에서 명멸했다.

드디어 도착했다.

새까만 어둠의 바다 밑에서 등불이 희미하게 비치고 있다.

아이고, 아이고.

땅 밑에서 솟아오르는 듯한, 얼빠진 듯한 울음소리가 들린다. 누나의 울음 소리였다. 울기에 지쳤으리라. 타오르던 흥분이 다 탄 재처럼 차갑게 식었다.

"참 곤혹스럽군!"

아버지의 죽음을 맞아서도 눈물이 나지 않는다는 인상을 주어서는 안 된다. 감정이 굳어버린 듯해서 조금 초조했다. 눈물을 흘리지 않으면 사람들은 불효자라 할 것이다. 곤란하다.

마당에서 인기척을 냈다.

"이제 오니?"

늦었다는 듯 장지문을 박차듯 튀어나오는 것은 쾌활한 큰 어머니였다. 부엌에서 어머니가 나왔다. 방 안이 작은 파도라도 친 듯 시끄러워졌다. 장남, 곧 장례식의 주인공이 왔기 때문이다.

아이고, 아이고.

누나가 기세를 올렸다. 바깥에서부터 아이고, 아이고하면서 들어오는 거라고 큰 어머니가 말했다.

큰일이었다. 목소리마저 막혀 나오지 않았다.

그렇지만 미쳐버린 아버지와 삼년이나 같이 살며 명태처럼 말라버린 어머니를 등불 사이로 보는 순간, 갑자기 슬픔과 연민이 목구멍에 차올랐다.

"너, 아이고 하는 게 부끄럽니?"

큰 어머니가 재촉했다.

아이고, 아이고.

눈물 속에 억지로 머리를 처박는 듯한 기분으로 두세 번 웅얼거리면서 들어갔다.

숨 막히는 공기가 확 밀려왔다.

벽 가까이에 낮은 병풍이 서 있고 그 앞에 촛불 네 개가 춤추듯 타고 있었다. 병풍은 누런 얼룩 투성이다. 이웃 농가에서 빌려온 듯했다. 집에는 더 이상 남아 있지 않았을 테니까. 아버지의 마지막을 너무나도 잘 상징하는 초라한 풍경이었다.

병풍 건너편에 아버지가 누워서 차가운 고소를 머금고 있을 것이다.

병풍을 향해 거적에 무릎을 꿇었다.

그 순간 눈물이 둑 터지듯 주르륵 쏟아졌다.

아이고, 아이고.

감정이 끓어올랐다. 가슴이 뒤틀리는 듯한 고통을 느꼈다. 이성도 모두 사라져 무아지경이 되어버렸다.(분향은 큰 어머니가 대신한 듯하다)

외골수로 지낸 너무나도 비참한 아버지의 운명을 골똘히 생각했다. 마침내 눈물이 나온다, 나온다, 나온다…….(그 눈물 일부는 불쌍한 어머니를 위한 몫이다.)

(1932.9.3)

중

눈물은 드디어 말라버렸다. 아이고를 재촉하던 큰 어머니가 이제는 거꾸로 제지했다. 누나도 울기에 지친 듯했다. 나는 왠지 가뿐하고 가벼운 기분이 되었다. 보름달이 출렁이는 광막하고 넓은 바다를 조용히 노저어가는 듯한 기분이었다.

3년 동안 미쳐서 폐물처럼 되어 버린 아버지가 죽은 것이다.

장례비용은 어떻게 할까. 이 당면한 문제도, 어떻게든 되겠지 하는 낙천적인 생각으로 인해 무거운 마음의 짐이 되지 못했다.

그보다도 오히려 큰 짐을 내려놓은 듯한 후련한 기분이 서서히 짙어지고 있는 것이었다!

고향에는 아직 빚과 가난을 짊어진 채 두 세 명의 사촌들이 흠씬 두드려 맞은 개처럼 들러붙어 있었다. 그들은 순박한 소작인들이었다. 친척이나 이웃 사람들의 불행을 자기 일처럼 생각하는, 예부터 내려온 아름다운 인정이 있다.

지금 그들이 부지런히 도와주고 있는 게 아닌가. 그것이 내 마음을 든든하게 했다.

아아! 고마운 사람들이다.

헐벗은 지금의 내 처지를 생각하면 절절한 고마움이 몸에 사무친다. 가난한 사람끼리만 나눌 수 있는 애정이다.

눈두덩이 뜨거워진다.

“네 아버지가 죽길 잘했지. 더 살았더라면 어떡할 뻔했어? 참말로 한 시름 놓았지. 마을 놈들도 이젠 비웃지 못할 거야. 얄미운 놈들…….”

내 감정이 잦아드는 걸 보고 큰 아버지가 말했다. 큰 아버지는 오랫동안 미친 아버지를 돌봐주었던 것이다. 솔직한 고백일 테지. 휴지처럼 쭈글쭈글하고 무표정한 얼굴에 괴로운 미소가 떠올랐다.

큰 아버지의 감정이 벼락처럼 나에게 반영되어 그들에 대한 미움이 자칫 내 마음을 어지럽힐 뻔했다.

나는 입을 다물고 있었다.

“그런데 너는 돈을 얼마나 가져왔니?”

주변을 살피면서 허리를 굽혀 내 얼굴을 들여다보았다.

"20원 빌려 왔습니다."

나는 부끄러워 고개를 돌렸다.

나는 집안이 망하여 고등학교를 중도에 퇴학하고 고향을 뛰쳐나가 떠돌아 다녔다. 그게 오년이나 되었다. 당시는 어느 지방의 빈약한 신문기자였다. 한 달에 35원 수입으로 아내와 아이를 돌보는 데다 한 달에 10원 남짓 고향으로 송금해야 했다. 물론 그것은 아주 작은 돈이었지만 당시의 나로서는 정말로 큰 부담이었다. 생활은 바닥을 헤매고 있었다. 이런 비참한 생활을 언제까지 계속해야 하는가? 아버지는 미쳐버린 채 5년이나, 아니 10년이나 살 수도 있을 터였다.

어머니는 마르고 여위어서 하늘나라로 갈 테다. 그러면 나는 또 영양불량과 번민, 오뇌로 비참하게 죽을 테다. 이렇게 생각하면 새까만 공포에 전율하게 된다.

아아! 몇 번이나 생을 버리려 했던가! 너무나 엄숙하고 비참한 현실은 그 자체가 가장 가혹한 고문이었다!

그렇지만 미친 사람과 내내 동거하는 어머니의 고난과 아버지에 대한 초인적인 인종(忍從)을 생각하면 나는 이런 삶에 저항해 용감하게 싸워나가지 않을 수 없었다. 그리고 한 달에 송금하는 10원을 얼마나 부끄러워했던가!

어머니로부터 닷새 정도마다 편지가 왔다.

돈의 사용처와 아버지의 미쳐버린 모습, 닷새 동안의 생활 등이 세세히 적혀 있었다. 어머니의 편지는 생생한 실감으로 내 가슴을 가차없이 후려쳤다!

그리고 편지 끝에는 반드시, "정말로, 정말로 고맙다."라고 거듭 적혀 있었다. 아아! 사랑스런 어머니여!

나는 편지 위로 눈물을 뚝뚝 흘렸다. 끝없는 감격이 가슴가득 소용돌이 쳤던 것이다.

'삶에 져선 안 돼! 더 강하게!'

아랫입술을 꾹 깨물었다. 그리고 다시 뜨거운 눈물이 멈출 수 없이…….

이리하여 3년 동안 삶이 고문처럼 고통스레 지나갔다. 아버지의 죽음은 이러한 고문에서 나를 해방시켜 준 것이다.

"20원? 뭐 그 정도면 되지. 부조도 있을 테니까. 네 아버지가 계속 면장이었다면 이런 초라한 장례식은 아니었을 텐데……."

큰 아버지는 탄식과 푸념을 반반 토해냈다(아버지는 5, 6년 전에 면장이었다).

그렇다! 얼마나 쓸쓸한 밑바닥 인생의 장례식이냐. 아버지가 그대로 마을 면장으로 있었더라면? 그렇다. 지위와 돈에 아첨하는 인간들이 떠들썩하게 몰려와 왁자지껄한 장례 기분을 더해주었을 터이다. 그렇지만 그게 도대체 무슨 소용이냐!

"그런 건 아무 것도 아니에요. 그게 세상이라는 거잖아요. 부조? 고향사람들로부터는 한 푼도 받지 않을 거예요!"

나는 지금의 감정을 솔직하게 토로했다. 그렇다. 의리와 친분. 이렇게 따지고 보면 당연히 받아야할 이유가 적지 않을 터이다.

그렇지만 그런 싸구려 거짓 동정 따윈 받고 싶지 않아!

그런 참에 마침 K라는 아버지 생전의 지기가 향전(香典)으로 돈 일 원을 전해왔다. 나는 모멸감을 느꼈다. 분노로 울부짖고 싶은 충동을 누르며 깨끗하게 돌려보냈다.

큰 아버지도 가만히 보고 있다가, "사람을 무시하면 안 돼. 의리와 인정이 있다면 마을을 떠나라고 전해!"라며 노발대발 화를 냈다.

멋쩍은 듯 심부름꾼은 풀이 죽어 물러갔다.

부처님처럼 선량한 어머니는 "그래도 고마운데."라며 미안한 듯 말했다.

(1932.9.3)

하

유리처럼 푸른 하늘이다. 겨울을 부르는 차가운 고목이 어지러이 흔들거리고 있었다.

오늘은 아버지의 관을 내는 날이다. 마지막 날인 것이다.

어머니도 큰 어머니도 부지런히 돌아다니고 있고 사촌형들도 우스운 농담을 하면서 왔다 갔다 하고 있는, 일종 가볍게 들뜬 유쾌한 분위기가 만들어져 있었다. 모두의 얼굴에는 즐거운 듯한 표정이 떠올라 있는 게 아닌가.

아침에 박서방이라는 노망난 노인이 찾아왔다. 어렸을 적 나를 자주 업어주던 충직한 호인(好人)이다. 충실하다고 하여 아버지는 그를 사랑했다.

노인은 눈곱 낀 눈을 게슴츠레 뜨고 부르르 떠는 손을 내밀어 내 손을 정겨운 듯 잡았다. 그 순간 메마른 눈물이 뚝뚝 흘렀다.

"이런 거짓말 같은 일이 또 어디 있겠나. 서방님이 면장님 하실 때 집을 사주셨지. 내가 죽으면 관을 사주겠다고 하실 만큼 좋은 분이 먼저 가셨어……."

갈라진 목소리는 끊어질 듯 떨렸다. 끝내는 목이 막혀 흘리는 눈물만이 감개무량한 듯한 노인의 가슴 속을 드러내 보였다.

오직 한 사람만이라도 좋아.

이렇게 아버지 죽음을 충심으로 애석해하는 사람이 있지 않는가. 나도 그의 감개에 빨려 들어갔다.

그렇지만 오늘로 모든 것은 끝이다. 내 마음 깊은 곳에서는 가벼운, 그리고 유쾌한 감정이 별처럼 빛나고 있었다.

"이제 준비는 끝났다. 아이고를 해라."

큰 어머니가 히죽히죽 웃으며 소리쳤다. 어머니와 함께 아버지를 돌봐주신 고마운 큰 어머니시다.

다시 아이고다. 나는 아이고에 조금 피로감을 느꼈다. 그렇지만 이미 아버지의 관은 옮겨지고 있었다.

박서방이 아버지의 관을 안고 울부짖었다. 어머니도 마지막이라는 슬픔으로 서럽게 울었다. 누이는 여전히 얼빠진 아이고였다. 형수들도 가세했다.

사촌 형들은 다만 형식뿐인 오이오이(적자 이외에는 '오이오이'라고 운다)를 웅얼거리고 있다.

이제 마지막이라고 생각하자 나도 눈물이 흘러나와 아이고가 흐트러진 가락이 되었다.

시끄럽고 어수선한 분위기였다. 조촐한 장례 행렬이 공동묘지를 향해 조용히 나아갔다. 선두에 만장 하나만이 쓸쓸하게 바람에 날리고 있었다. 상여 뒤를 적자들의 낮은 아이고가, 벌이 웅웅거리듯 읊조리며 가고 있었다.

길은 삼도(三途)의
명토(冥土)로 이어진
못 돌아오는 여행에
나선 지금
이별이 아쉬워
첫째 둘째 고개를
데꺽 넘어
셋째 고개에서 조금 쉬고
넷째, 다섯째 고개는 점심 전에
……

소리꾼 노인이 소리를 높여간다. 애조를 띤 선율이 고개 숙인 나의 귓전에서 떨렸다. 모두 보조를 맞추어 답창을 했다.

마을을 떠나 벌판으로 나가자 행렬은 가벼운 걸음걸이로 척척 나아갔다.

"이렇게 높은 곳이 좋아."

공동묘지 꼭대기에서 사촌 형이 소리쳤다. 묘를 파고 있었던 것이다.

"좋다마다. 죽더라도 모든 사람을 내려 볼 수 있잖아."

또 다른 사촌 형이 아래쪽에서 답하듯 소리쳤다.

"야, 바다가 보여. 작은 아버지도 기뻐하시겠지."

"그럼. 파산한 고기잡이 사업을 저세상에서 다시 일으켜 돈을 잔뜩 벌어 여자도 실컷 사시겠지."

둘째 사촌형의 우스꽝스런 농담에 모두가 크게 웃었다. 사촌 형도 벙글벙글 웃고 있었다(아버지는 고기잡이와 여자를 사랑해서 재산을 날려버렸던 것이다.)

정말 왁자지껄한 묘지 풍경이었다. 일종의 유쾌한 잔치 분위기마저 느껴졌다.

아! 내 몸의 가벼움이여! 마음은 해방된 작은 새가 되어 멀리 하늘로 날아올라간다.

폭풍이 지나갔다! 마을 사람들의 참무(讒誣)와 비방도 모두 아버지의 관과 더불어 묻혔다.

붉은 봉분이 점점 쌓여간다…….

아버지여! 편안히 주무시오!

나의 신생(新生)은 시작된다.

마침내 찾아오는 봄과 함께.

- 춘천 객사에서

(1932.9.6)

이주민 열차*

1

궤통같은 화물차가 기다랗게 연결된 맨 꽁무니에 보기차[02]의 낡은 객차가 두 대 달려있었다. 그 속에다 삼백 명이나 되는 이주민 가족들이 화물과도 같이 빼곡 쓸어 넣어졌다. 임시로 꾸민 이주민 열차였다.

그것이 삥 하고 길게 기적을 울리고 덜컥덜컥 첫 소리를 내며 아주 거만스레 K역을 떠나기는 저물기 쉬운 초봄 날이 어느덧 캄캄하

---

* 작가 자신의 번역·개작으로 『제1선』(개벽사, 1933.2)에 한글로 게재된 후 단편집 『황혼의 노래』(한성도서주식회사, 1936)에 수록되었다. 『경성일보』에 실린 일본어 판본을 저본으로 하고, 작가의 언어구사를 재현하기 위해 한글 번역본에서 사용된 용어와 표현을 참고하였다.

02 bogie車. 바퀴를 직접 차체에 붙이지 않고, 바퀴가 달린 굴대 위에 차체를 올림으로써 차체의 회전이 자유롭고 흔들림과 탈선할 위험이 적도록 한 기차나 전차.

게 어두워져 버린 오후 7시 조금 지난 때였다. 플랫폼에 휘황하게 흘러넘치는 전등불은 기차의 발걸음이 점점 속도를 더함에 따라 물결치고 흐느적거리며 차창으로 기댄 이주민들의 희미한 눈동자에 쑤실만큼 스며들어 그들의 머리는 더한층 휘둥그레지고 말았다. 산골자구니에서 살던 화전민인 그들에게는 무리가 아니었다.

"에구 몹시 눈부시다."

김서방은 차간 안으로 돌아앉아버렸다. 그때 램프등의 어슴푸레한 불빛 밑에 전개된 형용하기 어려운 혼란하고 착잡한 광경을 목도하고 비로소 이주민으로의 자기의 의식에 돌아갔다.

기차는 인제는 상당히 빠른 속도로 내닫고 있었다. 차체의 동요가 더해진 것이다. 시렁 위에 놓인 바가지 짝이 마주쳐서 딸각거리는 소리가 귀솔게 들리었다.

"인자는 떠나가는구나."

김서방은 이렇게 속으로 중얼거렸다. 자기들은 점점 먼 나라로 운반되어가는구나 하는 의식이 명료히 그의 마음속에서 반짝이었다. 그러고 본 즉 그의 마음은 얼마쯤 긴장되었다. 멀리 끝없는 대해의 저쪽, 알지 못하는 먼 나라로 향하여 배 떠난 때와 같은 의지할 곳 없는 그런 심리가 자리 잡기 시작하였다.

"어디로 가는구?"

그는 이렇게 자기에게 향하여 물었다. 자신들이 가는 곳을 알 수 없었다. 이 질문은 도리어 한층 더 불안한 결과를 낳는 대로 가슴 속에 무득하게 자리 잡았다. 그러나 이런 불안한 마음은 결코 지금에 처음 생긴 것은 아니었다. 그가 이주민의 한 단원으로 K도 N군의 산골 자구니를 떠날 때부터 생긴 불안이었다. 단지 지금 이렇게 기차로 쭉 쭉 운반되어 가매 점점 더 불안한 마음이 짙어질 따름이다.

"김 서방, 뭘 그리 혼자 생각하고 있어?"

맞은편에 아내와 같이 자리 잡은 박돌이가 돌연히 김서방의 무릎을 흔들었다. 박돌이는 창에 기대여 어지러운 주마등과 같이 변하는 밤 도회의 진기한 모습에 열중하여 있었다.

"난 기차를 처음 타보는 걸."

박돌이는 김서방의 얼굴을 향해 싱긋 웃었다. 삼십년의 일생을 산골에서 지낸 그는 이주 덕분으로 처음 기차를 타 본 것이었다.

"구경한 일은 있나?"

"아니 구경하기두 이번이 생전 처음이야."

"온! 알짜 촌바윌세 그려."

"헤헤……."

박돌이는 입을 넓적하게 벌리고 멋쩍은 웃음을 웃었다.

김 서방은 박돌이를 향하여 '알짜 촌바위'라고 빈정거려주는 만큼 자기는 참말 화전민이 아닌 것으로 자부하고 있었다. 그 이유는 이러하다. 김 서방은 본래는 철도연변의 어떤 지방에서 상당한 자작농으로 과히 남부럽지 않은 생활을 하고 있었다. 그러나 그 시골까지 전기가 들어오고 자동차가 달리고 인조견과 고무신이 퍼져 들어오고, 곡식 값과 고치 값은 굉장히 떨어지건마는 각양 부담금은 늘어가는 판에 어느덧 김 서방은 소작농으로 떨어져버렸다. 내종에는 국경을 넘어 간도로라도 가려고 처자를 이끌어가지고 산골로 도망간 것이었다.

(1932.10.14)

2

산에서 그는 마음대로 불을 지르고 화전을 일으켜, 씨를 뿌려서 내버려두면 비료를 주지 않아도 가을에는 실하지는 못하나마 그래도 조 이삭이 여물었다. 땅이 수척해지면 철새처럼 다른 산골자구니로 건너갔다. 이렇게 여러 해를 지난 지금에는 그는 더 이상 할 수 없는 게으른 '화전민'으로 되어버리고 말았다. 그러나 옛날 생활의 잔재로 남은 그의 관념은 '화전민'이 아님을 자부하며 박돌이를 향하여 '알짜촌바위'라고 빈정거리기도 하는 것이었다.

이러한 경력은 하필 김 서방뿐이랴.

지금 삼백여 명의 이주민 가운데에는 원래 검소한 지주였던 작자들이 상당히 많았다. 그뿐만 아니라 도회에서 구쯔나오시(靴直し)[03] 하던 자, 대장간을 경영하던 자, 행상을 하던 자 등 다양한 전직을 가진 자가 화전민으로 영락한 것이 이 이주민 가운데 많았다.

기차는 인제는 낼 수 있는 전속력을 다 내어 달리고 있었다. 램프등의 어슴푸레한 불은 간단없이 바들바들 떨고 있었다. 우렁찬 차량의 음향이 온 차간 안을 삼킬 듯이 요란스러웠다. 늙은이, 어린아이,

---

03 구두 수선.

젊은이, 부인네들……. 지저분하고 너덜너덜하며 초라한 무리들은 우렁찬 음향에 얻어맞은 것과 같이 혹은 내리 지질린 거나 같이, 혹은 어떤 불길한 예감에 전율하는 듯 오들오들 불길한 분위기 속에서 침잠하며 말도 없이 다만 게슴츠레한 눈을 힘없이 건네고 있었다.

"응애, 응애."

어린애의 우는 소리에 김 서방은 번쩍 놀랐다. 업고 있던 자기 아들 간노미였다. 간노미는 이제 겨우 두 살 되는 젖먹이였다. 그 우는 소리에 아픈 기억으로 가슴이 먹먹했다.

이런 사정이 있었다.

그것은 1930년 7월에 생긴 일이었다. K도 N군에는 전에 보지 못한 큰 폭풍우가 습래하였다. 비는 날마다 날마다 끊임없이 한 달 동안이나 내리퍼부었다.

김 서방은 까마귀 집 같은 한간 모옥(茅屋)에서 언제 개일는지 헤아릴 수조차 없는 회색빛 하늘을 지긋이 바라보면서 불길한 예감을 느끼고 있었다. 아내는 난 지 반년이 될락 말락한 간노미에게 젖을 먹이며 역시 무거운 침묵에 잠겨 있었다. 여섯 살 된 장남 장손이는 어머니 옆에서 무심히 놀고 있었다. 한기는 그들의 얼굴을 얼려 무 색깔로 만들었고, 입술은 퍼릇퍼릇하게 변해있었다.

빗발은 점점 더 굵어만 지고 바람은 더욱 더욱 맹렬히 불 따름이었다. 세찬 바람은 이리저리 지향 없이 날뛰어 이따금 맹렬한 형세로 김 서방이 앉은 방안까지 휙 비 한 줄씩을 들이 뿌렸다. 김 서방은 그럴 때마다 바르르 몸을 떨며 의연히 높은 산꼭대기와 회색 하늘과 시시각각 물이 불어나는 계곡을 번갈아 바라보기를 계속하였다.

작은 나무 한 그루 없는 높은 산. 또 그것은 중머리처럼 벗겨져 회색으로 황폐하였고, 가파른 경사지에 자란 풀처럼 생긴 조는 폭풍과 연일 계속되는 비를 맞아 쓰러져있었다. 눈 가득 황량한 화전지대, 산과 산 사이의 산골자구니에 웅크리고 있는 화전민의 부락은 폭풍우의 밑바닥에 불길하고 정숙한 침묵을 지키고 있었다. 폭풍과 계곡을 흐르는 급류의 소리가 착종된 소란함에 압도된 듯.

한참 내어다보던 김 서방은 그의 머리에 딸롱! 딸롱! 빗방울이 떨어져서야 비로소 선뜻함을 느끼며 천정으로 시선을 돌리었다. 거기서 빗물이 새고 있었다. 그것도 두세 곳에서 빗물이 새고 있었다.

"흥, 여기도 새는구나! 비는 언제 개일는지 알 수 없는데. 제길!"

김 서방은 중얼거리며 일어서서 팔이 넉넉히 가닿는 낮은 천정을 헛되이 어루만져댔다. 말할 수 없는 조바심이 그렇게 시키는 것이었다.

해는 언제 넘어갔는지 짐작이 안 되었으나 어느덧 천지는 어둠에 휩싸였다.

비는 여전히 쭉쭉 내려붓고 바람도 여전히 미친 듯 불어댔다. 때로는 번개의 섬광에 뒤이어 엄청난 벼락 소리가 천지를 뒤흔들었다. 김 서방네는 다만 두려운 듯 묵묵히 침묵에 잠기어 있을 따름이었다.

(1932.10.15)

3

그날 한 밤중의 일이었다.

김 서방은 요란스러운 비 소리에 졸다 깨고 졸다 깨고 하다가 마침내 잠을 이루었다가 이윽고 무슨 소린지는 알 수 없는 소리에 깜짝 놀라 무의식적으로 문밖으로 뛰어나갔다.

폭풍우는 단말마와 같이 미친 듯 불어 김 서방의 옆구리를 세차게 갈기었다. 그 때 번쩍 빛나는 번갯불의 불빛에 자기 집이 절반 이상이나 앞으로 기울어진 것을 발견하고 전율했다.

"아아! 크, 큰 일이다……."라고 부르짖을 새도 없이 그는 날쌔게 방안으로 뛰어들자마자 무의식적으로 간노미를 부둥켜안고, "지, 집이 무너진다. 크, 큰일이다."라고 소리쳤다.

아내와 장손이는 그때 겨우 깊은 잠에서 깨어나 고함에 놀라 무아무중에 집밖으로 뛰쳐나왔다. 그는 가족들을 감싸듯 하며 이어서 뛰쳐나와 한숨을 돌렸다. 장손이는 무서움에 떨며 울었다.

그러나 아내는 도로 방안으로 뛰어들려고 하였다. 궐녀는 자기 옷, 저고리와 치마에 미련이 있었던 것이다. 그 무명옷은 그녀가 농한기를 타서 본가에 갈 때 입으려고 그 즈음 겨우 장만한 것이었다.

"위, 위험해. 뭐 하는 거야."

김 서방은 간노미를 안지 않은 다른 손으로 뒤에서 아내를 잡아 이끌며 외쳤다.

"저고리와 치마를 가져와야지!"

궐녀는 한사코 우겼다.

"온! 치마가 목숨보다 귀하든가! 이 멍청이! 산사태가 내리는데 빨리 도망가지 않으면 파묻히잖아."

허나 궐녀는 분연히 뿌리치고 방안으로 뛰어 들어갔다.

그 다음 순간, 우르르 산사태가 일어났다. 김 서방은 깜짝 놀라 피했다. 다음 순간 집은 우지끈 소리를 내며 기울었다. 집 대부분이 매몰되어 버렸다. 번갯빛이 가끔 환상처럼 이 모습을 비추었다.

김 서방은 고래고래 아내를 불렀다. 그러나 두 번 다시 아내의 그림자는 안보였다. 그는 그제서야 겨우 장손이가 생각나 소리쳤으나 달아나지 못해 집에 깔린 듯 대답은 없었다. 그는 갑자기 소름이 돋는 듯한 공포에 휩싸였다.

"장손아! 장손아!"

이번에는 목을 놓아 장손이를 불렀다. 그러나 그 소리는 헛되이 폭풍 소리에 사라지고 어둠에 삼켜버리고 말았다. 잠시 그들을 다시 불러보았다. 김 서방은 갈 곳 없는 절망의 밑바닥에 빠져 간노미를 꼭 부둥켜안고 발로 길을 더듬어 안전지대로 피하여갔다.

폭풍우는 여전히 맹렬하게 어지러웠고, 거기다 산 무너지는 소리가 그것과 어우러지듯 연속적으로 폭발했다. 그 사이사이 번개가 번쩍거릴 적마다 마물(魔物)과도 같은 산모양이 순간 나타나곤 하였다.

이런 봉변은 극히 짧은 시간에 생긴 일이었다.

밤이 새어감에 따라 겨우 폭풍우는 멎었고 하늘에는 검은 구름이 조각조각 떠있었다. 산골자구니에 있는 전답은 모래자갈의 흙투성이가 되었고 그 밑바닥을 황토색의 급류가 두려운 형세로 흘러내리고 있었다. 원래는 작은 물줄기가 졸졸 흐르고 있던 곳이었다.

(1932.10.16)

4

어느 산을 보나 푸른 조밭은 보이지 않았다. 가파른 산이란 산은 모두 그 중복(中腹)에 폭탄의 흔적처럼 구멍이 뻥 뚫려 그곳으로부터 무수한 돌멩이 그러고 다량의 토사가 산 밑으로 흘러 급류를 이루었다. 그것은 마치 화산이 터져 용암과 화산재가 분출한 것과 방불한 광경이었다.

동녘이 트자 사방에서 "아이고, 아이고."가 처참하게 들리었다.

김 서방은 자기만이 당한 봉변이 아님을 알았다. 간노미를 업고 자기 집으로 가보았다. 그러나 어찌된 일인가. 집은 땅 한토막이나마 찾아볼 수 없을 정도로 바윗돌과 돌멩이에 매몰되어 지난밤의 참사를 말해주듯 높이 쌓여 있었다.

이 비참한 광경을 보자 김 서방은 그만 무한한 비애에 빠져 그 자리에서 통곡하였다. 잔등에서는 배고픈 간노미가 응응 비명을 질렀다. 나중에 알게 된 것이지만, 이 산골자구니에서는 백여 명이 생명을 빼앗기고 수십 두의 소·돼지가 유실되었으며, 오백여 명의 중경상자가 생기었다. 부락이란 부락은 거의 황량한 돌멩이 바다 밑으로 침몰해버렸다. 어버이를 잃은 자, 아내와 아이를 잃은 자, 고아가 된 아이,

일가가 전멸한 가족……, 말 그대로 생지옥이 나타난 것이었다.

그들에게 구제미와 의료진이 도착한 것은 그 후 20여 일이나 지난 다음이었다. 그 동안 중상자 가운데 사망한 사람이 꽤 있었다.

김 서방은 자신의 배고픔보다 먼저 간노미의 젖 걱정이 앞섰다. 박돌과 가까운 사이였기에 때로는 그의 처에게 동냥젖을 받았으나, 얼마 안 가 영양불량인 그녀의 젖이 끊어지고 말자 사방으로 젖동냥을 다니지 않으면 안 되었다. 여자들은 눈물을 흘리며 최대한의 성의를 보여 주었다. 그렇지만 간노미는 점점 창백하게 말라갔고 머리에는 주름이 생기고 눈동자는 고정된 듯 멍하니 움직이지 않는 듯 보였다. 원기는 극도로 쇠약해져서 빽빽 소리 지르고 울지조차 못했다. 점점 마른 무처럼 말라가는 간노미를 업고 사방으로 젖동냥을 다니는 때에는 그의 뺨에는 남몰래 눈물이 흘렀던 것이다.

구제미로 그들은 어쨌든 아사를 면했다.

어떤 날 X로부터 나랏님이 가마를 타고 시찰을 왔다. 이재민의 유족과 상병자들을 위문하는 것이 목적이었다. 그들은 한군데 불려 모였다. 마침 그 날은 N군으로부터 파견된 공의(公醫)와 공무원이 와서 부상자를 한자리에 모아 치료하는 것을 나랏님에게 보여주기로 되었던 것이다.

"허허! XX로부터의 보고서가 사실과 너무나 거리 먼 걸! 하기는 이런 참담한 광경을 그대로 표현하기는 글과 말로는 도저히 불가능한 일이야."

나랏님이 XX에게 이렇게 개탄했다. XX도 크게 동감의 뜻을 표했다.

(1932.10.19)

5

이윽고 나랏님이 일장의 연설을 하기로 되었다.

"이 어른은 제군을 위문하기 위하여 이 험난한 먼 산골임을 불구하시고 수고로이 오신 것으로 제군에게는 다시없는 영광이라 하겠소."

이런 취지의 말을 마치자마자 김 서방 옆에 앉아 있던 박돌이가 돌연히 일어서 진지하게, "예서 더 영광스런 일이 없세다."하고 덥석 절을 하여 김 서방과 모든 사람들을 웃겼다. XX는 왠지 기분 나쁜 표정이었다.

이번에는 '나랏님'이 일어나 열심히 말한 후, "이런 참사가 일어난 것도 제군이 평지를 버리고 이런 산골자구니에서 빈둥빈둥 화전을 부쳐 먹었기 때문이다. 산이란 것은 본래 나무를 심는 곳이지 결코 불을 질러 밭을 만드는 곳이 아니다. 제군은 앞으로 크게 자각하지 않으면 안 된다."라고 맺었다.

그들에게는 무슨 의미인지 귀에 잘 들어오지는 않았다. 김 서방은 일부러 그러는 듯 박돌이와 마주보고 픽픽 코웃음만 하고 있었다. 이런 경과로 다음해 가뭄 피해자 가운데 도저히 생계를 꾸려나갈 수 없는 자 약 3백 명 가족이 선발되어 먼 북방의 미간지로 이주를 시키기로 된 것이었다. 이리하여 지금 이주열차에 몸을 맡기고 북으로 북으로 그들은 운반되고 있는 것이다.

김 서방은 간노미가 울 적마다 이러한 과거의 가슴 아픈 추억을 돌아보거나 처를 생각하거나 장래를 걱정하거나 했다. 지금 자기 아이의 우는 소리에 가슴 아파하며, '이번에는 또 누구에게 젖을 부탁해보누?'하고 차속을 돌아보았다.

그러나 부탁할 만한 여자는 보이지 않았다. 모두 자기 한 몸을 지탱하기에도 지쳐버린, 영양불량이라기보다도 말라빠지고 여윈 인간 쓰레기뿐이었다. 할 수 없이 칡뿌리 빨아먹기에 열중한 박돌의 처에게 미안한 표정으로 먹여주길 부탁했다.

기차는 어딘지 알 수 없으나 캄캄한 평야를 자꾸만 달리고 있었다. 차간 안 공기는 담뱃내와 숨 막히는 듯한 취기(臭氣)가 역할 정도로 충만하였다. 그들은 점점 엄습하는 냉기를 느끼면서 역시 불안스런 무거운 침묵에 빠져있을 따름이었다.

그때 기적 소리가 땡 하고 길게 들리었다. 김 서방에게는 그것이 구원을 바라는 자의 비명으로밖에는 안 들리었다. 그는 반대편 늙은이를 지켜보고 있다가, "어디로 가는구?"라고 한 번 더 중얼거렸다. 사실 그들 자신은 자기들이 어디로 운반되어 가는지도 모르고 있었다.

"어서 날이 밝지 않고 뭐하나? 참 지리해 죽겠는걸."

박돌이 김 서방에게 말하면서 팔을 뻗쳐 크게 하품을 했다.

기차는 어둠을 뚫고 삐삐 신음하면서 달아나고 있었다.

(1932.10.20)

유에빈과 중국인 선부(船夫)*

1

서해안은 조수간만의 차가 크다.

해안에 밀려오는 검은 조수가 간조 때는 어디로 흘러가 버리는지 그 뒤는 황량한 개펄과 같은 해저의 검은 피부가 넓게 드러나 그 일대에 무수한 갈게(작은 게의 일종)가 구멍에서 나와 아장아장 방황하거나 한데 몰려 집게발질을 하거나 하는 단조로운 풍경이 전개된다. 육지에 가까운 섬에서 보면 이 주위의 풍경은 실로 살풍경 그 자체다. 그리고 두 번 다시 조수는 섬 쪽으로 가득차지 않을 것처럼 보인다.

그러나 결국 시간이 되면 먼 바다로 물러나가 있던 조수는 반드시

---

* 작가에 의해 「로짠의 사」로 축소 번역·개작되어 『황혼의 노래』(한성도서주식회사, 1936)에 수록되었다. 『경성일보』에 실린 일본어 판본을 바탕으로 하고 작가의 언어 구사를 재현하기 위해 번역본에서 사용된 용어와 표현을 참고하였다.

다시 몰려와 섬을 포위하고 만다. 그것은 기차의 시간표처럼 정확하다. 점점 물이 불어 찰랑찰랑 해안을 적시며 넘치도록 파도를 쳐 섬은 드디어 절해의 고도라는 느낌이 든다.

이런 서해안의 어떤 섬, 가츠리섬을 상상해보라. 가츠리섬(섬의 속명)은 서해안에서도 만주 쪽에 훨씬 가까이 붙어 있다. 상당히 작은 섬이다. 보기만 해도 진저리가 나는 질 나쁜 살무사와 커다란 전갈이 풀숲에 우글거린다.

그러나 이런 섬에도 이즈음 생활난이 점점 심각해지자 어디선가 유랑자들이 바가지를 단 보따리를 지고 처와 아이를 데리고 이주해왔다. 유랑하는 쿠리[01]가 세면기를 잊지 않듯 그들은 바가지를 잊지 않는다.

이곳에서 그들은 볕 좋고 바람 피할 수 있는 남향을 발견해 초가집을 짓고 살무사를 무서워하며 고기잡이 생활을 시작하는 것이었다. 그것이 벌써 네 호나 된다. 그러나 이 이상은 늘지 않았다. 왜냐하면 이 섬이 그 이상 포용할 수 없기 때문일 것이다. 그 정도로 작고 황량한 섬이었다.

이런 초라한 섬이 가을이 되면 깐샤[乾蝦] 어업[02]의 근거지가 되어 어부들로 상당히 붐볐다. 섬 부근은 백하(白蝦) 어장이다. 그래서 다른 지방에서 온 자본가들은 가츠리섬에 가을 임시 작업장을 마련하는

---

01 중국인 막노동자.

02 새우를 잡아 찐 후 말려서 판매하는 사업.

것이었다.

초가을 검은 돛을 단 정크[03]가 많은 짐을 싣고 대여섯 척이나 섬에 왔다. 눈이 부리부리하고 적동색인 경솔한 선부들이 콧노래를 부르며 졸래졸래 올라왔다. 그들 가운데에는 지나인 선부도 많이 섞여 있었다.

그리고 그들은 남향의 완만한 경사면에 운동장처럼 큰 뜰(백하를 찐 것을 말린다)을 정성스레 만들어 그 바로 앞에 약간의 좁은 기둥과 용마루로 골조를 세우고, 갈대로 벽과 지붕을 올려 왕보[網鋪-오두막]를 지었다. 이러한 일들은 분업하여 순식간에 해치운다. 이 왕보는 먼 바다에서 보면 마치 서부활극에 나오는 산위의 악한들이 사는 오두막처럼 보인다. 듬성듬성한 틈으로는 밤하늘의 빛나는 별들이 보이고 만주 대륙 저쪽에서 바다를 스쳐 불어오는 차가운 하늬바람[北西風]이 휘 소리를 내며 오두막 안까지 불어온다. 오두막 안에서는 땅에 짚과 거적을 깔고 그 위에 새우 모양 구부려 잠을 잔다. 선부들은 찬물을 뒤집어쓰는 듯한 추위를 느끼며 서로 꼭 붙어서 자는 것이다. 이런 비위생적인 불충분한 방한전술은 그다지 문제되지 않았다. 선부들은 바닥 생활의 습관이 있으니까.

추위가 깊어가는 가을밤 비라도 내리면, 그렇다, 그 빗물은 지붕에서 새어나와 선부의 이마에 마구잡이로 뚝뚝 떨어져 자칫하면 온종일 노동에 시달린 숙면을 깨운다. 아직 나이 어려 완전히 '바다의 야

---

03 전통적인 중국형 범선.

수'가 되지 못한 선부는 눈을 번쩍 뜨며 무의식적으로 바닥 생활을 하는 자신의 처지를 깨닫고는 묘하게 머리가 맑아지며 잠은 멀리 달아나고 감상적인 마음에 빠지는 것이다.

그러면 침통한 신음 소리처럼 노한 듯 소리치는 한밤중의 먼 바다 소리가 귓전에 다가 온다. 그것이 가슴 깊은 곳에 찡하고 예리하게 울려 더 이상 견딜 수 없는 일종의 초조함이 솟구쳐 올라, 젊은 지나인[04] 선부 로짠[老張]은 일어나 왕보 바깥으로 나가는 것이다.

비는 철답지 않은 비다. 하늘은 밤에도 활짝 개었고 무수하게 반짝이는 별은 추운 듯 몸을 떨었고 바람은 미친개가 이빨을 드러내듯 왕보를 휩싸고 돌았다. 멀리 남방에 대화도(大和島)의 등대가 죽어가는 생명의 불꽃처럼 주기적으로 명멸하며 그의 감상을 참을 수 없게 만들었다.

그러자 로짠은 오두막 뒤를 돌아 고향이 있는 북방을 바라보며 깊은 한숨을 쉬고는 잠시 멍하니 서 있다가 소변을 누고 다시 오두막 속으로 돌아갔다.

(1932.11.13)

2

가을도 짙어져 차가운 하늬바람은 날카로움을 더해갔으며 파도는

---

04 당시 일본과 조선에서 중국인을 부르던 일반적인 명칭. 지금은 비하의 의미로 사용된다.

요동쳤다. 조수는 빠른 기세로 가츠리섬 북서쪽에 부닥치며 섬을 흔들 듯 큰 소리를 내며 부서진다. 포말은 하얀 연기가 되어 선부들의 저고리를 안개비처럼 적신다. 뼛속까지 몸이 떨린다. 바다 위에서 일하는 선부들의, 그물을 다루는 손이 처참하게 갈라진다.

이런 만추의 어느 날.

지나인 선부들에게 짐이 도착했다. 스탠다드[05] 석유 상자에 뭔가가 무겁게 가득 차 있었다. 대동구(大東溝)[06] 지나인 경찰서에서 온 선물이었다. 한 눈에 그들은 그것이 유에빈[月餅][07]인 것을 알았다.

"흥! 또 유에빈이군!"

민감한 로짠이 먼저 입을 뗀다.

"고맙지도 않아. 잘 먹으라구? 제길."

젊은 선부 로찐[老金]이 투덜거렸다.

그들은 이 선물을 두고 시끄럽게 욕설을 했다. 그것은 이 선물에 대한 보답으로 너무나도 무모한 사례금이 강제되기 때문이다. 그러니까 한 개 5전인 유에빈 하나에 1원 이상의 사례금을 돌려주지 않으면 안 되었던 것이다. 말도 안 되는 이런 교묘한 착취는 매년 반복되었다. 그리하여 그것은 일종의 불문율이 되었다.

---

05 Standard Oil Company. 미국의 글로벌 석유 기업.

06 압록강 하구에 있는 중국 지명.

07 월병. 이석훈 자신이 번역하면서 '유에빈'으로 칭하였기에 어색하지만 그대로 이 말을 사용한다. 인명 등 다른 중국어 표기도 이석훈의 당대 표기에 따른다.

"나누자구."

가장 나이 많은 로바토[老把土](왕보에서 최고의 지위와 수입을 지닌 자)가 쓴 웃음을 지으며 말했다.

'윗분에게서 온 물건이다. 그리고 그놈들은 한 달 7원쯤 되는 월급이 모자라는 거다. 더러워도 어쩔 수 없다.'라고 생각하고 있는 것이다.

"할 수 없지. 뚜껑을 열어라."라고 또 다른 나이 든 콴짠(서기, 로바토에 다음가는 수입과 지위를 가진다)인 로뵤[老朴]가 명령했다. 하마처럼 살찌고 어른스러운 중년 선부가 집게를 상자에 댔다.

"그만둬. 돌려보내면 되잖아."

"동감!"이라고 하는 로덴.

그러자 로바토는 "당치도 않아. 철없는 젊은 것들."이라며 화를 내었다.

그래서 늙은이와 젊은이 사이에서 인종과 반항의 두 감정이 나뉘었다. 뚱뚱한 중년 남자는 싱글벙글 웃을 뿐 해파리처럼 파도치는 대로 떠다니는 것이었다.

잠시 웅성웅성 다툰 후, 윗분을 거역했다가 앞으로 무슨 가혹한 일을 당할지 모른다는 노년파의 주장으로 대세가 기울어 뚱보가 뚜껑을 열었다. 그러자 노란 마분지. 그것을 들어내자 부드러운 유에빈이 생강의 자극적인 냄새를 내뿜으며 참을 수 없는 식욕을 돋우었다. 꿀꺽꿀꺽 침을 삼킨다.

(1932.11.15)

3

"세어봐. 몇 개야?"

로바토가 말한다. 그리고 마분지를 거적 위에 펼쳤다.

"이 꺼, 얼 꺼, 산 꺼……."[08]라며 뚱보가 세면서 하나하나 마분지로 옮긴다.

"얼쓰파, 얼쓰데우, 산쓰 꺼. 아이야, 산쓰 꺼[09]라!"라며 서른 개를 센 후 너무 많은지 가슴이 털컥하여 한숨을 쉰다.

"흥, 그 보라지. 최소한 서른 개야."

완전히 흥분한 로짠이 로바토의 얼굴에 대고 말했다.

"우리들 열 명에 평균 3원이야."라고 로찐이 개탄했다.

그래서 다시 젊은이들은 돌려주자고 버텼으나 결국 나누기로 했다.

"한 사람 당 세 개로 나누면 돼."

꽌짠인 로뵤가 진리인 듯 말했다.

"뚱보, 정말 공평해."라는 로바토 노인.

"뭐? 세 개씩 나눈다고? 그런 엉터리가. 로바토와 콴짠은 우리들보다 수입이 두 배나 많잖아. 수입에 따라서……."라며 로짠이 불러세우자, 입을 벌리고 먹는 것에만 열중하던 뚱보가 "맞아, 맞아. 우리들 자칫하면 이상하게 공평한 대우를 받을 뻔했어. 헤, 헤, 헤……."라

---

08 한 개, 두 개, 세 개.(중국어)

09 28, 29, 30개.(중국어)

며 즐거운 듯 얼굴을 찡긋 웃고 꿀꺽 침을 삼킨다. 이런 식으로 분배해서 또 한 차례 소란이 일어났다.

로짠은 자기의 정당한 주장이 관철되지 않아 화가 났다. 뚱보 자식, 좀 더 정신 차리고 가세했더라면 잘 되었을 텐데, 라고 로짠은 줏대 없는 뚱보의 웃는 얼굴을 증오스러운 듯 노려보았다. 그는 결국 분노를 터뜨렸다.

"그러면 우리는 아무 것도 나누지 않을 거요. 마음대로 하슈. 우리는 우리 몫만이라도 돌려보낼거야. 제길!"

로짠은 이렇게 화를 내며 말을 내던지고 훌쩍 왕보를 나가 뒷동산으로 올라갔다.

'뚱보 자식! 그놈은 항상 줏대가 없이 흔들린다니까.'라고 마음속에서 중얼거리며 그 화를 억누를 수가 없었다. 언덕에 올라서자 하늬바람이 휘휘 불어와 그의 저고리 소매를 펄럭였다.

로짠은 슬플 때에도 화날 때에도 이 언덕에 서서 북쪽을 바라본다. 고향이 그리운 것이다. 망망한 북쪽 황해를 가운데 두고 표표한 저편에 대륙의 산들이 안개 속에서 파도치고 있었다. 저기가 내 집이다, 라며 그는 부모님과 약혼자를 생각하고, 또 결혼식에 쓸 돼지가 이제 충분히 컸겠지 하고 생각하는 것이었다.

그는 괜히 흥분하며 언덕을 왔다 갔다 하고 있었다. 그 때 콴짠이 좇아와 특별히 말씨를 부드럽게 하며 회유하듯 말하였다.

"이보게 로짠. 나도 그들이 하는 짓이 정말 밉지만, 그놈들을 거스르면 결국에는 우리들이 대동구에서 쫓겨나 안동현이나 대고산(大孤

山)으로 이주할 수밖에 없지 않나. 그놈들은 무슨 구실을 만들어서라도 괴롭힐 게 틀림없어. 할 수 없지. 세 번이건 열 번이건 울며 겨자 먹기지 않은가."

"됐어요. 세 번이나 가만있을 순 없어요. 우리가 돼지처럼 순종하니까 그놈들이 더 하잖아요. 살무사가 우글거리는 조선 한구석에 있는 섬 추운 가설 오두막에서 자면서 모은 돈이에요. 유에빈 한 개에 일 원이라는 식으로 돈을 빼앗기는 건 참을 수 없어요."

로짠은 침을 탁 뱉었다.

"그 놈들도 월급이 7원 정도밖에 안 되니까. 군벌 우두머리 놈들이 나빠."

"윗놈들은 말할 것도 없고 밑엣놈들도 도둑놈이지……."

"메코화즈."[10]

"쇼무마메코화즈."[11]

"그러면 어떻게 하죠?"

"돌려보내는 거지."

콴짠은 쓴웃음을 지으며 "워뿌치도."[12]라고 고개를 흔든다.

(1932.11.16)

---

10 방법이 없어.(중국어)

11 뭐가 방법이 없다는 거야.(중국어)

12 난 몰라.(중국어)

4

마침 이 때 만조가 되어 제와샤(백하를 왕보로 운반하는 정크)의 젊은 동료가 네댓 명 올라왔다. 그들은 왕보에서 이 일을 듣고 언덕으로 우르르 몰려와 로짠에게 가세했다. 그리하여 유에빈은 그대로 돌려보내기로 했다. 로짠과 젊은 치들은 웅성거리며 왕보로 돌아와 그 역할을 로짠과 로찐 두 사람에게 일임하기로 했다.

"안심해, 안심. 나에겐 교묘하게 그들을 화나게 하지 않고 살짝 돌려보낼 방법이 있어. 그러면 삼십 원이 이득이야!"

로짠은 매우 기뻤다.

2, 3일 후.

로짠과 로찐 두 사람은 아침 4시 만조로 유에빈 상자를 들고 대동구로 향했다. 어선의 용무도 겸하여 마침 조씨구(趙氏溝)로 가는 다른 왕보의 정크가 있었기에 그것을 빌려 탔다.

아침 중에는 남동풍을 뒷바람으로 받아 마침 좋은 기회였다. 정크는 돛을 활짝 펴고, 순식간에 다사도(多獅島)를 지나 용암포를 달려, 신도(新島) 북방의 시베리아 원시림 같은 황량하고 험준한 산 사이를 뚫고 나가 한 조수만에 조씨구에 닻을 내릴 수 있었다. 벌써 점심 무렵이었다.

대동구는 여기서 1리 거리다. 마차가 다닌다. 깎아지른 듯한 험한 산 사이로 일노전역[13]에 일본군이 만든 그대로라는 두 간 도로가 직

13 러일전쟁.

선으로 く자 형태로 뚫려 있다. 모래를 깔지 않은 길은 마차 바퀴 자국이 두 줄 깊이 파여 있어 궤도처럼 보인다.

두 사람은 유에빈 상자를 소중하게 들고 마차에 올라타고 덜컹덜컹 흔들리며 달렸다. 어쩐지 큰 사건에 돌입한 듯하여 가슴이 울렁거리고 흥분되어 오는 것이었다.

두 사람은 마음이 조마조마하면서 경찰서 문을 들어섰다.

누구에게 말을 걸까 어물거리고 있었더니 안쪽에서 나이 들고 키가 큰 순경이 돌처럼 무표정한 얼굴로 어슬렁어슬렁 나온다.

"셤마?"[14]

"헤, 어르신들께 선물이 있습지요."

로짠이 시골 말투를 가장하여 말했다. 순경은 이상하게 생각하면서 로짠을 아래위로 자세히 살핀다.

"누구냐, 너희들은?"

"헤, 저, 가츠리섬의 XXXX의 깐샤 왕보에서 일하고 있는 선부들이 옵니다."

두 사람은 굽실굽실 서툰 절을 했다. 순경은 알았다는 듯이 미소를 띤다.

"음, 선물이라고?"

"헤, 저번 어르신들께서 보내주신 그 유에빈 선물 고맙습니다. 그래서 그 답례로 그것과 똑같은 선물을 가지고 왔습죠, 헤."

---

14 뭐야?(중국어)

로짠은 옆구리에 낀 상자를 가리켰다. 로찐은 웃음이 터져 나오려는 것을 꾹 참았다. 순경은 이상하다는 듯이 상자를 보고 고개를 갸웃했으나, 무슨 뜻인지 알 수 없는 미소를 입가에 띠었다.

"흠, 그런가? 그러나……."라고 말하려는 것을 로짠이 "헤, 송구스럽기 그지없지만…… 저희들이 좀 바빠서……."라며 가로막는다.

"그래, 그래. 그렇지만 이게(손가락을 둥글게 해서) 좋지. 헤헤헤."

순경은 욕심쟁이처럼 비열한 눈빛으로 두 사람에게 추잡한 미소를 보낸다.

"헤, 헤. 바빠서……나중에 또 찾아뵙겠습니다. 죄송합니다."

두 사람은 후다닥 경찰서 문을 빠져 나갔다. 순경은 그저 얼이 빠진 듯 복잡한 시선으로 두 사람을 쳐다보고만 있었다.

(1932.11.17)

5

"에이, 쳇. 자꾸 딴 길로 새버리네. 네가 저쪽에서 달려와서 저 돼지들을 길 한복판으로 몰아줄래?"

"싫어. 나 벌써 지쳐버렸어."

"아니 오빠 말을 안 들을 거야, 이 녀석."

"그냥 놔두면 되잖아."

"오빠 말을 안 듣는 계집애는 시집도 못가."

"못된 오빠."

5,6일 전 귀향한 로짠은 여동생인 메이호와 함께 돼지를 몰고 있었다. 수확이 끝난 고량밭 둑이다.

로짠은 오른손을 휘둘러 휘리릭 채찍을 울렸다. 그것은 조용한 늦가을 오후 들판의 공기를 날카롭게 가르며 돼지들을 위협하는 것이었다. 무리 가운데 후미에서 어슬렁거리는 돼지들은 깜짝 놀라 꿀꿀 콧소리를 내며 잔걸음으로 어미돼지 곁으로 따라 붙는 것이었다.

늦가을치고는 흔하지 않은 따뜻한 날이었다.

수확이 끝난 가지런하고 넓디넓은 들판, 검은 흙이 불룩불룩 튀어나온 밭과 밭이 무한히 펼쳐져 있었다. 정연하게 열을 이룬 그루터기만 남은 고량밭, 채소와 무의 자투리 같은 게 잡다하게 흩어져 있는 채소밭, 거기다 가을에 뿌린 밀이 벌써 한 치 남짓이나 자라 청색을 띤 밀밭이 섞여 그 일대는 멀리 서북 편 산기슭까지 이어졌고, 다른 쪽으로는 대동구의 바다까지 끝없이 펼쳐져 있었다. 곳곳의 밭둑길에 심어져 있는 낙엽진 계수나무가 미풍에 한들한들 흔들리고 있었다.

길은 이처럼 넓디넓은 평야 한 가운데를 산기슭의 로짠의 부락에서 대동구쪽으로 구불구불 가르고 있었다. 지름길인 고량밭 사잇길을 걸어 그들은 돼지를 몰며 집으로 가는 길에 올랐는데, 그의 결혼식에 쓰기로 한 가장 큰 놈이 혼자 보리밭 쪽으로 길을 벗어나자 다른 놈들도 그 놈을 따라 가려했던 것이다.

"그럼 내가 가지."

로짠은 저쪽으로 고량밭 속을 성큼성큼 달려간다. 메이호는 채찍을 휘둘러 오빠 못지않은 솜씨로 휘리릭 소리를 내며 돼지 무리를 재촉했다. 상당히 먼 길을 걸었기 때문에 그녀의 뺨은 봉숭아 빛으로 붉게 물들었고 열여섯 살이면서도 새색시 같은 성숙함과 소박한 아름다움이 있었다.

그 때 뒤쪽에서 "메이호."하며 부르는 남자가 있었다. 그녀가 깜짝 놀라 뒤돌아보니, 낯이 익은 젊은 순경이었다. 대동구 경찰서 사람이었는데 빠른 걸음으로 그들을 좇아 왔던 것이다. 경찰은 싱글벙글 웃었고 그녀는 외면한 채 걸어가며 어색함을 이기려 쓸데없이 채찍을 휘둘렀다.

"너 참 예뻐졌구나. 헤헤."

그는 이제 그녀와 거의 닿을 듯한 곳까지 다가왔다.

"싫어!"

메이호는 입술을 내밀며 이번에는 신경질적으로 오른손을 휘둘러 채찍소리를 내어 그에 대한 반감을 표시했다. 돼지 떼는 꿀꿀거리면서 재바른 걸음으로 나아갔다. 그녀도 빠른 걸음으로 좇아갔다.

"넌 내가 싫니?"

그는 더욱 능글맞게 따라붙는다. 그리고 파이레트 담배[15]를 꺼내 피우기 시작했다. 메이호는 묵살하면서 나쁜 놈이라고 말하듯 다시 채찍을 휘리릭 울렸다.

"흥! 기억해둬. ……메이호, 네 오빠가 돌아왔지? 저쪽에 있는 게 네 오빠가 틀림없지?"

---

15 Pirate. 중국에서 유통되던 영국제 권련. '칼표 담배'라 불렀다.

순경은 갑자기 화가 치밀어 위협적인 말투가 되었다.

"그래."

그녀는 가볍게 대답했다.

"그렇다면 너희들은 여기 꼼짝 말고 있어야 돼. 네 오빠를 데리러 왔거든. 경찰서에서 용무가 있어."

"뭐? 오빠를? …… 무슨 일이에요?"

"넌 몰라도 돼."

순경은 흥하고 오만하게 콧방귀를 뀌더니, "어이, 이쪽으로 와, 젊은이!"라고 손을 모아 입에 대고 로짠을 불러 세웠다. 메이호는 왠지 불길한 예감에 떨며 멈춰 서서 오빠 쪽을 바라보았다. 그는 돼지를 모는 데 열중하여 채찍을 휘두르며 이쪽으로 다가오는 것이었다.

"빨리 와. 너희들 그렇게 느긋할 때가 아니야."

순경을 허세를 부리며 의젓하게 소리를 질렀다.

로짠은 채찍을 동생에게 건네고 아무 것도 아니니 안심하라는 듯이 크게 웃어 보이며 순경에게 묵묵히 연행되어 갔다. 메이호는 울 듯한 얼굴로 초연히 형을 바라보며 잠시 광막한 벌판 가운데 서 있었다.

해는 이미 저물어가고 있었고 어느 샌가 황혼이 박두하고 있었다.

(1932.11.18)

6

"로짠은 그 후 어떻게 되었지?"

나는 로뵤의 우울한 옆얼굴을 보며 다음 이야기를 재촉했다. 심상치 않은 사건이 로짠에게 벌어졌을 거라고 예상하며 어떤 의분 비슷한 감정이 무럭무럭 솟아나는 것을 어찌할 수 없었다.

"그 후 로짠에게 벌어진 일을 생각하는 것만으로도 그놈들이 미워 죽겠습지요."라고 로뵤는 진지하게 얼굴 근육을 긴장하며 이야기를 이어갔다.

그런데 독자들이여! 내가 갑자기 이 이야기 속으로 끼어든 것에 당혹할 필요는 없다. 그리고 로뵤에 대해서도.

나는 일찍이 방랑하던 시대 어느 초여름 하얼빈행 여비를 마련하려고 그 대동구의 어떤 친구를 방문한 적이 있었다. 안동현에서 작은 가솔린 배로 압록강을 내려오기를 약 10리, 그 조씨구에 상륙했다. 거기서 1리를 마차로 이동했던 것이다.

그런데 내가 마차 하나를 잡았을 때 매우 의외의 현실에 직면하여 결국 이 소설을 얻기에 이르렀다. 마침 내가 구한 마차부가 그 때의 콴짠이었던 로뵤였던 것이다! 그는 벌써 노인이 되었을 뿐만 아니라 어지러운 밑바닥 생활로 전락한 가운데 완전히 옛 주인을 잊고 있었지만, 나는 한눈에 그를 알아보고 "당신 XXX의 깐샤 왕보에서 콴짠을 하던 로뵤가 아닌가?"라고 하자, "예, 그렇습지요."라고 대답하며 나를 뚫어지게 바라보는 것이었다.

"당신 나를 모르는가. XXXX 왕보의 쇼반쥬(小船主 - 바로 어업가의 자식을 말한다)야."라고 했더니 그도 잠시 생각하다 "아 그렇습니까. 죄송합니다."라고 회한에 잠긴 듯 내 손을 잡고 눈에는 눈물마저 머금고

옥수수처럼 노란 이를 드러내 보이며 아주 기뻐하는 것이었다. 지나인 선부의 진한 의리는 그전에도 알고 있었지만, 이때만큼 그들을 반갑고 사랑스럽게 생각한 적은 없었다.

그래서 나는 오랜만의 해후를 기뻐하며 이야기를 나누기 위해 그와 나란히 차부석에 올랐다. 거기서 누구보다도 총명했던 로짠에 대해 물어보았던 것이다. 그 당시 고용했던 지나인 선부 가운데 로짠이 가장 내 인상에 깊었기 때문이다.

우리들이 이렇게 이야기를 나누고 있는 동안에도 마차는 천천히 대동구를 향해 광막한 벌판의 들 사이를 지나갔다. 그는 그 후의 로짠에 대해 간략하게 이야기했다.

"그 후 로짠은 아무런 이유도 없이 3일간 구류되었습지요. 물론 그 유에빈 때문입니다. 우리들도 상당히 괴롭힘을 당했어요. 그런데 3일 후 석방되는 데도 조건이 붙었어요. 그러니까 여동생 메이호를 서장놈의 다섯 번째 첩으로 삼아야 한다는 겁니다. 게다가 운 나쁘게도 메이호에게는 4백 원인가 얼만가로 인신매매 계약이 있었던 겁니다. 그 돈으로 로짠의 장가 비용으로도 쓰고 지주에게 지대도 지불하며 빌린 돈도 갚기로 되어 있었어요. 그 지역 농민들은 정말 궁핍했던 거지요. 어쨌든 메이호를 서장놈에게 빼앗기고 나니, 인신 매매금은 갚을 수 없었고, 울분을 풀 길도 없어져 로짠의 아버지는 결국 병에 걸려 곧 죽어 버렸어요."

그의 목소리는 조금 떨렸다.

"음! 로짠은 거기 살고 있는가? 기회가 있으면 위문하고 싶은데."

"아, 아닙니다요. 그 뒤, 그렇지, 작년 이 맘 때 농민 반란이 있었는데, 로짠은 그 수모자 가운데 하나였습지요. 그 때 지주를 XX하고, 순경과 출동하여 저 증오스러운 서장 놈을 XX했습니다. 그걸로 결국 안동현인가 어딘가로 잡혀가서 총살당했다고 합니다!"

"뭐, 로짠이 총살되었다고? 음, 불쌍하게도."

나는 총명한 로짠의 얼굴을 떠올리며 그가 지주에게 반항하여 지주를 XX하고 서장을 XX했다는 것은 너무나 로짠다운 성격의 현현이라고 생각했다. 그러나 어차피 죽을 거라면 멋지게 죽었다고 생각했다.

(1932.11.20)

7

"그러면 로짠의 누이동생 메이호는?"

"메이호말입니까? 걔도 불쌍하지요(라고 목소리를 흐렸다.). 그 애는 아버지의 빚에다가 어머니와 동생들을 부양하기 위해 안동현 매음굴에 팔려가서 지금 창기가 되었습니다. 서방님 돌아가시는 길에 부디 메이호를 찾아가 위로해 주지 않으시겠니까?"

그는 너무나 침울하게 허무한 인생을 감개무량하게 이야기하며 어두운 우울에 빠져 있는 것이었다.

"그래, 가고말고. 사는 곳만 알면."

나는 정처 없는 방랑을 하던 처지라 무턱대고 감상적이 되고 참을 수 없이 우울해졌다. 그리고 로짠 일가에게 연민을 느끼며 가슴가득 소용돌이치는 의분으로 흥분했다.

나는 안동현에서 가지고 온 위스키 작은 병을 양복 주머니에서 꺼내어 먼저 한 잔 부어 벌컥 마시고, 또 한 잔을 가득 부었다가 마차가 흔들리는 바람에 흘려버렸다. 송구스러워하는 로뵤에게 그 술잔을 권했다. 그리고 안동현의 메이호가 사는 곳을 알려달라고 했다.

“반드시 메이호를 찾아가서 위로해 주겠네. 만약 잘 된다면 하얼빈에 실업가 아저씨가 계시기 때문에 5, 6백 정도는 마련해서 몸을 빼오고 싶은데.”

나는 열띤 어조로 진지하게 이렇게 말하자 그도 자기일인 것처럼 기뻐했다. 그리고 나는 그에 대해 물었다.

“그런데 자네는 어떻게 마차부가 되었는가?”

“헤, 스스로 그렇게 한 것은 아닙니다. 어떤 일이라도 스스로 희망한 것이라면 세상은 좋은 곳일 테지요. 이런 비참한 마차부도 역시 힘든 세상이 시킨 일입지요. 하하…….”

그는 허무한 웃음으로 끝을 맺었다. 그리고 이 5년 동안 여러 밑바닥 생활을 해온 것을 이이야기하며, “이미 세상에는 적당히 애증이 생겼습니다. 이제 죽고 싶을 뿐입니다. 평안히 죽어가고 싶습니다.”라고 절절한 어조로 고백하는 것이었다.

현재 사회는 개개인의 운명을 실로 일찍이 없었을 정도로 황폐하게 만들어 간다, 그리고 이런 밑바닥 생활자에게 어두운 절망을 씌우는 것이다, 라는 것을 나는 절절히 느꼈다.

“흠. 그렇군. 나는 자네가 5년 전, 그렇네 내 아버지가 어업에 실패한 지 벌써 5년이나 되는군, 그 때 이후로는 행복하게 되었기를 기대했었다네. 여전히 가난하기만 했던가? 나도 매우 비참한 방랑생활이지만."

나도 곧 절절히 말을 꺼냈다. 방랑의 여행을 하다 보니 이런 늙은 마차부에게까지 이런 말을 하는 것이리라.

"헤, 점점 가난해지는 것 같습죠. 그 후 5년 동안 속고 살아왔지만 세상은 점점 나빠질 뿐입니다. 군벌 놈들은 전쟁이나 첩 들이기나 향락으로 국민을 괴롭힐 뿐입니다……."

그의 말은 소박하지만 진지해서 나의 가슴에 울림을 주었다. 나는 위스키 한잔으로 취기가 돌아 방랑의 여행 기분에 빠져들었는데, 이번에는 주머니에서 유에빈을 꺼내 그에게 하나 건넸다.

"헤, 헤. 고맙습니다. …… 저는 이 유에빈을 볼 때마다 로짠을 생각하고 무서워집니다. 유에빈 하나도 마음대로 먹지 못하고 총살당한 로짠의 불쌍한 삶을 생각하면……."

그는 머리를 조아리고 고삐를 잡지 않은 다른 손으로 받아들면서 이렇게 말했다. '아아! 더 이상 견딜 수 없다.'라고 생각하며 나는 점점 우울해질 뿐이었다.

마차는 어느 샌가 대동구 대로에 당도했다.

나는 마차에서 내려 이별을 아쉬워하는 로뵤와 헤어졌다.

그는 멀어지는 마차 위에서, "꼭 메이호를 찾아주세요. 몸 조심하시고요."라고 거듭 말하며 몇 번이나 뒤돌아보는 것이었다. 그리고 그는 훌쩍 멀어져갔다.

"그럼 그러구 말고. 반드시 찾아감세. 또 만나세."

나는 대답하고는 거리를 가로질러 골목쪽으로 걸어갔다.

이리하여 이 한 편의 이야기를 얻었던 것이다.

(1932.11.22)

영원한 여성*

기차안

동백꽃 흩날리는 초여름 맑은 날, 도카이도[東海道]선[01]을 서쪽으로 달리는 급행열차에 흔들리며 마키야마 사유리[牧山小白合]는 멍하니 창밖으로 시선을 던지고 있었다. 그녀는 차창에서 비치는 따끈따끈한 햇살에 연짓빛 이세사키[伊勢崎][02] 겹옷에 린즈[綸子][03] 비단의 치리멘[04] 하오리[05]가 더울 정도였다. 그녀의 머리는 지금 시시각각 다가오

---

* 단행본 『静かな嵐』(每日新報社, 1943)에 재수록된 판본을 참조하여 번역하였다.

01 도쿄역에서 고베역에 이르는 철도 노선.

02 일본 이세사키 지방에서 나는 견직물.

03 무늬를 짜 넣은 두껍고 매끈한 비단.

04 크레이프처럼 오글오글하게 주름을 잡은 직물.

05 일본 옷 위에 입는 짧은 겉옷.

는 아직 보지 못한 조선에 대한 공상으로 가득 찼지만, 그것은 어디까지나 즐거운 것은 아니었다. 미지의 세계에 대한 동경과 더불어 막연한 불안과 근심이 있었다. 그녀의 이번 여행은 오히려 일종의 도피행이었기 때문이었다. 그것이 사유리의 마음을 무겁게 했다.

'누구도 내 고민을 아는 사람이 없어.'

그렇게 생각하면서도 실은 알려지지 않은 먼 세계를 향하여 지금 여행하는 사유리였다.

도쿄에서 점점 멀어진다는 섭섭함으로 금방 슬픔이 가슴 가득 맥없이 밀려오며 도쿄역에서 쓸쓸히 헤어진 근심 가득한 어머니의 얼굴이 눈앞에서 떠오르자 눈물이 흘러나왔다.

'이러면 안 돼.'

그녀는 억지로 억누르며 읽다만 괴테 시집 가운데 미뇽의 노래를 지금 다시 읽어보았다.

그리움 아는 이
내 괴로움 알아

나 홀로 모든 기쁨 떠나와
나 하늘 저편만 그리며 보네
날 이해하는 이 그곳에 있네
어지러워 내 가슴 불타는 듯

그리움 아는 이

내 괴로움을 아네

그것은 흡사 지금 자신의 가슴 속을 노래한 것처럼 꼭 마음에 와 닿는 것이었다. 그리고 몇 번이나 "그리움 아는 이 내 괴로움 알아."를 되풀이 하는 동안 이상하게도 마음은 누그러져 꾸벅꾸벅 잠속으로 빠져 들어갔다.

몇 시간이나 지났는지 기차는 시모노세키에 도착했다. 사유리는 배 시간까지 역사(驛舍)에 나가 기다렸다. 북적북적한 저녁 무렵 역전에는 조선 사람들이 많이 눈에 띄어 시모노세키가 조선의 이웃임을 실감케 했다. 도쿄에서도 가끔 차림새가 그다지 청결하지 않은 조선인들을 본 적이 있었지만, 이렇게 우글우글거리고 있는 것은 처음 보았기에 시선이 조금 이끌렸다.

마침내 사유리는 구내에서 나와 침침하고 긴 복도를 지나 배에 올라 다음날 아침 일찍 부산에 내렸다. 좁은 해협 하나를 사이에 두고 얼마나 다른가. 기후도 여기는 아직 조금 춥고 모든 것이 느릿느릿하고 먼지투성이였다.

그러나 신경행 급행열차는 널찍하고 승차감이 좋았다. 문화가 아직 낮다는 선입견과는 조금 어긋날 정도로 내지[06] 기차보다 여유 있고 큰

---

06 內地. 식민지 시대 '외지(外地)'와 대를 이루어 본토(일본)를 일컫는 말.

것[07]이 우선 그녀의 호기심을 돋우었다. 이미 이 작은 일에서부터 조선이라는 것을 다시 보아야 한다고 사유리는 생각했다. 그런데 그 다음 순간이었다. 기차가 초량(草梁) 근방을 지나자, 저 가난한 농민들이 사는 비참한 시골풍경이 차창 바깥으로 점점 펼쳐지고 있었다. 그것을 창밖으로 바라보던 사유리는 무심결에, "어머."라고 가볍게 놀랐다.

그 때 갑자기 "초라한 농가지요."라고 묻는, 회색 트위드[08] 양복이 잘 어울리는 모르는 청년이 웃음을 지어보였다.

(1942.10.28)

"초라하지요?"라고 물어와 사유리는 깜짝 놀라 얼굴이 붉어졌다.

"내지에서 처음 오시는 거지요?"

청년은 붙임성 있게 말했다.

"네. 이번이 처음이에요."

"그럴 거라 생각했습니다. 이 근방 농가들은 내지의 철도연선에서 보는 흰 벽의 농가와 비교하면 천양지차니까요. 당신이 놀라시는 것도 무리가 없지요. 게다가 저 민둥산을 보세요. 그것도 상당히 녹화한 것이랍니다."

---

07 조선철도의 궤도는 표준궤(4피트 8인치)로서 협궤(3피트 6인치)인 일본철도의 궤도보다 넓기 때문에 객실도 넓었다.

08 tweed. 특히 스코틀랜드에서 생산되는 거친 모직물의 일종.

청년은 창가에 시선을 둔 채 진지하게 말을 이어갔다.

"그렇게 말씀을 듣고 보니. 열차에서 보이는 저 농가가 이 당당한 광궤(廣軌) 열차와 너무나도 어울리지 않는다고 생각되어서 무심결에…… 이쪽 분들에게는 정말 실례지만."

사유리는 사과하듯 말했다. 물론 그 청년을 조선인이라고 단정하고 말한 것은 아니었다. 오히려 그를 같은 내지인이라고 생각해서 "이쪽 분들에게는" 운운했던 것이다.

그런데 놀랍게도 그 청년은 "저는 순수한 조선인이지만 그런 건 조금도 개의치 않습니다. 이렇게 말하는 건 억지일지도 모르겠지만, 우리들로서는 이런 빈약한 농가의 모습을 보고 가만히 있는 사람들보다도 당신처럼 솔직하게 놀라는 사람이 훨씬 좋습니다. 그건 말입니다. 당신과 같은 분의 경우는 결국 원래는 이래야 했다는 생각에서 나온 탄식이라고 우리는 해석하기 때문이지요."라고 입가에서 웃음을 거둔 진지한 표정으로 말했다.

사유리는 조선에 상륙하자마자 잘못을 저지른 듯한 느낌이 들어 뺨이 화끈거렸으나 내지에서 처음 여행 온 사람에게 이처럼 솔직하게 털어놓는 이 조선 청년이 오히려 믿음직스럽게 생각되었다.

"어머, 당신이 조선분이셨다고요? 정말 실례했습니다. 기분 나쁘게 생각하지 말아 주세요."

"별 말씀을요. 우리들은 더욱 더욱 근면하게 일해서 하루라도 빨리 저런 초라한 생활을 개선해나가야 합니다. 아무리 일해도 삶이 즐겁지 않고 가만히 자기 손만 바라보는 치들도 가끔 있어서 아직도 근면과 연구가 부족한 것이지요."

그가 다쿠보쿠[啄木][09]의 시 따위를 교묘하게 인용하며 유창한 국어로 기세등등하게 말했기 때문에 사유리는 드디어 감동하고 말았다. 조선의 인텔리로 도쿄로 유학했던 것이리라고 생각했다.

이처럼 경성까지 오는 동안 그녀는 지루하지 않게 지역의 이야기를 여럿 들을 수 있었는데, 헤어질 때 그 청년은,

> 평양 오르간 제조공장주
> 이준걸(李俊傑)
> 평양부 경창리(景昌里) ○○번지
> 전화 XXXX번

이라 쓰인 명함을 건네면서 만약 기회가 있다면 평양 구경하러 오라고 권하는 것이었다. 평양은 이름에 값하는 명승지라는 것은 교시[虛子][10]의 '오마키의 찻집[お牧の茶屋]'[11]과 더불어 일찍이 들은 적이 있었고 그의 태도에 불순한 저의도 보이지 않았기에 그녀는 흔쾌히 그

---

09 이시카와 다쿠보쿠(石川啄木). 1986~1912. 사회주의 사상을 추구한 일본 시인.

10 다카하마 교시(高浜虛子). 1874~1959. 일본의 하이쿠 시인. 소설가.

11 평양 모란대에 있었던 요정. 오마키라는 일본 여성이 경영했다고 하여 '오마키의 찻집'이라 불렸다. 다카하마 교시 등의 일본 문인들이 자주 찾았으며 교시의 시비가 있었다고 한다.

러겠다고 답하고 헤어졌다.

마침내 사유리는 트렁크를 내려 경성역 바깥으로 나갔는데, 맞으러 온다는 사람의 얼굴이 보이지 않았다. 조금 초조한 기분으로 혼잡한 군중 사이를 어슬렁거리고 있을 때였다.

"도쿄의 마키야마 사유리 씨가 아닙니까?"라고 말하며 다가오는 것은 전혀 의외의 다른 청년이었다.

(1942.10.29)

해후

"어머! 이시이[石井] 씨!"

사유리는 너무나 의외의 해후에 놀라 잠시 말을 이을 수 없었다.

"사유리 씨, 도대체 어떤 바람이 불었습니까. 경성에서 사유리 씨를 만나리라고는……."

키가 훤칠하고, 하얗고 갸름한 얼굴에 검은 로이드 안경을 쓴 이시이 군조[石井軍三]는 만면에 웃음을 띠며 말했다.

"네, 새로운 땅을 동경하여 잠시 왔습니다."

"정말 잘 오셨습니다. 누구 맞으러 오는 분이 없습니까?"

"친척이 오기로 했는데……. 부산에서 전보를 쳐 두었으니까요."

"아, 시외 쪽에 계신다는 친척 말이군요. 시외라서 전보 배달이 늦었을지도 모릅니다."

"그렇지만 편지도 한 걸요."

사유리는 확실히 불만스러운 듯한 말투였다.

그녀는 조금 생각하는 듯하더니 “저 일단 역전 여관에 머물러야겠어요. 어디 가까운 곳이 없을까요.”라고 말했다.

이시이 군조는 “그러는 게 좋겠네요. 제가 안내할 테니 하룻밤 천천히 쉬시고 내일 친척집에 가시면 될 것 같습니다. 그 트렁크 제가 들지요.”라고 했다.

“괜찮아요. 제가 들게요.”

사유리는 살짝 거절했지만 청년은 빳듯이 그녀의 트렁크를 자기가 들고 앞서 갔다.

미자카도오리[三坂通][12]로 통하는 요시노초[吉野町][13] 대로의 언덕길에 면한 중급 여관 이층 남향방으로 그들은 안내받았다. 창밖의 베란다에 놓인 꽃 화분 너머로 초가가 회색으로 물결치는 골목길이 바라보였는데, 그 주변 일대의 인상만으로는 조선에 온 느낌은 들지 않고 내지 호쿠리쿠[北陸][14] 지방도시 어딘가에라도 온 듯한 풍경이었다.

이시이 군조는 어쩐지 차분하지 못하고 안절부절 못하는 사유리에게 다시 격조(隔阻)했음을 사과하며 “부모님께서는 별고 없으신지요?”라고 말했다.

---

12 현재의 후암로.

13 현재의 후암동.

14 일본 중부 지방 가운데 한국의 동해 쪽에 면한 지역. 니가타현, 도야마현, 이시카와현, 후쿠이현이 그에 속한다.

"네, 잘 지내시지만, 어머니는 제가 조선으로 가는 것을 매우 걱정하셨습니다. 그런데 이시이 씨는 여기서 무엇을 하고 계십니까?"

"아버지의 금광에서 일하고 있습니다. 내 성격에는 그다지 맞지 않지만……."

"어머, 바이올린만 켜든 이시이 씨가 그런 일을? 설마 금광에서 바이올린 선생님을 하고 계시는 건 아니겠지요. 호, 호, 호……."

사유리는 처음으로 웃음을 터뜨렸다. 이 가냘픈 이시이 청년이 금광에서 도대체 무슨 일을 할까, 금광에는 험한 남자들이 우글거린다는데, 그런 상스러운 분위기와 이 섬세한 청년은 정말 대조되어 이상하게 생각되었던 것이다.

"정말 이상하지요? 이 이시이 군조가 금광 감독이라는 게. 사유리 씨 아닌 누구라도 일단 웃을 겁니다. 그렇지만 효도하기 위해서랍니다. 결국 내 적성에 맞지 않는데도 오로지 아버지를 납득시키려고 금전꾼이 되었습니다."

"아버님의 희망으로 금광 일을 하게 되셨군요?"

"그렇습니다. 당신도 아시다시피 내 본래의 희망은 음악이었지요. 그렇지만 음악가는 아버지가 절대반대였어요."

(1942.10.30)

"어머, 그렇군요. 군조 씨의 음악적 재능이 아까워요."

사유리는 가볍게 한숨을 내쉬었다. 그것은 이시이 군조에 대한 동정 때문이라기보다 그녀 자신에 대한 탄식이었다.

이시이는 사유리의 미간에서 근심을 읽고는 "나보다도 우선 당신 이야기부터 들려주세요. 막연히 경성에까지 여행한다는 건 조금 상상하기 어려운데요."라고 이번에 조선에 온 목적을 알고 싶어했다.

"딱히 큰 목적이 있는 건 아닙니다. 굳이 말하자면 도쿄에 혐오를 느껴서 기분 전환하러 온 거에요."

"그렇습니까. 당신은 무언가를 외곬으로 생각하시는군요. 실례입니다만, 에가와[江川] 씨와 결혼하기로 하지 않았나요? 핵심을 찔렀죠?"라고 말하고는 하하하 웃었다.

사유리의 표정에는 순간 작은 동요가 일어났지만 그녀는 오히려 굳은 표정으로 "이시이 씨는 무엇을 근거로 그렇게 말씀하시는지요?"라며 그의 얼굴을 쳐다보았다.

"무엇을 근거로라니요? ……딱히……. 그러니까 당신은 댁에 있었던 우리들 가운데 에가와 씨에게 가장 호감을 가지고 있었던 게 아닙니까?"

이시이 군조와 에가와 라이타[雷太]는 도쿄 유학시절 사유리 집에 하숙했다. 혼고[本鄕]의 '아키다[秋田]관'이라고 하면 낡은 하숙집으로, 사유리의 아버지인 레이조[禮藏]는 말 그대로 할아버지로서 그 주변 학생들 사이에서는 평판이 좋았다. 그는 지방 역장을 오랫동안 지내고 은퇴하여 연금생활을 하고 있었다. 범연한 성격의 도호쿠[東北][15]

---

15 일본 동북부 지역을 총칭한 말. 아오모리현, 이와테현, 미야기현, 아키타현, 야마가

사람으로서 가끔 하숙비 같은 걸 받지 않는 식으로 학생들의 사정을 잘 봐주었다. 조선인 학생들도 상당히 신세를 졌다.

이시이도 그 아키타관의 밥을 2년 정도 먹었는데, 아키타관 시절에는 그보다 한수 위인 에가와 라이타 때문에 사유리와는 거의 가까이 지내지 못했다. 그래서 그는 항상 자기 방에 처박혀서 좋아하는 바이올린을 켜는 데 열중했다.

사유리는 이시이의 이야기에 쩔쩔매면서 "어머, 좀 심해요!"라고 혼잣말을 하듯 하며 시선을 무릎 위로 떨군다.

"비웃으려고 한 말은 전혀 아닙니다. 오늘은 우연히 역 화물취급소에 용무가 생겨 갔다가 당신과 맞닥뜨렸는데, 나는 그 순간 에가와 씨를 떠올렸고 그래서 조금 여쭤본 겁니다. …… 이제 피곤하시니 푹 쉬세요. 내일 시내를 안내할게요. 그럼 내일……."

이시이는 여관을 나왔다.

혼자가 된 사유리는 비로소 먼 타향에 온 여수(旅愁)를 피로와 함께 절실하게 느꼈다. 이불을 깔고 조금 누웠다. 여관 하녀가 깨워서 일어났더니 벌써 어둠이 밀려와 있었다. 저녁을 먹고 탕 속에 들어가자 다소 마음이 풀려 여유가 생겨났다. 석간신문 따위를 읽으며 그날 밤은 일찍 잠자리에 들었다. 앞으로 몇 년 이 땅에서 살아가게 될까, 아니면 다른 길이 나타날까, 예상도 할 수 없는 그녀의 조선에서의 첫날밤은 조용하고 적막한 밤이었다.

타현, 후쿠시마현이 여기에 속한다.

다음날 점심 무렵이었다. 30대쯤으로 보이는 여관 하녀가 손님이 왔다고 알려왔다. 이시이라면 바로 올라왔을 텐데 누구일까 생각하며 사유리가 현관에 나가자, 어제 맞으러 올 예정이었던 친척 야마다 노부오[山田農夫雄]였다. 그는 농장의 젊은 주인다운 소박한 양복을 입고 있었다.

"어머. 어떻게 이곳에 있는지 아셨어요?"

사유리는 기뻐 말하며 올라오기를 권했다.

(1942.10.31)

여자들 사이

"어떻게 알았다니? 여기 있는 걸 알려고 상당히 고생했지."

야마다는 벙글벙글 웃으며 말했다.

"경찰서에 알아봤군요. 수고하셨어요."

사유리는 까딱 고개를 숙였다.

"음, 대개 역 부근의 여관에 묵으니까 이 부근을 하나하나 조사하면서 찾아보면 결국은 찾을 수 있지. 어제는 정말 미안했어. 아무래도 시외, 그것도 의정부 경원선이 다니는 시골이니까. 도쿄의 국철처럼 늘 운행하는 기차가 있는 것도 아니라서, 그 시간에 맞출 수 있는 기차가 없었어. 이제는 세 살 아이도 아니라서 역 앞 어느 여관에 자리를 잡을 거라 생각해서 오늘 아침 경성으로 온 거야."

"어머, 오빠는 계속 경성시에 있었던 게 아니에요?"

"경성시가 뭐야. 조선에 대해 알려면 아직 멀었네. 조선에는 시라는 게 없어. 부라고 한단다. 편지 같은 데에서 항상 경성시외 의정부라는 식으로 쓰니까 경성에 이어진 시외라고 생각했겠지만 경성역에서는 5,6리나 되는 시골이야."

"어머, 놀라워! 진짜 호랑이가 나오는 곳이에요?"

"호랑이가 우글우글거리지. 어제도 한 마리가 농장에 와서 양을 잡아가려는 걸 멋지게 한방 쏴버렸지."

"어머, 정말이에요?"

"후, 후, 후……. 그건 말이야. 30년 전의 조선이란다. 하, 하, 하……."

"놀리지 말아요. 호, 호, 호……."

"도쿄 시골 영감님, 이제 집에 가실까. 유리짱은 지금부터 조선에 대해 공부를 열심히 해야해. 자 우선 조선신궁에 참배하고 그러고 나서 남산에서 아름다운 초봄의 경성 시내를 조망하자구."

사유리는 야마다에게 이끌려 남대문 옆 참배로로 올라가 조선신궁에 참배를 마치고 경내 북쪽에 서서 시내를 내려다보았다. 봄 안개가 옅게 낀 북악산과 북한산의 험한 봉우리를 배경으로 근대식 건물을 군데군데 박아놓은 낮은 조선 기와집의 거리. 이렇게 내려다보는 것만으로도 좀 전 야마다가 말한 대로 상당히 아름다운 도시임에 틀림없었다. 경부선의 초라한 농가와 이 근대도시는 얼마나 심한 대조를 이루는가. 미개한 것과 소위 근대문화가 여전히 병존하는 모습, 사유리는 이것이 오늘날(1937년 무렵)의 조선임을 깨달았다.

청량리역에서 경원선을 타고 3,40분 달려 의정부에 내렸다. 사유리는 '경성시외'라고 했지만, 3·4리나 논이 이어지는 전원을 지난 시골이라는 사실을 처음으로 알았다. 고즈넉한 마을의 뒷길을 지나 철도선로를 넘어 15분 정도 걷자 과수원과 채소밭, 목장이 펼쳐진 야마다 농장이 나왔다. 포플러 나무가 잘 정리된 가로수길 저 안쪽에 장미넝쿨 우거진 아치문이 있고 그곳을 통과하자 등나무가 우거진 작은 정자가 있었다. 거기 볕 좋은 의자에 나른하게 앉아 있는, 안색이 좋지 않은 젊은 부인이 야마다 노부오의 처 리에였다. 노부오는 뒤에 따라오는 사유리가 정원 앞에 당도하기까지도 의자에서 일어서려고 하지 않는 리에가 눈에 거슬렸다.

"리에, 인사해. 도쿄의 유리짱."

그렇게 말하는 노부오의 말은 다소 가시 돋친 듯 들렸다.

리에는 그제서야 겨우 일어나 두세 걸음 앞으로 나오며 "잘 오셨어요."라고 인사를 하는 것이었다.

사유리는 인사를 하며 말했다.

"새언니, 반가워요. 당분간 신세질게요."

(1942.11.1)

"어서 와요. 이런 몸이라 역까지 마중 나가지도 못하고……."

리에는 힘없이 말했다.

"아니에요. 별 말씀을요. 새언니, 꽤 초췌하시네요. 어디 안 좋으신가요?”

“아니, 딱히 어디가 나쁜 것도 아닌데 신경이 약해서……. 자 방으로 가세요. 이렇게 시골이라서 좀…….”

“유리짱, 이리 올라와. 차를 내올 테니.”

장지문을 열어둔 거실에서 노부오가 큰 소리로 말했다. 사유리는 리에의 뒤를 따라갔다.

“유리짱이라니 이상하지 않아요? 사유리 씨도 이젠 어른인데.”

리에가 말했다.

“어른인 건 틀림없지만, 짱이라고 하는 게 친근해서 좋잖아. 유리 씨라고 ‘씨’를 붙이면 어딘지 데면데면해. 그렇지 유리짱?”

노부오가 웃으며 말했다.

“그런 건 아무래도 좋아요. 그것보다 여기는 조용하고 좋은 곳이네요.”

사유리는 잠깐 돌아보다가 방으로 올라가 노부오와 마주 앉았다.

노부오는 새삼 양손을 바닥에 짚고 “잘 오셨습니다. 멀리 도쿄에서.”라고 말하며 고개를 꾸벅 숙였다.

사유리는 당황하여 답례로 “아무쪼록 잘 부탁합니다.”라고 말하곤 정좌하여 “새언니 상당히 쇠약해졌는데 잘 해주지 않으면 안돼요.”라고 했다.

“일종의 신경병이야. 가끔 히스테리를 일으키지만 그건 약도 없단다. 뭐 그건 그렇고, 하오리를 벗는 게 어떠냐.”

“예. 큰 어머닌 외출하셨어요?”

"아니, 뒤쪽에서 가축을 돌보고 계실 게다. 어머니는 그게 취미거든."

"이젠 상당히 노쇠하시겠지요."

"아니야. 꽤 정정하셔. 아직도 아내보다 두세 배나 일하시거든."

리에가 간식과 차 도구를 들고 나타났다.

"오래 기다리셨습니다."

리에는 그렇게 말하며 그릇을 꺼냈다.

"유리짱이 지금 당신이 병약해 보이니 잘 해주라고 혼냈어."

"어머, 오빠."

"그래요? 사유리 씨, 친절하네요."

"도회 여자는 차갑고 정이 없다고 하는데, 유리짱은 상당히 인정이 있잖아. 하, 하……."

"도회인이기 때문에 오히려 자잘한 데 신경을 쓰는 거에요. 호호호……."

"그렇군, 이런 시골에 있으면 사람이 시시하게 되거든."

"어머, 죄송해요, 새언니."

일순 찬물을 끼얹은 듯 침묵이 이어졌다.

리에는 화제를 돌려 "그 메이센[銘仙][16], 상당히 점잖고 수수한 무늬네. 여기서는 상당히 요란한 게 유행인데."라며 여자답게 옷 이야기를 꺼냈다.

"그러고 보니 경성에서 조금 느꼈어요. 모두가 화장도 진하고 옷

---

16 간토[關東] 지방에서 생산되는 견직물.

도 눈부실 정도로 대담한 색채였어요."

"요즘 여자들은 상당히 화려해졌지."

노부오도 한 마디 거들었다. 그때 노부오의 노모가 흰 암토끼 한 마리를 안고 정원에서 방을 들여다보았다.

"어머, 잘 왔어요. 도쿄 손님."

(1942.11.2)

농장의 봄은 분주했다. 과수의 해충구제와 비료살포 등 규모가 꽤 큰 야마다 농장을 잘 경영하는 데에는 물론 노부오 혼자만으로는 태부족이었다. 작년에 아버지가 돌아가신 후 부친 생전부터 일해 온 젊고 충실한 조선인 인부인 춘삼 부부가 지금은 더 이상 없어서는 안 될 존재였다. 미야자키[宮崎] 고등농림학교[17]를 갓 졸업한 노부오보다도 다년의 경험이 효력을 발휘하여 조선의 과수 재배의 실제는 춘삼 쪽이 나았다. 그래서 노부오는 과수의 실제 방면은 거의 춘삼에게 맡기고 자기는 품종 개량이나 판매 같은 방면만을 담당했다. 원래 노부오는 농장의 실제 경영보다도 학문적 방면에 더 많은 흥미를 가지고 있었다. 그는 될 수 있는 한, 시간을 들여 농장 서편에 흐르는 깨끗한 하천가 작은 언덕에 마침 소나무 숲이 있어서 거기서 이끼를 이용하여 오배자충의 인공번식 방법을 연구하고 있었다. 오배자는 잘 알려

---

17 1924년 미야자키현 미야자키시에 설립된 전문학교. 현재 미야자키대학 농학부.

져 있듯이 잉크 등의 염료 및 특수 화학약품의 원료로 중시되는 것이다. 국내생산이 매우 적어 거의 외국에서 수입한다는 사실을 감안하여 관계당국에서는 이 방면의 연구를 진지하게 진행하고 있었던 것이다. 노부오도 또한 미력이나마 국가에 공헌하고자하는 열의가 있었던 것이다.

그러나 요즘은 춘삼 부부와 임시인부들에게만 맡겨서는 일손이 부족했다. 노부오는 아침 일찍부터 색 바랜 카키색 작업복에 고색창연한 맥고모를 쓰고 사과나무 가지를 좀먹는 해충을 제거하고 있었다. 밭 남쪽 끝에서 북쪽으로 한 그루 한 그루 세밀하게 검사해 갔다. 한편에서는 춘삼 부부와 임시인부들이 사과나무 주위에 큰 원 모양으로 땅을 파고 퇴비를 주는 작업을 하고 있었다.

사유리는 부엌일을 도와주다 그 일이 끝나자 뒤뜰에 이어진 사과나무 밭으로 갔다.

"오빠, 가도 방해가 되지 않을까?"

사유리는 노부오에게 말을 붙였다.

"응, 괜찮아. 유리짱. 이거 견학해두면 나중에 쓸모 있을 걸."

노부오는 잠시 손을 멈추고 대답했다. 사유리는 노부오 곁에 가서 나뭇가지를 들여다보았다. 마치 사람 몸에 부스럼이 난 것 같은 벌레 먹은 곳을 노부오는 구멍을 후벼 파서 도려냈다. 그러자 안에서 붉은 빛을 띤 큰 벌레가 꿈틀거리며 나왔다.

"어머, 징그러."

사유리는 소리쳤다.

"이놈을 그냥 두면 나무는 바로 말라버리지. 마치 사람과 똑같아. 이놈을 혼내줘야지."

노부오는 그렇게 말하고 땅에 떨어진 해충을 발로 짓이겼다.

"어머 잔인해!"

사유리는 얼굴을 찌푸리며 다시 소리를 질렀다.

"해충에게 인도주의는 필요 없어. 이번에는 다음 나무."

노부오는 다음 나무로 옮겨갔다. 그 때 반대편에서 일하고 있던 인부들 가운데 춘삼의 아내가 명랑하게 킥킥 웃음을 터뜨렸다. 무슨 일이 있었던 듯하다.

"어머, 누구에요?"

사유리는 그쪽으로 시선을 주면서 말했다.

"우리 인부의 아내인데, 용모도 좋고 근면한 여자지. 밤에는 근처 야학에 다니며 국어와 산술을 배운다는데, 벌써 회화가 가능해. 말을 걸어보렴."

그 때 뒤뜰 포플러 나무 아래에서 사유리 쪽으로 가만히 시선을 고정하고 있던 리에가 급히

"사유리 씨, 잠깐만."

(1942.11.3)

하고 불렀다.

사유리는 "네."라고 대답하고 사과밭을 가로질러 리에 앞에 와 섰다.

그리고 "무슨 일 있으세요?"라고 붙임성 있게 말했다.

리에는 무언가 감정의 소용돌이를 감당할 수 없다는 듯이 얼굴 근육을 실룩이면서 "내가 하는 말 나쁘게 생각하지 말아줘요. 노부오는 일할 때 누가 귀찮게 하는 걸 가장 싫어해요."라고 했다.

사유리는 당혹한 듯 "어머 그래요? 난 몰랐어요. 나중에 사과할게요."라고 대답했는데, 리에의 부자연스러운 표정을, 사유리는 같은 여성으로서 가지는 세심한 심리로 '나를 말하는 것이군.'이라고 읽어냈다.

"사과는 하지 않아도 괜찮지만……."라고 리에는 당황하듯 말하고는 갑자기 생각난 듯 "아, 그래. 경성에서 손님이 왔어요. 정원에서 기다리고 계세요."라고 알려주었다.

사유리는 뒤뜰을 빙 돌아서 바깥뜰로 나갔다. 정자 앞에 이시이 군조가 서 있었다.

"어머, 어서 오세요."

"어제 오후 엽서를 받아서 오늘 아침 이른 기차로 왔습니다. 조선에서의 첫 생활은 어떠십니까."

"네, 좋아요. 어서 방으로 올라오세요."

"날씨도 좋아서 걷고 싶은데요. 벌써 개나리가 벌어지기 시작했습니다."

"그러면 저쪽 강가로 안내할까요. 정말 좋은 곳이에요. 우뚝 솟은 바위 봉우리는 무슨 산인지 이시이 씨는 아세요?"

사유리는 농장이 펼쳐진 들판 남쪽으로 이어져 있는 산을 가리키며 말했다. 그리고 그들은 벌써 장미 넝쿨진 아치문 밖으로 걸어가기 시작했다.

“저건 북한산 연봉일 테지요.”

“그건 틀림없을 테지만…….”

“모르겠어요.”

“저건 도봉산 옆면이에요. 정말 멋지지요.”

“누가 가르쳐주었나요? 사유리 씨의 지식욕은 여전하군요.”

“대단한 지식욕도 아니지만, 일단 자기가 사는 환경은 알아두어야죠. 전 이 주변의 풍토가 마음에 들었어요. 내지의 자연처럼 윤기는 없지만 어쩐지 산뜻한 점이 있어요.”

“그렇지만 단조롭죠.”

두 사람은 어깨를 나란히 하여 농장과 채소밭 사이에 난 수레바퀴 자국이 있는 한 간 도로를 서쪽으로 걸어 소나무가 듬성듬성 자란 작은 언덕에 올랐다. 작은 언덕 저편에는 아름다운 하천이 있었는데, 조선의 도처에 흔히 있는 자갈투성이의 마른 강변 한쪽으로 물줄기가 졸졸 흘러가고 있었다. 햇볕 좋은 언덕에 벌써 푸르게 돋아나는 새싹을 깔고 그들은 앉았다. 바람은 바스락대지도 않았고 종다리가 먼 하늘에서 희미하게 울고 있었다. 주변은 정적이었다. 두 사람은 여러 가지 생각에 사로잡혀 침묵하고 있었는데, 갑자기 이시이가 침묵을 깼다.

“사유리 씨는 아직 결혼 전입니까?”

“결혼하지 않았으니까 경성에 혼자 온 거 아닙니까. 호, 호, 호…….”

이시이는 이상하다는 듯 쳐다보고 있다가 “그러면 여쭤볼 게 있습니다."라고 했다.

"뭘요?"

(1942.11.4)

"만약 경성에 적당한 사람이 있다면 사유리 씨는 결혼하시겠습니까?"

이시이는 진지하게 물었다. 사유리는 침묵한 채 고개를 숙이고 있었는데, 가볍게 한숨을 쉬며 아랫입술을 깨무는 것이었다. 옆에서 보면 잘 보이지 않지만 그녀의 두 눈에서는 눈물이 흘렀다.

"실은 친구 중에 좋은 사람이 있는데, 예전부터 잘 알고 있는 사유리 씨에게 소개할까 해서 오늘은 그 목적도 겸해 찾아뵌 겁니다."

이시이는 이렇게 말했지만, 그것은 하나의 구실일 뿐 실은 그 자신이 지금 혼기가 차서 우연히 나타난 사유리를 마음속에서 장래의 아내로 생각했던 것이다. 도쿄 아키타관 시절 그는 몰래 사유리를 사모했지만, 친구 에가와 라이타를 위해 그녀를 멀리했던 것이다. 사유리는 다른 곳을 쳐다보며 "네, 생각해 볼게요."라고 말하고는 일어나 걷기 시작했다.

이시이는 앉은 채 가만히 그녀의 뒷모습을 바라보았다. 그녀는 5,6간 앞쪽의 소나무 숲 그늘에 오자, 손가락 끝으로 살짝 눈물을 닦았다.

그리고 이시이를 향해 돌아서며 "이시이 씨, 좀 더 걸을까요."라고 했다.

이시이는 일어나 사유리와 나란히 언덕을 내려가 강변을 가로질러 침묵 속에서 걸어갔다. 두 사람 모두 여러 가지 감상에 빠져 어디론지도 모르게 걸어갔다. 그리고 낮이 지나 이시이 군조는 뭔가 충족되지 못한 것을 마음에 품은 채 사유리가 농장 바깥까지 바래다주는 가운데 경성으로 돌아갔다.

해질 무렵이 되자 초열흘 남짓 지난 달이 은빛으로 빛났다. 낮과는 완전히 달리 공기는 서늘했다. 달빛 아래에서 서둘러 야학으로 가는 춘삼 아내의 모습이 보였다. 사유리는 정원에 나왔다가 너무나도 소박한 근로부인의 모습을 보고 강한 인상을 받아 믿음직스러웠다. 사유리는 호기심에 이끌려 그녀의 뒤를 좇았다. 야학은 농장 바깥 북쪽에 우두커니 서 있는 초가집 마을 집회소였다.

벌써 수업은 시작되었다. 시골스러운 전등이 휘황하게 밝은 가운데 젊은 조선부인과 노파들 사이에 섞여 남자 노인도 상당수 있었다. 교사는 벌써 쉰이 가까운 수염 난 중늙은이였는데, 상당히 정정해서 힘 있는 목소리로 "이번에는 회화 연습을 합시다."라고 말하고 나서 "아침 인사는 뭐라 합니까?"라고 질문했다.

여자들은 싱글싱글 웃으면서 "오하요 고사이마스."라고 따로따로 대답했다.

그러자 선생은 "그렇죠. 오하요 고사이마스입니다."라고 너무나도 자신이 있는 듯 교사로서의 위엄을 보이며 말했다.

사유리는 모든 사람의 시선을 받으면서 춘삼 아내의 곁에 앉았다가 "선생님."하고 부르며 벌떡 일어섰다.

모두 깜짝 놀라 사유리를 바라보았다.

사유리는 다정한 목소리로 "고사이마스가 아니라 고자이마스입니다. 여러분이 국어 공부를 열심히 하는 것을 보고 저는 대단히 기쁘게 생각하지만, 처음부터 발음을 바르게 하도록 하고 싶었습니다."라고 말하고 다시 앉았다.

교사인 노인은 얼굴에 웃음을 띠며 "네, 고맙습니다. 당신은 도쿄에서 야마다 농장에 오신 분이군요. 매일 와서 가르쳐 주십시오."라고 했다.

모두 킥킥 웃거나 소곤소곤 말을 나누었다. 결국 사유리는 너무 늦지 않게 야학을 나와 농장 옆길로 접어들었다. 그 때였다. 길 옆 소나무 그림자에 사람이 있는 낌새가 났다. 그녀는 갑자기 공포에 휩싸여 "누구세요?"라고 외쳤다.

(1942.11.5)

"유리짱이야? 야학은 어땠어?"

"어머, 깜짝 놀랐잖아요."

사유리는 소나무 그림자에서 달빛 아래로 나온 노부오를 보고 안심했다.

"여자들과 노인들이 열심히 국어 공부를 하는 것을 보니 조금 눈시울이 뜨거워졌어요."

"유리짱도 감격을 잘 하는군."

노부오는 그렇게 말하며 사유리 곁으로 다가왔다.

"오빠는 항상 봐오던 거니까 별거 아니지만, 도쿄 사람들에게 이런 조선의 모습을 보여주고 싶어요."

그녀는 열띤 어조로 말했다.

"그런가. 역시 유리짱은 어머닐 닮아서 감성이 풍부해. 그런데 자매인데도 우리 어머니는 그런 면이 없거든. 어머닌 어디까지나 이지적이고 차가운 성격이야. 그렇지만 좋은 어머니지. 어머니의 깊은 애정이 있었기 때문에 사막 같은 환경에서 살아갈 수 있었던 거야. 농장을 지키면서. 그렇지 않았더라면 난 모든 걸 내던지고 대학에라도 들어가서 좋아하는 학문을 했을 거야."

오늘밤 노부오에게는 어쩐지 엉뚱한 데가 있었다.

"오빠는 가정에 불만이라도 있어요?"

"있지. 아주 많지. 유리짱도 이미 알아 챘을 거라 생각하지만……. 아내가 항상 그런 식이야. 나는 가끔 울적해서 견딜 수 없어. 나는 도대체 무엇을 위해 살아가는 것일까 하고 절절히 생각할 때가 있어. 난 아직 젊은 청춘이잖아. 이 젊음을 어디서 불사를까. 일! 연구! 스스로 자신을 채찍질하며 겨우 나라는 존재를 지탱하고 있는 거야. 그런 참에 유리짱이 와주어서 내 생활에 태양이 비춘 것 같은 느낌이 들어. 정말로……. 유리짱 오래 오래 우리 집에 있어줘. 마침 오늘 밤이 좋은 기회라 생각해서 여기서 유리짱을 기다리고 있었던 거야."

"무슨 그런 말을……."라고 했을 뿐 사유리는 말이 막혀 버렸다.

두 사람은 잠시 침묵 속에서 나란히 걸어갔다. 달은 중천에 걸려 점점 빛은 밝아왔다. 멀리 철길 너머 마을에서 조선의 피리 소리가 싸

늘한 밤바람에 실려 들려왔다. 누가 직접 부는가, 아니면 라디오에서 나오는 것인가 느릿느릿 끊이지 않고 길게 이어졌다.

"유리짱, 오래 있어줘."라고 노부오는 다시 말하며 사유리의 포동포동한 손을 굳게 잡았다.

사유리는 당황하여 손을 빼며 애원하듯 "그런 소리 하지마세요. 저 먼저 집에 돌아갈게요."라고 말하고 총총히 다리를 놀렸다.

노부오는 사유리의 소맷자락을 잡아당기며 "좀 더 이야기를 나누자. 유리짱과 이야기를 나누며 오늘 밤을 새고 싶어."라고 다소 거친 숨소리를 내며 말했다.

"그럼 다른 이야기를 해요. 저 경성에 온 걸 후회하기 시작했어요."

사유리는 슬픈 듯한 어조로 말했다.

노부오가 그녀 옆에 다가서며 "미안해 유리짱. 더 이상 그런 말 하지 않을게."라고 했을 때였다.

어두운 소나무 숲속에서 여자의 울음소리가 들려왔다. 노부오도 사유리도 동시에 깜짝 놀라 발걸음을 멈추었다.

"누구냐?"

노부오는 날카롭게 부르짖었다. 대답 대신 더욱 흐느껴 우는 소리가 들렸다.

그 때 사유리는 "오빠, 싫어요. 저 경성으로 돌아갈 거에요."라는 말을 내던지고 야학 쪽을 향해 달리기 시작했다.

노부오는 "유리짱, 유리짱"하고 부르면서 그녀의 뒤를 좇았다.

(1942.11.6)

토요일

이시이 군조의 집은 남산정[18] 산중턱에 있었다. 일본식과 서양식을 절충한 세련된 이층건물. 경성 시가를 한눈에 내려다볼 수 있는, 석등을 갖춘 정원은 넓지는 않지만 바로 남산의 산록에 이어져 소나무, 단풍나무, 상수리나무, 벚나무, 싸리 등의 숲이 무성해서 다채로운 사철의 변화를 품은 훌륭한 풍치를 갖추고 있었다. 계절은 어느 샌가, 찬란하게 피었던 벚꽃도 흔적도 없이 떨어지고 잎이 난 초여름에 들어서고 있었다.

항상 하는 일이지만, 눈부시게 화려한 이시이 하쿠테이[石井柏亭][19]의 꽃그림이 걸려 있는 밝은 2층 양식 방에서 군조는 음악을 즐기고 있었다. 전축에서 흘러나오는 차이코프스키의 바이올린 협주곡. 그는 마치 자신이 무대 연주가가 된 듯 열심히 레코드에 맞추어 바이올린을 켜고 있었다. 때는 토요일 오후 3시가 지났다. 잠시 그는 도취경에 헤매고 있는 듯했다.

그 때 문을 노크하는 소리가 났지만 그는 듣지 못했다. 다시 강하게 노크하는 소리가 났다. 군조는 그 소리를 들었지만 개의치 않고 바이올린을 계속 켜고 있었다. 그랬더니 기다릴 수 없다는 듯이 "실례." 라며 들어온 것은 여동생 미쓰코[美津子]였다. 그녀는 스무 살 정도로

---

18 지금의 필동. 통감부가 설치된 이래 남산 일대는 일본인 거주 구역이 되었다.

19 일본의 판화가, 서양화가, 미술평론가. 1882~1958.

보이고, 가냘픈 오빠와 달리 조금 통통하게 살찌고 작은 체구를 가졌으며 낙천적인 밝은 얼굴을 하고 있었다.

오빠 옆에 오더니 꿈속을 헤매는 듯한 그의 모습을 못 본 체하며 "벌써 세 시가 넘었어."라고 큰 소리로 말했다.

군조는 바이올린을 뚝 멈추고 불쾌한 듯 "너의 무신경함에 정말 질렸다!"라고 중얼거렸다.

"오늘은 토요일이고 지금은 세 시 넘었어."

"알아. 좀 신경 써서 다른 사람의 기분을 이해해봐."

"예, 예. 앞으로 주의하겠습니다."

"넌 항상 앞으로 앞으로야. 어, 레코드가 헛돌잖아. 빨리 멈춰."

"예, 예."

"네 남편은 누가 될지 모르겠지만, 오래 살 거야."

"오빠 와이프는 빨리 죽을 거에요. 호, 호……."

미쓰코는 레코드를 멈추면서 되쏘아 붙였다.

군조는 "대책 없는 인간."이라고 중얼거리며 "아아, 피곤하다. 소다수를 만들어 줄래?"라고 하며 등의자에 털썩 앉았다.

미쓰코는 "예."라고 대답하고 방을 나갔다.

군조는 멍하니 산을 바라보면서 바이올린을 무릎 위에 세우고 손가락 끝으로 줄을 띵띵 튕겼다. 그 순간 사유리가 갑자기 그의 뇌리를 스치며 그녀를 만나고 싶다는 생각이 들었다.

이윽고 미쓰코는 붉은 소다수 컵을 쟁반에 받쳐 들고 와서 "자."라고 내밀며 "오늘은 슈만이야."라고 한다.

군조는 토요일마다 세 시부터 한 시간 정도 누이에게 음악 이야기를 하는 습관이 있었다. 미쓰코가 맞은 편에 앉았다.

"나중에 레코드를 들려주겠지만 그 전에 우선 슈만의 특징에 대해 간단하게 이야기하지. 슈만은 피아노곡과 가곡을 비롯해 관현악과 실내악, 가극 등 모든 종류의 음악을 작곡했는데 뭐니뭐니 해도 피아노곡이 그의 대표곡으로 작품 전체를 통해 너무나 피아노답다는 게 큰 특징이야. 잘 알려진 것으로는 <두 사람의 척탄병>이라는 게 있어. 그런데 슈만의 작품은 기교가 너무 뛰어나다고 하지만……."

그 때 갑자기 어머니 기미가 방문 앞에 나타나 "아버지께서 부르신다. 빨리 내려오너라."라며 어느 때와는 달리 진지하게 말하길래 군조는 무슨 일일까 궁금해 하며 계단을 내려갔다.

(1942.11.7)

군조의 아버지 겐타로[健太郞]는 등의자에 앉아 담배를 피우고 있었다. 이제 쉰 줄의 머리에 점점이 서리를 얹은 초로였으나 혈색 좋은 얼굴에 어딘지 모르게 투지가 빛나는 강인함이 엿보였다. 어느 쪽인가 하면 야성적이고 오랫동안 외지에서 고투한 끝에 성공한 인물이었다. 세련되고 하얀 군조는 이 부친과 너무나도 닮지 않았다. 굳이 닮은 점을 찾으라면 남성스러운 큰 코 정도라고나 할까. 군조는 외탁이었다. 어머니는 겐타로보다 집안이 좋았던지 훨씬 품위가 있고 오히려 화류계 여성 같은 면모도 있었다. 사미센[三味線][20], 고토[琴][21]가 특기였는데, 군조의 음악적 소질이나 기호도 모친에게 물려받은 것일 터이다.

군조는 아버지와 마주보고 앉았다.

“너 요즘 혈색이 너무 좋지 않구나. 음악 따위에 너무 매달려 있는 탓이냐. 아니면?”

아버지는 담배를 재떨이에 비벼 끄며 말했다.

군조는 조금 허둥거리며 “갑자기 나빠진 것도 없습니다. 오늘은 무슨 특별한 이야기라도 있으신지요?”라고 물어보았다.

“음, 실은 작년 가을부터 진지하게 생각하던 것인데, 그러니까 너의 결혼문제를 빨리 결말을 지어야겠다. 마침 최근 내지에서 온 친구가 있는데, 괜찮은 아가씨가 있다는구나. 이야기를 한번 붙여보려고.”

“네? 그 말씀이세요? 아가씨란 것은 그 친구 분의…….”

“질녀가 뭔가라는 것 같아. 초여름 금강산을 보고 싶다고, 마침 지금 경성에 와있는 것 같다. 이 기회에, 뭐 형식적이긴 하지만 선이라도 봐서 결정할까 한다.”

군조는 당혹스러웠다. 결혼은 작년 이래 화제에 올라 그 자신도 때로는 진지하게 생각해보았지만 누이 쪽으로 주위에 몇 사람 여자 친구가 있었어도 이렇다 할 상대가 보이지 않았던 것이다. 그런 참에 뜻

---

20 기타처럼 생긴 일본의 전통 현악기.

21 가야금처럼 생긴 일본의 전통 현악기.

밖에 도쿄에서 사유리가 나타나 완전히 그의 마음을 점령해 버렸던 것이다. 이러한 사정으로 사유리의 마음을 빨리 알고 싶었지만, 어떤 이유에서인지 사유리의 태도는 잘 알기 어려웠던 것이다. 그는 지금까지 여러 여자와 충분히 교제해왔지만, 그의 마음을 붙드는 여성이 없었던 것은 여자라는 것을 너무 분석한 결과라고도 할 수 있을 것이다. 뭐든 분석하려는 이러한 성격은 오늘날 지식인의 통폐라고도 할 수 있는 것으로서 군조도 무의식적으로 그런 일종의 심리적 유희에 사로잡혀 결국 완전무결한 인간이라는 것을 이성에게 요구하는 것이었다. 때로는 부모에게 일체를 맡길까 하고 생각했지만, 그렇다고 해서 부모가 정해 주는 여성을 불만 없이 아내로 삼는다는 것은 더더욱 개성이 허용하지 않는 일이었다. 다만 사유리만은 도쿄 시절부터 알던 사이이기 때문인지 진심으로 좋아하는 것이었다. 군조가 잠시 대답이 궁해지자, 아버지는 재촉하듯 말했다.

"너도 딱히 이의가 없다고 생각하는데, 마침 내일이 일요일이라 교외 골프장에서라도 잠시 만나기로 했다. 그러니까 그 아가씨도 함께 온단다. 그럴 작정으로 오늘밤 안에 머리라도 조금 다듬고 모양을 내두어라. 괜찮지?"

"너무 성급하시군요, 아버지. 그러니까 골프장 맞선이라는 말씀이신데, 만나는 것은 마음대로지만 만약 마음에 들지 않았을 경우 친구분께서 딱히 나쁜 감정은 가지시진 않겠지요."

"그건 곤란해. 가장 신뢰하는 사람의 질녀야. 의리상 선을 보고서 싫다고 하기는 힘들지."

"그건 억지네요, 아버지."

아버지와 아들은 잠시 쌀쌀맞게 서로 쳐다보았다.

(1942.11.8)

겐타로는 새 담배에 불을 붙였다.

"너는 아직 세상을 모른다. 선이라고 해도 지금의 경우는 중매쟁이가 낀 일반적인 경우와는 달라. 그 친구로서도 정말 훌륭한 색시니까 자기 질녀를 추천한 거야. 요즘 세상은 정말로 야박해지고 이기주의적인 풍토가 퍼졌지만, 우리들의 젊은 시절에는 부탁하고 부탁받는 것으로 이야기가 끝났지. 절대로 무책임한 일은 하지 않았고 더더욱 제멋대로 하는 건 허용되지 않았어."라고 겐타로는 다소 흥분된 어조로 말했다.

"그러면 맞선 같은 걸 할 필요가 조금도 없지 않습니까. 아버지 마음대로 정하시면 되지요."

군조는 신경질적으로 항변했다.

"넌 아직 어린애야. 친구를 전적으로 신뢰해도 좋지만, 형식이란 것이 있잖아. 아버지는 사랑하는 자식에게 나쁜 짓은 하지 않아. 요즘 젊은이들은 도무지 도량이 좁고 신경질적이라서 안 돼. 금광에 더 있으면서 단련하지 않으면 넌 글러먹었어."

아버지에게 이런 말을 듣자 군조는 점점 더 화가 났다. 그는 아무리 생각해도 아버지를 이해할 수 없었다. 결혼은 일생의 중대사다. 한

번 본 것으로, 그게 아버지 친구의 질녀라고 해서 바로 아내로 정해도 좋은 것일까. 그 아가씨 쪽도 그럴 것이다. 완전히 억지스러운 이야기다. 그는 이렇게 생각하고 용기를 내어 일어나 항변했다.

"아버지. 제가 음악가 지망을 내던지고 금광꾼 따위가 된 것은 완전히 아버지에게 효도할 생각으로 나란 것을 희생한 것입니다. 첫째 형님도 둘째 형님도, 이렇게 말하면 그들에게 죄송하지만, 아버지의 희망을 거부하고 자기 좋아하는 학교에 간 거잖아요. 저마저 아버지를 배신할 수는 도저히 없었던 겁니다. 만약 세 아들 모두 아버지의 희망을 무시하고 자기를 내세운다면 아버지는 얼마나 실망하실까. 나라도 자아를 굽혀 비록 내 인생이 비참해지더라도 좋다, 아버지의 희망대로 되자고 결심하여 힘든 금광의 땅굴 속으로도 들어갔고 무지한 노동자들과 함께 고생하는 생활을 참았던 겁니다. 잘 아시다시피 저는 몸도 대단히 약한 사람입니다. 지금 직업은 저에게는 정신적으로도 육체적으로도 때로는 참을 수 없을 정도로 고통입니다. 그러나 연세 잡수신 아버지의 한 팔이라고 스스로에게 채찍질하며 그야말로 이를 꽉 물고 지금의 이 길을 걸어가고 있는 겁니다. 그런 저에게 지금 또 결혼마저 희생하라고 하시는 것은 너무하지 않습니까?"

겐타로는 군조의 이야기를 가만히 듣고 있었지만, 꿈쩍도 하지 않고 완고하게 말했다.

"조금도 너에게 결혼까지 희생하라고는 하지 않았다. 모든 것은 너의 행복을 위해서야. 너는 아버지에게 효도할 생각으로 음악가 지망을 포기했다고 했지만, 도대체 음악가가 돼서 뭘 하겠냐? 음악가 따위 간지러워서 할 것이 못돼. 지금 일이 몇 천배 남자답고 그리고 국가에 도움이 되는지 모른다. 게다가 네 취미와 기호를 존중하기 때문에 충분한 시간을 주어서 마음대로 하도록 하지 않았느냐. 그렇다고 너의 효도를 전혀 이해하지 못하는 것은 아니다. 이 아버지도 잘 알고 있다. 그러니까 결국은 너에게 광산의 전권을 물려주려고 생각하는 것이다. 그러니 가서 머리라도 깎고 오너라."

그 때 현관에서 종이 띠리링 울렸다. 군조는 벌떡 일어나 누군가 원군이라도 오는가 하면서 현관으로 나갔다.

(1942.11.9)

현관에는 심부름하는 소년이 명함 한 장을 들고 서 있었다. 군조는 다소 기대를 배반당한 기분이었다.

"이런 분 계십니까?"

그것은 군조에게 온 명함이었다.

"응, 나다."

뒷면을 보니 "지급(至急). 혼마치[本町][22] 메이지 제과로 내왕 바람. 중대한 상담 있음. 4시 반까지. 김준(金駿)."이라고 씌어 있었다. 손목시계를 보니 벌써 4시 15분이 지나 있었다.

---

22 지금 명동 남쪽 지역과 충무로 일대를 일컫던 지명. 일본인 상권이 펼쳐진 당대 최대의 번화가.

군조는 심부름꾼에게 "이제 돌아가도 좋다. 지금 바로 갈 테니."라고 말하고 서둘러 2층 자기 방으로 돌아가 양복으로 갈아입고 외출했다.

거기서 메이지 제과까지는 15분이면 충분히 갈 수 있지만, "중대한" 운운하였기 때문에 조금 서둘러 걸어갔다. 김준의 용건이라면 금광일일 것이다. 그렇지만 중대한 상담이라면 뭔가 나쁜 일이라도 생긴 것일까. 언젠가 들은 바로는 금광의 이익분배 문제로 소송을 제기했다고 하는데, 그것이 패소가 된 것일까. 아니면 금광 자금의 융통 의뢰인가. 군조는 그런 것을 생각하며 조용히 남산정의 오르막길을 내려가 가로수가 아름다운 쇼와통[23]을 가로질러 메이지 제과에 도착하여 실내를 두리번 살피자 구석에서 김준이 주먹코를 한 정력적인 얼굴 가득 웃음을 담고 "어이."라며 손을 들었다. 군조도 잠깐 손을 들었다. 경기가 좋은 얼굴이라 "중대한 일"을 앞두고 있는 사람으로는 보이지 않았다.

군조가 김준 앞에 가자 그는 오른손을 내밀면서 "정말 미안하네. 갑자기 불러서."라고 했다.

군조는 김준의 손을 잠시 잡았다가 곧 놓았다. 아무래도 이런 서양식 악수는, 항상 김준을 만날 때마다 건네받는 것이지만, 얼굴이 후끈거릴 정도로 마음에 맞지 않았다. 조선에서 언제부터 이런 서양식 습관이 있었는지 군조는 알지 못했지만, 다른 사람의 습관을 이러쿵저러쿵 말하는 것도 꺼려져서 김준의 악수 공세에 손을 내맡길 뿐이었다.

---

23 昭和通. 지금의 퇴계로.

"김 선생. 중대한 일이라니 어떤 일이 생겼는가?"

"뭐 천천히 커피라도 마시며 이야기하세. 딱히 대단한 일도 아니야. 그렇게라도 말하지 않으면 당신이 오지 않을까봐."라고 하며 김준이 후후후 웃는 것이었다.

그는 마흔 가까운 중년 남성으로서 이시이 군조보다 열 몇 살이나 연상이고 게다가 이럭저럭 오래된 교제였지만 군조에 대해 '자네'라는 말은 한 번도 사용한 적이 없고 다소 귀에 거슬릴 정도로 반드시 '당신'이라고 말하는 것이었다. 사실 김준은 자신이 '자네'라고 불릴 때 군조가 보기에 이상할 정도로 신경과민이었다. 같은 말이지만 이런 것도 받아들이는 습관상의 차이일 거라고 군조는 이해했다. 다만 도저히 마음에 들지 않는 것은 김준의 단어 사용과 몸짓뿐만 아니라 대단히 과장된 말이었다. 지금도 "중대한 일"이라고 사람을 불러내고 느긋하게 앉아있는 것은 아무리 해도 그 심리상태를 이해할 수 없는 일이었다. 일종의 지나(支那)적인, 대륙적인 영향인가, 아니면 선천적인 특성 때문인가. 어쨌든 군조는 그것이 너무 불만이었다.

"김 선생. 빨리 그 중대한 용건부터 시작합시다. 마침 긴장돼서 나왔는데 그렇지 않으면 바람이 빠져버리지 않습니까."

군조는 조금 화가 나서 말했다.

그러자 김준은 여전히 눈치를 못 챈 듯 "뭐 나중에 해도 좋잖아요. 자 XX관에 가서 이야기합시다. 오늘은 느긋하게 있어도 좋을 것 같아요."라고 말하며 군조를 데리고 밖으로 나갔다.

(1942.11.10)

김준은 군조를 데리고 나오는 데 성공했기 때문에 적지 않은 만족을 느꼈다. 요리점에서 그를 부르는 데 몇 번이나 실패한 경험이 있었던 것이다. 군조에게도 오늘 토요일은 마음이 울적하던 참이라 김준이 불러준 것이 은근히 기쁘기도 했다.

메이지초[24] 바깥 길에 접어들자 김준은 택시를 잡았다.

"XX관으로 갑시다."

김준은 운전수에게 말하고 소리를 한 단 낮추어 "이시이 선생. 실은 말이요."라며 소곤소곤 이야기하기 시작했다.

조금 전에 XX관에 가서라고 하더니 라고 군조는 생각하며, 어쨌든 무신경한 김준의 얼굴을 흘낏 바라보았다.

"잘 되면 말이죠. 내 구성(亀城) 금광이 팔릴 것 같소. 그래서 매수자에게 오늘밤 한잔 사려고요. 당신이 기술자의 입장에서 내 금광의 좋은 점을 옆에서 역설해주지 않겠소? 이야기가 잘 되면 오늘밤 경성을 떠나 현장을 보러 그 사람을 데리고 가고 싶소이다. 그렇게 되면 당신께도 동행을 부탁하려는데, 달리 지장이 있진 않겠지요?"

"그런 일이었습니까."

군조는 다소 흥이 깨졌다. 그러나 친구의 모처럼의 부탁이고, 김준의 구성 금광이란 것은 광석이 좋은 것을 일찍이 자기도 보아서 알고 또 세평도 나쁘지 않았기 때문에 당당히 거들어도 딱히 기술자적 양심을 파는 것이 아니라고 생각했다.

---

24 明治町. 지금의 명동.

그래도 군조는 술을 잔뜩 얻어먹으며 선전부가 되어야 하는 오늘 밤의 초대는 아주 달갑지는 않았지만, 오랜 시간의 교우 탓에 "내가 할 수 있는 조력은 다 하겠소."라는 확실한 말로 김준을 일단 안심시켰다.

자동차가 오곤초[黄金町]로 나와 산초메[三町目][25]에서 북쪽으로 수표교를 건너 하얀 조선옷이 바글거리는 종로로 들어가자 곧 XX관이었다. 마침 그 시절은 1937년 지나사변 발발 직전의 대단한 금광 경기로 해지기전부터 금광꾼들이 왕창 몰려와 있었다. 김준도 그 가운데 한 사람이었고, 매수자와 대략 이야기가 끝나서 오늘밤 마지막 열차로 실지 점검에 나서기로 하였다. 이시이 군조도 청하는 대로, 마침 내일의 맞선을 피하는 핑계도 되기에 함께 갈 것을 승낙했다. 그 후 잠깐 남산정 자택에 돌아오니 아버지는 외출하고 집에 없었다. 그는 어머니에게 여행 건을 설명하고 편지지에 다음과 같은 문구를 휘갈겨 쓰고는 나중에 아버지께 보여드리라고 부탁했다.

> 전략. 김준 씨의 구성 금광 매매 건이 거의 성립되어 오늘 야간열차로 실지점검을 위한 동행을 청하여 급하게 갑니다. 따라서 내일 맞선은 후일로 연기해 주십시오. 심히 제멋대로이지만, 기술자의 봉공을 다하도록 허락해주십시오. 총총.

---

25 지금의 을지로 3가.

머뭇거리고 있으면 아버지가 돌아 오실지도 모르기 때문에 재빨리 가방을 들고 신속하게 바깥으로 나갔다. 술기운으로 상기된 뺨에 초여름의 밤공기가 서늘하여 기분이 좋았다. 그는 기분이 좋아서 휘파람을 부르며 역까지 걸어갔다.

마침내 그들 일행 세 사람은 봉천행 2등 침대차에 올라탔다. 기차가 경성을 출발한 지 얼마 되지 않아 벌써 침대에 드는 사람이 많았는데, 군조는 왠지 녹초가 된 기분으로 뭐라 말할 수 없는 슬픔이 가슴가득 올라오는 것을 느꼈다. 아버지에게는 미안했고 그것보다 사유리에 대한 절실한 생각이 더욱 고민스러웠다. 그는 가방 속에서 편지지를 꺼내 편지를 쓰기 시작했다.

(1942.11.11)

만춘의 일회(一回)

평양 경창리 일대였다. 붉은 기와집과 백양나무가 이국적인, 흔히 '양촌(洋村)'이라 불리는 서양인 부락이 서쪽으로 바로 바라보이는 조선인 주택구의 오르막길 위쪽에 한 동의 바라크 건물이 있었다. 그것은 이준걸(李俊傑)의 '평양 오르간 제조공장'이다.

지금 늦은 봄의 밝은 햇빛 아래 슬슬 더워지는 공장 안에서는 이준걸이 회색 작업복을 입고 부지런히 작업에 열중하고 있었다. 공장 내부는 공작실, 조립실, 사무실을 겸한 시험 연주실, 이 셋으로 나뉘어 있었는데, 그는 지금 갓 만들어진 오르간이 나란히 놓인 깨끗한 조립실에서 소형 오르간을 조립하는 중이었다. 한편 공작실에서는 세 명의 직원이 오르간 골조를 일일이 만들고 있었다. 시험 연주실은 오르간이 잘 만들어졌는지 그 스스로 세심하게 테스트하는 곳이다. 이준걸은 양심적이어서 자기가 만족할 때까지 몇 번이나 다시 만들고서야 시장에 내놓았다. 그는 뛰어난 기술자이면서 동시에 또한 예민한 음감의 소유자이기도 했다. 아직 서른이 안 된 청년이지만 이 길에 들어선지 이럭저럭 10년이나 되었다. 그리하여 '기성호(箕城號)'[26]라 이름붙인 오르간 제품은 견고하고 아름다운 소리가 나며 음량이 풍부한 것으로 음악 애호가 사이에서 이미 호평이 높았다. 그러나 박래품이라면 죽고 못 사는 서양 숭배자인 일반사람들에게는 그 진가가 이해되기에 이르지 못해, 그의 사업이 아직 융성하지 못한 것은 국산 장려의 견지에서 보면 유감이라 하겠다. 게다가 그는 밤낮으로 연찬을 게을리 하지 않고 가장 저렴한 가격으로 살 수 있는 소형 파이프 오르간을 만드는 데 심혈을 기울였다.

그가 한 대를 조립하고 나서 잠깐 쉬는 사이에 급사가 종이 하나를 들고 들어왔다.

"XX관에서 온 계산서입니다."

"뭐? 난 요리점에 외상을 한 기억이 없는데."

"아니에요. 준식 씨 겁니다."

---

26 기성이란 평양이 고대 기자조선(箕子朝鮮)의 터전이었음을 의미하며 '서경'과 함께 평양의 별칭으로 가장 많이 사용되었다.

"또 준식이야?"

그는 조금 얼굴을 찌푸리고 "준식이를 불러 와."라고 말했다.

"예."

급사는 방을 나가 바깥뜰을 돌아갔다. 해가 내리쪼이는 정원 한 구석 샌드백을 달아놓은 곳에서 근육질의 반나체로 글러브를 낀 모습이 당당한 22,3세의 젊은이가 열심히 일진일퇴 권투 연습에 열중하고 있었다.

"준식 씨."

급사가 큰 소리로 부르자, 그는 한번 빠빵 하고 맹렬한 스트레이트를 샌드백에 날리고는 "왜?"라고 물었다.

"형님이 부르세요."

"응. 아, 기분 좋다. 이 정도면 우승할 것 같아."

혼잣말을 하면서 그는 준걸이 있는 곳으로 어슬렁어슬렁 들어왔다.

"무슨 일 있어? 형."

"이거 언제 거냐?"

"아, XX관 거군. 며칠 전에 경성에서 친구가 찾아와서 좀 대접했지."

"형 이름으로 외상을 하는 건 칠칠치 못해. 앞으론 미리 나한테 이야기해. 응? 그런데 권투는 어때?"

"응, 이번에는 우승할 것 같아."

"뭐, 이기는 것만이 목적이 아니지만, 진지하게 해. 권투도 일종의 인격단련이라는 걸 잊지 마."

그 때 사무실 전화가 울려 준걸은 옆문으로 달려 들어가 수화기를 쥐었다.

"모시, 모시……."

젊은 여자의 아름다운 목소리였다.

(1942.11.12)

"모시, 모시……."만 국어로 하고, "저 송애라(宋愛羅)에요."부터는 평양 여성 특유의 콧소리를 띤 함축성 있는 사투리였다. 어리광스럽지만 억양은 다소 강하게 울렸다. 그것은 발랄하고 시원시원하게 느껴졌다.

결국 그녀의 전화는 오늘 날씨가 좋다는 것과 이런 좋은 날에는 모란대라도 가고 싶지만 혼자는 재미없다는 것, 그리고 "우리 집 피아노가 또 음이 맞지 않아요. 지금 바로 와서 조율해주면 좋겠어요."라는 것이었다.

그저께 조율했는데 이상하다고 이준걸은 생각했다. 그리고 모두가 일하는 시간에 산보 따위 사치가 아닌가. 그럴 시간이 있으면 피아노 연습이라도 더 해야지. 아무리 성악가라 해도 악기의 기초를 확실히 다져두는 것이 음정을 정확하게 발성하는 데 대단히 도움이 된다.

그리고 "본업이 더 바쁘기 때문에 조율 쪽은 이제 그만하려 합니다. 게다가 그제였을 텐데, 그렇게 정확하게 조율한 직후인데 아무래도 이상한 피아노군요. 누군가 장난친 건 아닙니까."라고 조금 따지

듯 말했다.

"아니에요. 장난친 사람은 없어요. 바쁘신데 미안해요."

애라는 어리광부리듯 말했다.

"그러면 지금 마침 쉬고 있는 중이니까, 곧 가겠습니다."

"고맙습니다. 기다릴게요. 금방이죠?"

그리고 전화를 끊었다.

옆에서 듣고 있던 준식이 알겠다는 듯이 싱글거리면서 "여자 목소린데, 또 애라 양인가?"라며 형의 얼굴을 쳐다보는 것이었다.

"응, 피아노 조율을 해달라는군."

"하루걸러 조율하는 건가. 그러니까 형 얼굴을 보고 싶다는 거겠지. 하하하……."

"농담하지 마. 그녀가 들으면 화내겠어."

"설마, 형 앞에서는 화내지 않겠지."

"이 녀석."

준식은 킥킥 웃으면서 밖으로 나갔다. 다른 사람들이 부러워할 정도로 이들 형제는 사이가 좋았다. 일찍이 아버지를 여위고 어머니 혼자 힘으로 가난한 생활 속에서 기른 형제였다. 준걸은 부모에게 지극한 사람으로서 하나밖에 없는 동생을 매우 사랑했다. 그렇지만 준식은 어느 쪽인가 하면 자기 마음대로 방종한 편이었다. 그것이 가끔 형을 슬프게 했다.

준걸은 가벼운 마음으로 작업복을 입은 채 자전거를 타고 경창리 대로로 나와 하수구 다리 아래를 지나 신창리(新倉里) 전찻길을 따라 경제리(鏡齊里)에 있는 애라의 집으로 서둘러 갔다. 그녀의 집은 평양 신사 동측 산기슭에 소나무 숲을 배경으로 새로 만든 큰 조선식 건물이었다. 그 일대는 만주사변 후의 호경기를 반영하여 차례차례 신축한 조선인 주택 지구였다. 가끔 중후한 양관도 있었지만, 대부분이 몽고 건축의 영향을 받아 처마 곡선이 크게 뻗어있는 독특한 조선가옥이었다. 처마가 펼쳐진 모습은 마치 큰 새의 날개를 연상케 하였는데, 집들의 지붕이 층을 이루어 서로 이어져 산 중턱까지 뻗어있었다.

준걸은 자전거를 밟아 오르막길을 올라 마침내 애라의 집 대문 앞에 섰다. 문주에 달린 벨을 울리자 안에서 발소리가 다가와 대문이 열리고 꽃처럼 젊은 여성이 나타나서 조금 머리를 숙이면서 말했다.

"어서 오세요. 자, 어서."

(1942.11.13)

그녀는 송애라였다. 나이는 22,3세. 미끈한 키에, 눈이 맑은 희고 갸름한 얼굴을 한 전형적인 평양 부인형이었다. 발끝의 예리한 모양이 곤돌라를 연상케 하는 순백의 양말에, 땅에 닿을락 말락 늘어뜨린 엷은 복숭아색 치마, 엷은 회색의 부사견(富士絹) 저고리가 품격 있는 단순한 아름다움을 내비치고 있었다.

두 간을 튼 큰 방, 노란색 온돌지가 거울처럼 빛나고 나전을 세공한 조선장이 살며시 빛을 던지고 있었다. 스타인웨이라고 알파벳이 새겨진 그랜드 피아노가 윗간을 온통 점하여 조선가옥에는 어울리지 않는 부조화를 느끼게 했다.

"작업복 차림이라 실례가 아닌지."

준걸은 방이 깨끗해서 조금 압도되어 말했다.

"괜찮아요. 지금 차림이 늠름해서 더 남자다워요."라고 애라는 농담을 했다.

"그건 곤란한데."

"아뇨. 정말이에요. 전 이래봬도 그런 소박한 것에 매력을 느낀답니다."

"그럼, 일을 시작할까요."

그는 거기에는 호응하지 않고 피아노 뚜껑을 열고 의자에 앉아 가장 낮은 음부터 높은 음까지 유능한 손길로 건반을 두드려 보았다.

"조금도 흐트러지지 않았는데요."

그는 이상하다는 듯, 곁에 서서 들여다보고 있던 애라의 얼굴을 쳐다보았다.

"그렇지만 좀 전엔 아주 이상한 느낌이 들었어요."

애라는 시치미 떼고 말했다. 그는 다시 두 음계씩 두드리고 가만히 귀를 기울이며 최고음까지 두세 번 반복하더니 "완벽합니다. 조율할 필요는 없어요. 나는 이제부터 조율사는 폐업하니까요. 애라 씨."라고 말하며 의자에서 일어섰다.

"어머, 기막혀. 벌써 돌아가실 생각이세요?"

"일이 끝났으니까요. 오전 5시까지인 근무시간은 단 10분이라도 저에게는 소중합니다."

"마치 기계 같아요. 오늘은 제가 집을 지키고 있어서, 느긋하게 이야기하고 싶은 일이 있는데……."

"어떤 이야기입니까? 빨리 말씀하세요."

그는 선 채로 손목시계를 보았다. 2시 조금 지나 있었다.

"그렇게 재촉하시면 말할 수 없어요. 대단히 중대한 일이라서."라고 하며 애라는 겸연쩍음을 감추려는 듯 호호호 웃었다.

"대단히 중대한 일이라니 어떤 일입니까? 결국 젊은 여성의 중대사라 하면 연애나 결혼 가운데 하나겠지요."

"어머, 그래요. 호호호. 준걸 씨도 그렇지 않아요?"

"아뇨. 지금 저에게는 사업이 더욱 더 중대한 일입니다. 지금 저는 소형 파이프 오르간을 만드는 데 고심하고 있어요. 좀 더 자본이 있다면 좋은 피아노를 마구 만들어 보일 자신이 있어요. 제가 꿈꾸는 사업이 궤도에 오르기까지 연애도 결혼도 저에게는 무관심한 일입니다."

"준걸 씨는 마치 사업을 위해 태어난 분 같아요. 마치 오르간과 정사(情死)라도 할 것 같은데요."

애라는 그렇게 말하고 괜히 피아노의 저음부를 두드렸다. 벼락같은 음향이 방 가득 흘렀다.

(1942.11.14)

"그래서 그 중대사란 어떻게 되었습니까. 빨리 말씀하세요."

준걸이 숨 막힐 듯한 분위기에 반발하듯 말했다. 애라는 얼굴을 들고 조금 점잔을 빼며, “들어주실 거에요?”라고 했다.

“네, 말씀해 보세요. 그렇게 진지하게 말씀하시니 책임을 느끼네요.”

“그래야지요. 부끄럽지만 지금 저의 결혼이 전혀 제 의사를 무시하고 진행되고 있으니까요.”

“음악학교까지 나온 당신이 아닙니까. 그런 바보 같은 이야기가 어디 있습니까.”

“실은 제가 아무것도 모르던 어린 시절 일이에요. 아버지가 어느 친구의 아들과 연담을 결정하셨어요. 아주 친한 죽마고우로 어느 날 술자리에서 그 분이 제 아버지에게, 어이 자네 딸인 애라를 내 아들의 색시로 주지 않겠는가 라고 하여 아버지도 그 자리에서 좋다고, 상식적으로는 생각할 수 없는 억지 약혼을 해버렸답니다.”

“옛날에는 곧잘 있었던 일이네요. 심한 경우는 태어나기도 전부터 자네와 나에게 아들과 딸이 생기면 결혼시키자든가 하는, 매우 억지스런 이야기이지만 우정에 사로잡혀 바보 같은 짓을 하곤 했지요. 딸을 음악학교에 보낼 정도라면 문화적으로도 상당히 수준 높다고 보아야 하겠지만 그래도 아직 여전히 봉건적인 정신이 애라 씨 아버님에게는 상당히 남아 있네요.”

“네, 겉으로는 상당히 진보한 듯 보이지만, 아직 내면적으로는 구태의연한 것이 우리들 부모 세대에게는 남아 있지요.”

“완전히 동감입니다. 이 문화적인 주택과 외제 피아노의 뒷면에 아직 여전히 이조(李朝)의 낡은 잔재가 있다는 것은 우스운 일입니다. 부(富)도 필요하지만 이조적인 낡은 탈을 벗어던지는 게 더욱 급무입니다. 실은 저도 오르간 보급을 기도하기보다도 낡은 정신의 오르간을 다시 만드는 사업에 몸 바쳐야 했던 겁니다. 하, 하, 하…….”

“준걸 씨, 그래서 저는 아버지께 반대하고 있어요. 그렇지만 아버지는 파혼은 절대로 안 된다, 게다가 상대방은 유서 있는 가문이고 당당히 대학까지 나온 훌륭한 청년이기 때문에 조건에 한 점 빠짐이 없다시는 거에요.”

“당신은 왜 싫으신가요.”

“왜냐뇨? 그 청년이 마음에 들지 않아요. 대학을 나왔다고, 전 조금도 훌륭하다곤 생각하지 않아요. 중학만 나온 청년이라도 제가 좋으면 그만이에요.”

“막연히 마음에 들지 않는다는 건 이해되지 않네요.”

“그러니까, 뭐랄까요, 첫째 청년으로서의 기백이 없는 걸요. 조금도 고민이 없어요. 야무지지 못하고 너무나도 평범해요. 그런 사람은 미덥지 못해요. 아무리 부자라 해도 자기 노력의 결과가 아니잖아요. 부모의 유산에 기대서 천하는 내 것이라는 얼굴을 하고 있는 청년 따위에게 저는 조금도 매력을 느끼지 못해요.”

“그렇군요. 그러나 그게 세상이에요. 저 같은 가난뱅이보다는 피아노라도 사줄 사람이 안전하겠지요. 하하하…….”

“맞벌이해도 좋아요. 제가 좋아하는 사람이라면. 호, 호…….”

“대단한 결심이시네요.”

그 때 안쪽 방에서 전화벨이 시끄럽게 울렸다. 애라는 툇마루를 따라 뛰어가서 전화를 받았다.

"준걸 씨. 경성 손님이 두 분 공장에 오셨대요."

(1942.11.15)

"경성 손님이라니. 누굴까."

준걸은 의아해하며 전화기 있는 데로 갔다.

"여보세요. 손님 바꿔줘. 여보세요. 저 이준걸이올시다. 네?, 김준 씨? 광산의……. 아, 그런가요. 그 참 잘 됐네요. 산(금광)이 팔렸다니. 네. 50만원. 허, 대단한 경기네요. 네, 지금 바로 가니까 거기서 기다려 주세요. 그러면……."

김준은 평안북도의 광산에서 경성으로 돌아가는 도중 평양에 내렸던 것이다. 준걸은 다른 사람의 일인데도 흥분할 정도로 기뻤다. 그는 빠른 말투로 애라에게 말했다.

"김준이라고 저의 중학 선배가 있습니다만, 금광이 50만원에 팔렸다고, 오랜만에 저를 찾아왔네요. 벗이 있어 먼 곳에서 찾아오니 또한 기쁘지 아니한가입니다. 당신의 결혼은 물론 당신의 의지가 제일 존중되어야지요. 아버님이 납득할 수 있도록 정중히 말씀드려야지요. 그러면, 안녕히 계십시오."

준걸은 허둥지둥 밖으로 나갔다. 그가 경창리의 자기 공장에 돌아오니 김준과 또 한 사람의 청년이 공장 구경을 마치고 사무실에서 담배를 피우며 그를 기다리고 있었다.

"어이, 어이."라며 그들은 서양식의 굳은 악수를 나누었다.

김준은 옆에 앉아 있는 청년을 가리키며 "내 친구인 광산기사일세. 자네에 대해서는 벌써 소개해 두었지. 자, 잘 부탁하네."라고 말했다.

"저, 이시이 군조라고 합니다. 당신에 대해서는 김 선생에게서 많이 들었습니다. 상당히 재미있는 일을 하고 계신다고."라며 조용한 어조로 웃으며 말했다.

거친 서도 사람만 늘 만나던 준걸에게는 오히려 여성적일 정도로 부드러운 군조의 감촉에 완전히 호의를 가졌다.

"아닙니다. 정말 보잘 것 없는 일입니다. 자, 마침 평양에 오셨으니 대동강 뱃놀이라도 할까요. 김 선생이 50만 원이나 벌어서 일부러 명승지를 찾아왔으니까 오늘은 잔뜩 대접해야겠는 걸요. 이시이 씨."

준걸은 그렇게 말하며 수건으로 얼굴을 닦고 신사복으로 갈아입었다.

"이 군, 모두 이시이 씨 덕분이니까 잘 대접해 드리게."

"넵. 알겠습니다. 아, 좋은 여자 친구를 소개해 드리겠습니다. 성악가이고 상당히 똑똑한 조선 인텔리입니다."

"응, 성악가? 이시이 씨는 광산기사이면서 바이올리니스트지. 이 군은 오르간 기사라서 오르간을 칠 수 있지 아마. 그렇지만 오르간 반주는 너무 시골식인데."

"김 선생. 무시하지 마시오. 피아노 반주 정도는 어느 피아니스트 못지않아요."

"그럼 세 사람, 훌륭한 조합인 걸. 어떤가, 이 군. 배 위에서 음악회를 열면."

"피아노를 배안으로 들일 수는 없어요. 손풍금으로 대신하지요."

"손풍금도 칠 수 있나? 상당히 재주 있는 사람일세."

"이시이 씨, 그쪽 구석에 바이올린이 놓여 있으니까 가지고 나갑시다."

"이거 참. 난 정말 아직 잘 못하는데."

군조는 조금 겸손을 떨었다. 준걸은 전화로 송애라를 불렀다. 그들은 택시를 불러 대동강으로 나갔다.

(1942.11.16)

자동차는 신창리 옆길을 가로질러 기성(箕城) 권번을 좌로 돌아 강변 아스팔트길을 미끄러지듯 달렸다. 오른쪽 전방에 능라도가 신록을 띠고 아름답게 가로놓여 있고, 대동강이 멀리 주암산 주변까지 곡선을 그리며 부벽루 아래를 흐르는 일대는 눈이 번쩍 뜨일 정도로 아름다운 늦은 봄 경치를 펼치고 있었다.

차는 청류벽에 이르는 오르막길 입구에 멈추었다. 군조를 비롯한 세 사람이 차를 내려 강기슭을 어슬렁거리고 있자 마침내 송애라가 씩씩하게 나타났다. 아까 입었던 옷자락이 긴 실내복은 하이힐에 계절에 맞는 소위 신여성의 복장으로 바뀌었다. 짧은 치마가 스타킹의 육감을 드러낸 채 가볍게 다가오며 "꽤 기다리시게 해 미안합니다."라고 준걸에게 가볍게 인사했다.

"아닙니다. 고맙습니다. 바로 소개드리지요. 이 쪽이 중학 선배 김준 씨. 이쪽이 이시이 군조 씨입니다. 두 분 모두 광산가이신데, 이시이 씨는 바이올린의 명수십니다."

"잘 부탁합니다. 이시이 씨는 광산가라기보다 역시 음악가로 보이시는데요."

애라는 유창하지만 번역투 국어로 말하고는 너무나 이 지방 여성답게 탁 트인 성격을 발휘하며 호호호 쾌활하게 웃었다. 군조는 정중하게 답례하며 다소 뺨을 붉혔다. 김준도 일단 인사말을 했지만, 위엄을 갖추려는 것이 왠지 도리어 어색했다.

네 사람은 절벽을 내려가 그 주변에서 영업하고 있는 옥형선(屋型船)을 한 척 빌렸다. 김준과 준걸은 양측 손잡이에 기대 서있었고 군조와 애라는 중간에 예의바르게 마주 앉아 있었다. 노 젓는 늙은이가 끼익끼익 소리를 내며 천천히 노를 저었다. 배는 중류까지 나아가 벌써 왼쪽에 청류벽이 보였다.

"군조 씨, 평양을 조선에서는 금수강산이라 하고 모란대 일대의 산과 대동강을 절경으로 찬양하는데, 진짜는 모란대에서 보는 전망보다 이렇게 강 위에서 모란대를 거꾸로 올려보는 쪽이 더 좋습니다. 자, 한번 보세요."

준걸은 이렇게 말하며 산 쪽을 지긋이 바라보았다.

"그런가요. 전 잘 모르겠는데요. 이 선생 손풍금 한 번 부탁합니다.

군조는 싱글벙글하며 말했다.

"좀 더 올라가서 합시다."

"이시이 씨, 저한테는 아무런 부탁도 하지 않으시네요. 이래봬도

시조의 명수랍니다. 하하하……. 아, 저쪽에서 군인들이 여럿 오고 있어요."

김준은 부벽루 아래쪽을 가리켰다. 일동의 시선은 거기로 집중되었다.

"군인들을 보고 생각난 건데 작년 일본과 지나 사이의 공기는 조금 험악했지요. 그해 1월 제가 북경에 갔었을 때 지나 측의 배일 기운은 가장 드셌고 이런 분위기라면 일본은 잠자코 있지 않을 거란 생각을 했습니다. 대개 현지에서는 모두 그렇게 말하고 있었지요."

김준이 진지한 얼굴로 말하자 준걸이 그 말을 받아서 말을 꺼냈다.

"저도 작년 가을 북지로 갔는데 너무 험악했어요. 김준 씨, 오늘 이걸로 뱃놀이는 끝일지도 모르죠. 전쟁이라도 나면 충분히 자숙하지 않으면 군인들에게 미안하니까요."

"그럴 작정으로 해질 때가지 놀아봅시다."

애라가 말했다. 결국 준걸이 손풍금을 켜기 시작했다. <라 팔로마(La Paloma)>였다. 애라는 사양하지 않고 그 곡조에 맞춰 노래를 불렀다. 군조는 사양하며 좀체 바이올린을 잡지 않으려 했으나 모두가 재촉하자 결국 두 사람과 합류했다. 배는 범상치 않은 진객(珍客)과 미묘한 음악을 태우고 위로 위로 거슬러 올라갔다.

(1942.11.17)

오해

그날 밤 사과밭 옆길에서의 사건 이래 농장 생활은 사유리에게 괴로운 것이 되었다. 노부오의 친절한 만류에 얽매여 딱 잘라 농장을 떠나는 것은 일단 그만두기로 했지만, 도쿄를 떠난 것조차 경솔했다는 자책감이 들었다. 그런 때에 야학 교사인 노인이 노부오를 찾아와 사유리 씨를 야학 선생님으로 모시고 싶다, 하루에 한 시간씩이라도 좋으니 회화 쪽을 하나 맡아 달라고 말했다. 그래서 그녀는 기분전환도 되고 또 겸하여 야학에 감동도 했기 때문에 무보수라는 조건에도 흔쾌히 수락했던 것이다. 어느 날 저녁 무렵 그 야학에 나가려고 할 때 군조에게서 편지가 왔다.

> 지금 야행열차에 흔들리며 편지를 쓰고 있습니다. 평안북도에 있는 친구의 금광에 그와 함께 급히 가는 중입니다. 경성을 떠나기 전 반드시 당신을 만나 그 건에 관해 당신의 확답을 받고 싶었지만 갑자기 출발하게 되었기에 지금 그것이 마음에 걸립니다. 저는 오늘 아버지에게 의외의 결혼을 강요받아 당황스럽기도 하고 흥분하기도 했기에 아무래도 이 편지는 조잡한 글이 되지 않을까 염려됩니다. 요전에 의정부 언덕에서 결혼 이야기를 했을 때 친구 운운했습니다만, 그것은 거짓말이었고 실은 저 자신을 말한 것이었습니다. 놀라지 말아 주십시오. 더 솔직하게 말씀드리자면

만약 에가와 라이타 씨가 없었다면 전 이미 구혼의 의사표시를 했을 겁니다. 저는 당신이 왜 경성에 오셨는지 그 동기를 알 수 없으면서도 하늘이 내 편임에 틀림없다고 혼자 굳게 믿으며 완전히 기고만장했습니다. 마치 어린애같은 이야기입니다만 이성을 사모할 때야말로 인간은 진짜 동심으로 돌아가는 것이라는 사실을 절실히 깨달았습니다. 벌써 밤은 한 시를 지나고 있습니다. 조금 피로를 느끼기 시작했습니다. 기차는 무턱대고 암흑 가운데를 맹렬히 달려가고 있습니다만, 그것이 왠지 제 운명을 암시하는 것 같은 묘한 생각에 빠져 있습니다. 경성 쪽으로 답장을 주십시오. 이만 총총.

북행기차에서

이시이 군조 배

또 한 장 다른 편지가 있길래 보니, 금광에 가서 본 것을 적어 뒤늦게 보낸, 차속의 편지와 동봉한 다른 편지였다.

친구의 금광을 검분했는데 상당히 훌륭합니다. 100만 원은 된다고 광산 주인인 친구는 주장하지만, 제가 본 바로는 50만 원 정도가 타당할 듯합니다. 매매가 성립되면 저에게는 2%인 만 원이 굴러들어옵니다. 저는 당신과 살아갈 집을 남산 자락에 지을 공상을 은근히 즐기고 있습니다. 아이쿠 이건 너무 빠른가요? 어쨌든 저는 지금 용기가 넘쳐납니다. 이만 총총.

평북 구성 금광에서

군조 생(生)

사유리는 얼굴이 화끈거려 어쩔 줄 몰랐다. 동시에 마음이 이상하게 어지러운 것을 느꼈는데, 다음 순간 말할 수 없는 슬픔이 치밀어 올랐다.

그녀는 빠른 걸음으로 야학을 향했다. 그 밤은 야학 사람들에게 웃음을 보이려고 억지로 노력했다. 뒤숭숭하여 안정되지 않은 채 한 시간을 끝마쳤다. 번뇌의 며칠이 흘렀다. 바람이 강한 어느 날 밤 야학에서 돌아와 노부오의 방을 지나치려는 순간이었다. 사유리는 무의식적으로 귀를 기울이다 우뚝 서버렸다.

(1942.11.18)

바람이 휙 불어 나무들은 어둠 속에서 웅성거렸다. 방 속에서는 노부오와 아내 리에가 무언가 말다툼을 하고 있는 듯했다.

"고백하세요."라고 리에가 윽박을 지른다.

"무슨 말이야, 당신은."라는 노부오.

리에는 다시 거칠게 말했다.

"사유리 말이에요. 냄새가 나요."

바람 소리 때문에 잠깐 소리가 들리지 않았다.

"멍청한 것."

노부오는 거칠게 꾸짖었다. 사유리는 더 이상 참고 들을 수 없었다. 그녀는 얼마 동안 정신 없이 바람 속을 헤맸다.

사유리는 그날 밤을 눈도 붙이지 않고 보냈다. 다음 날 아침 일어나자 머리가 지끈지끈 아파왔다. 아침밥을 마치고 잠시 경성에 다녀오겠다며 농장을 나섰다. 바람이 지나간 후 활짝 갠 날이었다. 사유리는 물빛 원피스를 입고 감색 코트를 접어서 옆구리에 안고 있었다.

청량리역에서 내렸지만 딱히 갈 곳은 없었다. 어쨌든 전차를 타고 조선은행 앞에서 내려 혼마치를 걸었다. 뒤죽박죽 어지러운 감정의 폭풍을 견디기 힘들었다. 마루젠[丸善][27] 서점에 들어가 문학책을 뒤적거리다가 메이지 제과에서 오도카니 차를 마셨다. 벌써 점심이 지났다. 피로와 공복을 느꼈다. 금강산[28]에서 가벼운 식사를 했다. 그리고 다시 나와 중앙우체국에 들어갔다. 봉함엽서를 사서 이시이 군조에게 보내는 편지를 휘갈겨 썼다.

편지 잘 받았습니다. 만 원이나 들어온다는 건 정말 '금

---

27 당시 혼마치에 있던 서점. 서양책을 많이 보유하고 있어 지식인들이 애용했다.

28 1928년에 혼마치에서 문을 연 다방.

광의 조선'다운 골드러시를 생각게 하여 흐뭇하기 그지없습니다. 그러나 진심을 말하면 전 실컷 울고 싶습니다. 모두 달려들어 저를 괴롭힌다고밖에 생각할 수 없습니다.

지금 저는 정처 없이 먼 여행을 떠나고 싶어 농장을 나왔습니다. 당분간은 뵐 수 없을 듯합니다. 난필(亂筆). 안녕.

사유리

편지함에 넣고 시계를 보니, 벌써 3시 가까이 되었다. 사유리는 허겁지겁 우체국을 나왔다. 전차로 경성역에 가서 평양까지 가는 표를 샀다.

그날 밤 사유리가 평양에 도착할 무렵이었다. 노부오는 7시경 의정부를 출발하는 기차로 경성으로 향했다. 사유리를 찾으러갈 생각이었다. 청량리에서 내려 역사에 들어가 전화를 빌렸다. 경성은 저녁때부터 날씨가 갑자기 바뀌어 비가 내렸다. 군조를 불렀다. 때마침 그는 집에 있었다.

"여보세요. 저, 야마다 노부오입니다. 여기는 청량리역입니다."

"아, 야마다 씨. 전화 잘 주셨습니다."

"사유리짱과 만나지 않으셨습니까?"

"아뇨. 실은 저도 지금 사유리 씨에게 온 편지를 보고 당신에게 가려고 하던 참입니다만 어찌된 일입니까?"

"아, 어디 갔을까요."

"어쨌든 만나서 이야기합시다. 하세가와초[長谷川町][29]의 프라타느에서…… 그럼."

노부오는 역 앞에서 전차를 타고 시내로 서둘러 갔다. 군조는 양복으로 갈아입고 허둥지둥 남산정 집을 나섰다.

두 사람이 프라타느에서 만나서 이야기를 하고 있을 그 시각, 사유리는 평양 수정(壽町)의 내지인 여관에 들어가 탕속에서 멍하니 생각에 잠겨 있었다. 노오부와 그의 처가 매우 당황했을지도 모르겠다고 생각하자 조금 속이 시원하다는 심술궂은 생각도 들었다.

마침내 노부오는 "군조 씨, 오늘 밤에는 한 잔 합시다."라며 다방을 나왔다.

보도의 물웅덩이에 전등 빛을 담은 야경이 공연스레 정서를 돋우었다. 두 사람의 그림자는 메이지초 근방으로 사라져갔다.

(1942.11.19)

군조와 노부오는 메이지초에 있는 어느 술집에 들어갔다. 조명이 밝지 않은 실내는 담배 연기로 더욱 흐렸다. 손님은 이미 8할 정도 차 있었다. 양장, 일본 옷, 각양각색의 여급들과 급사들이 오히려 즐거워 보였다. 구석에 한 자리 비어 있었다. 두 사람은 당번인 양장한 여급

29 현재의 소공동.

의 안내를 받아 거기에 자리를 잡았다.

군조는 맞은 편 박스석의 남자를 아무렇지도 않게 바라보다 깜짝 놀랐다. 노부오는 군조의 표정에 이상한 점을 느끼고 쳐다보았다.

“에가와 라이타다. 확실히 에가와다.”

군조는 혼잣말처럼 중얼거렸다.

“에가와 라이타? 무슨 일입니까?”

“사유리의 ……뭐랄까…….”

“애인이라도 된다는 말입니까. 아니면…….”

“네, 뭐 말하자면……. 그것까진 모르겠지만.”

“코쟁이 여자를 데리고 왔군요.”

“만주에 오랫동안 살았지요. 백계 러시아인인 것 같습니다.”

두 사람은 소곤소곤 이야기했다. 그 남자는 이쪽은 전혀 눈치 채지 못한 듯했다. 군조는 벌떡 일어나 그 남자 앞으로 갔다.

“에가와 씨가 아닙니까.”

평소와 같은 조용한 말투였다.

“어, 이시이 군인가.”

그는 의젓하게 말했다. 목소리는 장중한 저음이고 풍채 좋게 커다란 체격이 너무나 대장부같이 남자다웠다. 더블 버튼의 양복이 조금 외국풍이어서 겉멋이 든 사람처럼 보였다.

“언제 경성에……?”

“오늘 오후에 막…….”

“정말 오랜만입니다. 지금 만주 어디에 계십니까.”

"북만주 쪽……. 자 앉게나. 한 잔 해야지."

라이타는 술 때문에 요설이 되어 말하기 시작했다. 만주에서는 여러 사업에 손을 댔지만, 지금은 치치하얼의 북방, 카자크의 이상향이라는 삼하(三河) 지방을 거점으로 모피상을 하고 있다고 했다. 그는 옆에 다리를 꼬고 앉아 있는 젊은 서양 여성을 군조에게 소개했다.

"내 비서야. 백계 러시아인으로 장사하는 데 없어서는 안 되는 여자지."

"저 마리안나 이바노브나라고 합니다. 잘 부탁합니다."

그녀는 서툴지만 상당히 정확한 일본어로 말했다.

"이시이 군. 내 모피장사라는 건 말이야, 일종의 사회사업이면서 동시에 민족 정책이기도 해. 그건 말이야. 교활한 한족 모피상들은 야쿠트(Yakut)나 길냐크(Gilyak) 따위 미개한 원주민에게서, 예를 들면 몇 백원이나 하는 시베리아 은여우 한 마리를 고작 조 두세 말 가격에 우려내지. 나는 그들을 육성한다는 명목으로 정당한 원가로 사들이는 거야. 그러니까 내 이익을 최소화하고 그들의 복리를 증진시키는 거지. 이거야말로 공존공영 아닌가. 그러니까 삼하 지방에 가면 이에가와 라이타를 마치 왕 대접하듯 하지. 니 타크 리? 마리안나(그렇지. 마리안나)? 하, 하, 하……."

마리안나는 일본어의 뜻은 잘 모르는 듯했지만, 가볍게 머리를 끄덕이고 웃음을 지어보이며 알랑거렸다.

"대단하군요. 그런데 에가와 씨, 도쿄에서 마키야마 사유리 씨가 경성에 와 있습니다."

군조는 그렇게 말하고는 라이타의 표정을 살피려는 듯 말끄러미 시선을 모았다.

(1942.11.20)

“사유리가 경성에 왔다고? 그래서 나보고 어떡하란 말인가.”

라이타는 차갑게 반문했다. 군조는 참으로 냉혹한 말이라고 생각하였으나 차라리 잘 됐다고 안심했다.

“그냥 에가와 씨에게 소식을 전했을 뿐이에요. 그 외에 딱히…….”

“자, 잔을 돌려줘. 그것보다…….”

그리하여 라이타는 여러 가지 허풍을 떨면서 자기자랑으로 꽃을 피웠다. 그는 여름 내내 한가하기 때문에 금강산을 관광하러 온 것이었다. 내일 바로 금강산으로 출발하여 열흘 정도 있은 후 북선을 거쳐 만주로 돌아갈 예정이라고 했다.

마침내 라이타는 손목시계를 보더니 “보이조므, 우제 보즈노(가자. 벌써 늦었어).”라고 마리안나를 재촉하며 일어섰다.

마리안나는 라이타에게 바짝 붙어 서서 팔짱을 꼈다.

군조와 노부오도 조금 있다가 술집을 나섰다. 노부오는 혼자 벌컥 벌컥 마셨기 때문에 상당히 취해 있었다.

“유리짱 어디 갔어. 큰 오해야. 마누라도 오해야. 완전한 오해야.”라고 중얼중얼하면서 노부오는 비틀비틀 걸어갔다.

정자옥[30] 앞까지 와서 두 사람은 헤어졌다. 군조는 비밀을 알아낸 후라 상당히 맑은 기분이 되었다. 노부오는 군조보다는 훨씬 더 마음이 무거웠다. 그는 택시로 청량리역으로 달려갔는데, 마침 경원선 열차 시간에 맞출 수 있었다.

그 다음 날이었다.

평양 수정(壽町) 내지인 여관에서 하룻밤 묵은 사유리는 아침 일찍 일어났다. 어제 일을 생각하면 조금 경솔했다는 후회도 들었다. 그러나 미지의 세계로 여행하는 사람의 장난기 있는 모험적인 심리가 오히려 그녀를 들뜨게 했다.

정성껏 화장을 하고 아침밥을 먹은 후 핸드백에서 이준걸의 명함을 꺼냈다. 실내 전화를 들고 평양 오르간 제조공장을 호출했다. 이준걸은 아침 일찍부터 일을 하고 있었다. 그는 뜻하지 않은 손님에게 조금 당황했다. 그러나 매우 기쁜 말투로 말했다.

"마침 적당한 때 오셨군요. 오늘은 옛 단오 명절이라 평양은 대단한 축제 분위기입니다. 저희 공장에서도 직공들에게는 휴가를 주었고 저만 오전 동안 일하기로 되어 있어요. 마침 당신이 오셨으니 공장을 닫고서라도 안내해야지요. 지금부터 모시러 갈 테니 잠시 기다려 주세요."

그리고 그는 차를 빌려 수정으로 달렸다.

사유리는 정중하게 인사를 했다.

---

30 메이지초에 있던 백화점.

"호의에 감사드립니다. 평양에는 달리 아는 사람도 없어서……."

"잘 오셨습니다. 평양은 초여름이 제일 좋지요. 게다가 마침 단오 명절이라 조선 지방색을 충분히 보실 수 있을 겁니다."

두 사람을 태운 자동차는 이준걸이 이르는 대로 강안통에서 대동문 앞을 지나 청류벽 위에 올라 잠시 멈추었다. 사유리는 아래를 내려다보았다.

"대단하군요."

다소 공치사도 곁들인 찬탄의 소리를 내질렀다.

"쭉 걸어가 볼까요."

사유리가 그렇게 말해서 자동차를 돌려보냈다. 두 사람은 나란히 을밀대를 지나 기자림 속을 뚫고 공설 운동장으로 갔다. 그 때 이준걸의 얼굴에는 갑자기 당혹스런 빛이 나타났다.

(1942.11.21)

넓은 운동장은 사람들로 넘쳐나고 있었다. 한 쪽에서는 조선 씨름을 하고 있었다. 다른 한 쪽에서는 권투 시합을 하고 있었다. 또 다른 쪽에서는 예인들의 연희가 벌어지고 있었다. 이를 중심으로 남자와 여자, 아이들이 둘러서서 끊임없이 와 하고 함성을 질렀다. 운동장의 가장자리에 서 있는 노송에는 그네가 설치되어 젊은 여자들이 치마를 펄럭이며 하늘을 뚫을 듯한 기세로 높이 솟구쳤다.

이준걸은 사유리를 데리고 동생 준식이 출전하는 권투 시합에 우선 가 보았다. 그 때였다. 그는 순간 당황하는 모습이었다. 마주 다가오는 여자 쪽에서도 얼굴에 긴장하는 빛이 흐르는 듯했다.

"어이…….”라고 하며 이준걸은 오른손을 들었다.

어색함을 감추려는 몸짓이었다. 여자 쪽에서는 가볍게 고개를 끄덕이며 인사를 보냈지만 조금 서먹서먹했다.

이준걸은 그녀에게 다가가 조금 빠른 어조로 사유리에게 "소개드리겠습니다."라고 했다.

"음악가인 송애라 씨."

"내지에서 오신 마키야마 사유리 씨."

두 여자는 인사를 나누었다.

"애라 씨, 오늘은 일찍 오셨군요."

"네, 준식 씨를 응원하러 왔어요."

"아, 고맙습니다. 사유리 씨, 동쪽 젊은이가 제 동생입니다. 권투가 밥보다도 좋다나요."

"어머 그래요? 정말 멋진 분이군요."

마침 2회전 예선이 시작되어 준식이 링크에 올라와 있었다. 공이 울리고 시합이 시작되었다. 애라는 완전히 몰입하여 준식이 스윙이나 어퍼컷을 먹으면 마치 자기가 두드려 맞는 듯이 조선어로 "아이고."하고 탄식한다. 이번에는 준식이 스트레이트라도 먹인 경우는 마찬가지로 조선어로 "잘 한다."라고 환성을 지르는 것이었다. 주위의 남자들이 힐끗힐끗 쳐다보았지만 애라는 조금도 개의치 않았다. 이준걸은 조금씩 애라의 행동이 신경 쓰이기 시작했다.

결국 준식이 이겼다. 애라는 정말 기쁜 듯했다. 준걸은 마음이 놓였다.

"애라 씨. 우리 함께 사유리 씨를 안내할까요. 마침 평양까지 오셨으니까."

"네, 좋아요. 사유리 씨에게는 조선 씨름이나 그네 쪽이 신기하겠죠."

애라는 좀 전의 열광을 말끔히 잊은 듯 쾌활하게 말했다.

"그렇지만 제가 폐가 되지 않을까요."

"아니, 무슨 말씀을요. 오늘은 명절이니까. 게다가 부인네의 명절이지 않습니까. 예부터 일 년 내내 집안에만 갇혀 있던 부인네가 이날만은 해방되는 겁니다. 저걸 보세요. 일 년 내내 정열이 꾹 억눌려 있다가 그네에서 숨구멍을 찾는 거지요. 그래서 상당히 앙세지요."

"그리 말씀하시니 상당히 대륙적인 느낌이 나네요."

사유리는 그네 타는 여자를 눈으로 좇으면서 말했다. 그리고 조선 씨름의 기묘한 기교나 기생의 아름다운 승무 따위에 찬사를 보내며 모란대에 올라 즐겁게 조망했다. 그러나 사유리는 준걸에게보다는 애라에게 미안한 생각을 금할 수 없었다. 그래서 이제 슬슬 여관으로 돌아가고 싶다고 말했다. 준걸은 점심이라도 함께 먹자고 열심히 말하여 세 사람은 현무문 앞 찻집에서 점심을 먹었다.

사유리는 두 사람과 헤어졌다. 청류벽 앞을 걸어 시내로 나갔다. 의정부의 사촌 오빠에게 전보를 쳤다.

"평양 구경 왔음. 내일 돌아감. 사유리."

(1942.11.22)

전쟁과 더불어

사유리는 다음 날 평양에서 돌아갔다. 노부오와 리에에게는 죄송하다고 솔직히 말했다. 그것이 감동 잘 하는 리에를 감동시켰다. 사유리가 없는 이틀 동안 리에는 충분히 반성했다. 게다가 노부오에게 전모를 듣고 모든 것이 자신의 오해에서 비롯되었음을 깨달았다. 리에는 눈물을 머금고 자신의 병적인 태도에 대해 사죄했다. 그녀들은 잘못을 서로 자신에게 돌림으로써 아름다운 눈물의 장면을 만들어냈던 것이다.

사유리는 그날 밤 야학에 나가서 이틀 간 무단으로 빠진 것을 사과했다. 그리고 그 죄를 보상하기 위해 더욱 열심히 할 것을 맹세했다. 겨우 두 밤이었지만 야학 사람들은 왠지 변한 듯싶어 그만큼 더욱 정다운 신선함을 사유리는 느꼈던 것이었다.

이리하여 여름이 정말 시작되었다.

때는 7월 7일. 지나군의 도전에 의해 북지 노구교에서 지나 사변[31]은 마침내 발발했다. 의정부 시골 마을에서도 연이어 상당수의 청년들이 출정했다. 그 때마다 조선의 늙은이, 어린이, 부녀자가 역두로 몰려가 일장기를 손에 들고 환송하는 광경을 볼 때 사유리는 자기도 모르게 눈시울이 뜨거워지는 것이었다. 그녀는 도쿄의 부모에게 감격의 편지를 썼다.

---

31 당시 일본이 중일전쟁에 붙인 명칭.

전쟁이 일어나 우리들과 조선 사람들 사이는 대단히 친근해진 듯한 느낌이 듭니다. 조선 사람들의 국방헌금과 그 외의 미담이 신문에 보도되지 않는 날이 없지만 저는 무엇보다도 역두에서 출정 용사를 환송하는 그들을 볼 때 가장 감격스럽습니다. 제 눈으로 직접 그 사람들의 거짓 없는 모습을 보기 때문입니다. 그 사람들 눈에는 우리들과 같은 가락으로 맥박 치는 혈조, 그 진실한 마음이 확실히 나타나 있습니다. 큰 일이 있을 때야말로 누가 가장 자기와 가까운지를 알 수 있습니다. 지금까지 제가 거의 지각이 없었다는 사실을 부끄러워할 정도로, 조선 사람들이 거짓 없는 우리들의 동포임을 발견한 감격에 저는 뜨거운 눈물을 금치 못했습니다. 저는 조선에 온 보람이 있었음을 기쁘게 생각합니다. 이 기쁜 마음으로 이 비상시국에 처하여 '새로운 동포'를 위해, 그리고 일본을 위해 몸을 바치고 싶다고 절실히 생각하고 있습니다. 지금 와서 보면 도쿄를 떠난 것이 결코 도피행이 아니라 새로운 생활의 발견으로 출발한 것이었습니다.

아버지, 어머니, 마음을 크게 놓으십시오.

사유리는 나날의 생활에 충만함을 느꼈다. 그리고 군조에 대한 마음도 확실해져오는 것을 스스로 느꼈다. 지금까지 군조에 대해 대단히 애매한 태도를 취해온 자신을 오히려 부끄럽게 생각했다.

어느 날 오후 군조가 불쑥 찾아왔다. 사유리는 등나무가 푸르게 무성한 정자 가운데로 군조를 안내했다.

"내일 강원도 금광에 간다고 인사드리러 왔습니다."

군조는 그렇게 말하고는 등의자에 앉았다.

"며칠 간 금광에 계시나요?"

"열흘 정도입니다. 오늘은 당신 생각을 확실히 듣고 싶습니다. 그런데 에가와 라이타 씨가 경성에 온 걸 노부오 씨가 말하지 않던가요?"

"아니요. 언제 일인가요, 그것은……?"

역시 사유리는 놀란 표정을 감추지 않고 추궁하듯 물었다.

(1942.11.23)

"꽤 지난 일입니다. 당신이 평양에 가신 바로 그 날 밤 일입니다. 우연히 메이지초 술집에서 만났습니다. 노부오 씨는 당신을 찾아서 경성으로 와서 나와 함께 있었습니다. 술집은 마치 항구와 같은 곳이라 가끔 드나드는 인생의 뱃사람들이 의외로 서로 만나는 일이 있지요. 에가와 씨는 많이 변했습니다. 원래 도쿄 시절부터 그 사람은 이해하기 어려운 모호한 성격의 소유자였지요. 결코 평범한 인간이 아닙니다. 어디에 가든 반드시 무언가를 하는 사람입니다. 어쨌든 상당히 변한 것 같았습니다."

가만히 듣고 있던 사유리는 참을 수 없다는 듯 약간 상체를 내밀었다.

"어떤 식으로 바뀌었던가요. 왜 좀 더 일찍 말씀하지 않으셨어요."

"어떤 식이라고는 확실히 말할 수 없지만, 소위 대단히 야성적이 된 듯 보였습니다. 그리고 냉혹하게……."

"오빠도 왜 지금까지 숨기고 있었을까요."

"노부오 씨도 아마 나와 같은 생각일 겁니다. 그러니까 에가와 씨 일을 당신에게 전해도 좋을까 라는 것조차 판단이 서지 않았기 때문입니다. 게다가……."

군조는 뒷말이 막혀 버렸다. 전부 다 말하는 건 참을 수 없었기 때문이다. 사유리 생각은 조금도 하지 않는 것 같았다고는 도저히 말할 수 없었던 것이다.

"그러니까 어쨌다는 건가요. 어차피 이야기가 여기까지 왔으니 오늘은 모두 탁 털어놓고 이야기해보세요."

사유리는 확실히 말했다. 그것은 오히려 군조가 할 말이었다. 군조는 사유리의 표정을 힐끗 살폈다. 눈가에 결의의 빛이 보였다.

"그러면 있는 그대로 말씀드리겠습니다. 에가와 씨는 비서라는 백계 러시아인 젊은 부인을 동반했습니다. 그리고 당신에 대해 물으니 무뚝뚝하게 그래서 어쩌라는 거야 하고 반문하는 겁니다."

군조는 그렇게 말한 것을 딱히 경솔했다고는 생각하지 않았다. 결국은 진실이 인생을 진실되게 한다고 그는 생각했던 것이다. 사유리는 알 듯 말 듯한 미소를 띠며 의외로 냉정하게 말했다.

"그런가요. 저는 차였어요. 에가와 씨에게라기보다 모든 남성에게……. 저는 이 사람이면 괜찮다는 생각으로 에가와를 사랑했습니다. 에가와를 남자 중의 남자라고 생각했던 것은 제 눈이 멀었기 때문입니다. 에가와는 돈도 문벌도, 후광이 될 만한 것은 하나도 없는 남자입니다. 그러나 저는 그 사람이 가지고 있는 어떤 힘에 동경을 품었던 겁니다. 그 사람이 가진, 뭐랄까 큰 꿈과 같은 것을 사랑했습니다. 에가와가 도쿄를 떠난 후 묘연히 소식이 없을 때 도쿄가 하찮아져 조선으로 여행을 떠나자는 생각이 들었습니다. 솔직히 말하면 조선에 오면 에가와를 만날 가능성이 높을 거라는 은근한 희망이 없었다고는 할 수 없습니다. 그래도 언젠가 그 언덕에서 결혼 이야기가 나왔을 때 생각해보겠다고 말씀드린 것은 희망과 절망의 중간에서 함부로 말씀 드린 겁니다. 이제 이걸로 기분이 맑아졌어요."

"그러면 당신은……."

"연애는 결혼 자체이지요. 저에게는 더 이상 결혼의 자격이 없습니다."

(1942.11.24)

군조가 돌아간 후 사유리는 혼자 울었다. 그의 진심을 사유리라고 해서 모를 리가 없었다. 그는 고집이 센 사람이라 나는 사유리를 열애하고 있다고 입에 내어 말하지 않을 뿐이다. 사유리는 에가와 라이타와의 관계가 없었더라면 벌써 군조의 애정에 응했을 것이다. 그 때문에 그녀는 의식적으로 매정했다. 아니 오히려 자포자기적이었다.

한편 군조는 사유리의 태도에 실망했다. 만약 전쟁이라는 큰 사건이라도 없었더라면 자신의 감정에 더 사로잡혀 인생 자체까지도 비관했을지도 모른다. 그는 다난한 이 시대에 어떻게 처신해야할지 자각했다. 이성과의 문제는 너무나도 작은 일이라고, 군조는 북지에서 지금 순간에도 사투하고 있을 동년배의 청년들을 머리에 그리며 생각했다.

그러나 포기할 수 없는 번뇌를 가슴에 품은 채 그 다음날 강원도 횡성군에 있는 아버지의 금광을 향해 경성을 출발했다.

자, 일을 하자.

일을 함으로써 모든 것을 잊자.

시국은 더욱 중대해지고 있다.

금을 한줌이라도 더 캐내서 나라에 봉공하자.

이런 생각이 단편적으로 군조의 머리를 스쳐지나갔다. 금광 사무소에 이르자 그는 우선 종업원들을 앞뜰에 모으고 아버지를 대신해 일장 훈시를 했다. 군조는 힘이 넘쳐 있었기 때문에 흥분된 어조로 열변을 토했다. 취지는 지나사변이 발발한 것, 앞으로 점점 시국은 심각해지리라는 것, 생산을 증대하여 나라에 봉공해야한다는 것, 생활을 더욱 자숙해야한다는 것 등을 직접 느낀 그대로 알기 쉽게 모조리 털어냈다. 종업원들은 평소 말이 없고 상냥하던 젊은 주인의 갑작스런 변화에 이상하다는 듯 눈을 동그랗게 떴다. 그리고 그만큼 어쩐지 예사롭지 않은 시국의 중대함이 바로 느껴지는 듯했다.

군조는 사무실 벽에 “근무시간에는 열심히 일합시다.”라든가 “음주는 되도록 삼갑시다.”라는 등의 표어를 써 붙였다. 사실 광부들의 음주는 도가 지나쳤다. 군조는 항상 그 점을 통감하고 있었기 때문에 맨 먼저 그것을 쓴 것이다.

지금까지 군조는 갱내에는 거의 들어가지 않았다. 기술자로서 학문도 배웠고 기술 방면을 담당하도록 아버지가 명령했다는 것도 그 이유였지만, 실은 그러니까 도련님의 틀을 그리 벗어난 것은 아니었던 것이다. 그러나 광부와 함께, 아니 광부의 선두에 서서 몸으로 금맥을 발견하고 그리고 파내지 않으면 기술자로서도 사업가로서도 불철저하다고 생각하기 시작했다. 이런 각오가 생긴 것도 전쟁이라는 것이 계기가 되었던 것이다.

그는 매일 석유등을 들고 갱내에 죽치고 있었다. 금맥의 성질, 그 발전상 및 전망 등을 세심한 주의를 기울여 관찰하고 검토하여 표에 기록해갔다.

그러던 어느 날의 일이었다. 그는 제3번 갱 지하 수백 척까지 혼자 들어갔다. 석유등 불빛이 흔들릴 때마다 그의 검은 그림자가 유령처럼 기괴한 춤을 추었다. 그런데 어느 장소에 이르자 등은 점점 희미해지더니 마침내 완전히 꺼져 버렸다. 기름이 다 된 것이다. 그는 한 발자국도 움직일 수 없었다. 가진 성냥이란 성냥은 다 꺼내 불을 붙이고, 소리를 낼 수 있는 한 크게 사람을 불렀지만 그것은 불길한 메아리로 사라졌다. 시커먼 어둠 속에서 군조는 죽음을 각오했다. 그리고 축축한 땅위에 털썩 주저앉았다.

(1942.11.25)

지원병

친애하는 준걸 군.

김준의 편지는 우선 이렇게 시작되었다.

나는 지금 묘한 흥분을 느끼면서 이 편지를 씁니다. 이번에 지원병 제도가 공포되었습니다. 이것은 징병제 실시의 전제로서 나는 크게 기뻐합니다.

이로써 나는 내선 관계의 앞날에 대단히 밝은 희망을 품습니다. 우리들은 이 시련에 훌륭히 합격해야 합니다. 이것에 낙제하면 우리들 자신이 우리들의 지위를 낮추는 결과가 되기 때문입니다. 그 때문에 소질이 좋은 훌륭한 청년들을 많이 지원시켜야 합니다. 그래서 나는 자네의 동생 준식군을 반드시 응모시킬 것을 권하고자 합니다. 준식 군은 권투로 체격은 말할 것도 없이 건강하게 단련되어 있을 것이고 또한 자네의 지도를 받아 정신도 훌륭하게 도야되어 있는 사람이라고 확신합니다. 준식이야말로 반드시 일본 군인으로 부끄럽지 않은 병사가 될 수 있음을 확고히 믿어 의심치 않습니다. 소생에게 만약 준식 군과 같은 동생이 있었다면 주저 않고 지원시킬 테지만, 아쉽게도 소생에게는 단 한 사람의 동생도 없습니다.

나는 이번에 군부를 방문하여 일금 10만원을 헌금했습니다. 결코 큰돈이라고는 할 수 없지만 지원병 제도 공포에 감격한 소생의 작은 충정을 표현한 것입니다. 동시에 구성 금광의 매각으로 얻은 남은 40만원을 가지고 학원을 설립하여 빈곤 아동의 교육에 미력을 다할 생각입니다. 이미 교무를 담당해줄 훌륭한 여성도 얻었기 때문에 운이 좋다고 은근히 기뻐하고 있습니다. 이것은 저 이시이 군조 씨가 분주하게 움직인 덕분인데, 작년 조선에 온 마키야마 사유리라는 정숙한 여성입니다. 이 여성이 만약 혼을 담아 이 사업에 동참해 준다면 소기의 성과는 이룰 수 있을 것이라 생각합니다. 솔직하고 밝고 일본적인 어린이, 이것이 내 학원의 이상이 되겠지요.

그러나 마키야마 양 혼자만으로는 부족합니다. 이것은 나 혼자만의 생각이지만, 송애라 양에게 봉사 생활을 할 의사가 없을까요. 음악학교 출신이기도 하고 게다가 부잣집 따님이시라 나의 이 말을 일소에 부칠 거라 생각하지만, 만에 하나 송 양의 의견을 넌지시 알아봐 주실 수 없겠는지요. 실은 송 양의 현대적인 쾌활함에 구식인 소생이 완전히 호의를 가지고 있기 때문에 모쪼록 군의 노력에 의해 소생의 희망이 실현되도록 절실히 기원합니다. 그럼 답장 주십시오. 이만 총총.

쇼와 13년(1938년) 3월 X일.

경성 김준 배

이준걸 님께

준걸도 실은 동생 준식을 지원병으로 보낼 것을 결심하고 있었지만, 아직 동생이나 어머니께는 말을 꺼내지 않았다. 묘한 심리이지만 오해받지는 않을까 하는 위구심이 있었던 것이다. 김준의 편지에 자극받은 준걸은 단연히 준식에게 말했다.

"너, 병사가 될 생각 없니?"

"하하, 형도 생각하고 있었어? 실은 나도 몰래 생각하고 있었지만 왠지 형에게 말하기 어려웠어. 꾸지람 들을까봐."

"그래? 넌 체격이 좋으니까, 훈련만 받으면 훌륭한 군인이 될 거야. 고마워."

준걸은 눈두덩이 뜨거워지면서 동생의 손을 꽉 잡았다.

"어머니가 허락해주실까?"

준식이 형의 얼굴을 보면서 말했다.

(1942.11.26)

"네 생각만 확고하다면 어머니는 기쁘게 허락하실 거야."

준걸은 그렇게 말하고는 동생 얼굴을 쳐다봤다. 너 정말 각오가 되어 있느냐 라는 듯한 표정이었다.

준식은 주저하지 않고 "형, 난 굳게 결심했어. 난 예전부터 어쩐지 군인을 동경하고 있었어. 공교롭게도 마침 군인이 될 수 있는 기회가 주어졌기 때문에 단연코 나는 할 거야. 이렇게 되니 1,2년 더 열심히 공부해서 중학교를 졸업할 걸 하고 후회하게 돼. 중학을 나온 사람은 승진이 빠를 테니까."

준식은 중학 4학년 중도퇴학이었던 것이다. 가정 사정 때문이라기보다 오히려 그 자신의 스포츠열 때문이었다.

"그걸 말이라고 하냐. 그러니 그 대신 지원병이 되어서 열심히 하는 거야. 단지 지원병이 되어 군인으로 출정한다기보다도 너 개인으로서는 훌륭한 인간으로 단련되는 거고, 크게는 김준 씨의 편지에도 있었던 것처럼, 이 제도는 내선 관계에 여러 가지 의미에서 대단히 중대한 의의가 있기 때문에 그런 큰 사명을 다한다는 생각으로 잘 해주기 바란다."

준걸은 진지하게 깨우쳤다.

"알았어. 지금까지 난 형에게 너무 심려를 끼쳤지만 지금부터는 진지하게 다시 시작할 각오로 해보겠어. 나는 지금까지는 내 인생이라는 것을 왠지 평범하게 생각했지만, 지원병의 길이 열리니까 큰 희망으로 가슴이 부풀어 오는 듯한 느낌이 들어. 청년다운 야망이랄까 모험심이랄까, 그런 것이 몸속에서 무럭무럭 부풀어 오르는 것을 느껴. '청년이여, 야망을 가져라.'라든가, '보이스, 비 앰비셔스.' 따윌 학교에서 배웠지만 지금까지는 야망을 가져도 그것을 실행에 옮길 방법이 우리들에게는 없었던 거야. 그래서 나는 그 좀 쑤시는 젊은 힘의

돌파구를 권투에서 찾아왔다는 것을 이제야 깨달았어. 나는 '청년이여, 야망을 가져라'라는 것의 방법을 지원병에서 발견했어. 형, 나는 총을 잡고 행진하는 걸 생각하기만 해도 지금부터 벌써 피가 끓는 기분이야."

준식은 흥분하여 두 눈을 번떡이면서 말했다. 오로지 권투만이 능사라고 생각해 오던 준식이 어디에서 이런 정열이 나오는 것일까 하고, 형인 준걸은 요즘 젊은이들이 의외로 여간내기가 아니라고 생각했다.

"응, 잘 부탁한다. 너희들이 훌륭한 일본 군인이 되는가 되지 않는가는 우리들 전 조선인에게 큰 관계가 있다는 것을 명심해 두어라. 어머니가 어떻게 생각하시든 너만 결심하면 문제는 없을 거야. 본인이 흔들리니까 더욱 그 어머니가 군인에 대한 이해를 할 수 없게 되는 거야. 게다가 지금 조선은 아버지와 어머니의 낡은 인습에 의해 움직여져서는 안 돼. 만일 어머니가 일시적 감상으로 반대 의사를 표시하더라도 넌 초지를 굽혀서는 안 돼."

"응, 확실히 할 게."

준걸은 흥분하여 자연스레 말에 모가 졌다. 어머니는 "군인이 되면 죽지나 않을까."라는 식으로 염려했지만, 결국 "네가 확고하다면……."이라며 승낙했다. 그리고 시험에도 무사통과하여 준식은 드디어 경성 지원병 훈련소에 들어가기로 되었다. 준걸은 경성까지 따라갔는데, 입소식 날은 이시이 군조, 사유리, 김준 등도 분주하게 몰려와 준식에게 축하 인사를 퍼부었다.

(1942.11.27)

아버지와 아들

경성 남산정 군조의 집.

군조가 횡성 금광의 움막에서 석유등이 꺼져 죽기 일보 직전에서 구출된 후 1년 쯤 되는 늦은 봄의 어느 날이었다.

언젠가 아버지 겐타로와 군조가 결혼에 대해 논의한 같은 툇마루에서 두 사람은 다시 논의를 하고 있었다.

"나는 이제 적당히 금광에서 발을 빼고 싶다. 동시에 조선에서도 발을 빼고자 한다."

겐타로는 등의자에 상체를 젖히며 말했다.

"아버지, 대단한 심경의 변화시네요. 저는 아버지 의견에는 반대입니다."

군조는 아버지 얼굴을 쳐다보며 말했다.

"아니야. 네가 반대하든 찬성하든 내 마음은 정해졌어. 너도 내가 말한 대로 결혼하지 않았지 않느냐. 내 체면이 말이 아니게 되었다. 지금도 그 친구 앞에서는 거북해서 어쩔 줄 모르겠어. 그러나 어디까지나 아비라는 건 소위 아들 바보, 딸 바보지. 내가 금광에 싫증이 났다기보다 적당한 시기에 발을 빼려는 것은 결국 이유가 그 때 사건에 질려버렸기 때문이야. 자칫하면 너를 죽여 버릴 뻔 했어. 게다가 나는 내 감에 자신을 가지고 있기 때문에 금광은 이쯤에서 발을 빼는 게 아무래도 현명할 것 같아. 횡성 금광도 지금이 정점이라 매수자도 있을 테고 50만원 정도는 쉽게 받을 수 있을 거야. 네가 반대한다면 이

집을 통째로 네게 넘길 테니 눌러앉아 있어도 돼. 나라도 내지로 돌아가 착실히 다른 장사라도 할까 한다."

"내지에 돌아가다니 아버지까지 그런 생각이십니까. 저에게는 이 경성이 태어난 고향입니다. 조선은 제2의 고향입니다. 돈이 생겼으니까 내지로 돌아간다, 가난하니까 할 수 없이 조선에 있는다, 하는 그런 쩨쩨한 소견으로는, 우선 아버지의 주머니를 두둑하게 불려준 조선 금광에 대해 너무 미안하지 않습니까? 적어도 저는 태어난 고향인 경성을 지키며 계속 살기 좋은 경성을 만들어 나가고 싶다고 생각합니다. 게다가 아버진 어느 샌가 일종의 부르주아 근성에 빠져 계시다고 생각합니다만, 그 때도 아내를 얻는 데 대해 조선에 있는 여자는 안 된다고 하셨는데, 정말 그런가 싶습니다. 현재 우리 미쓰코도 소위 조선 아이이지 않습니까. 돈이 좀 생겼다고 곧바로 이런 태도가 되는 아버지이기 때문에 자연히 그 자녀의 교양도 천박해지기 쉽다고 생각합니다."

"그러니까 우리 미쓰코는 내지로 돌아가 교육을 다시 받게 할 생각인 거다. 너는 좋아하는 경성에 남아서 도쿄 하숙집 계집앤가 뭔가 하는 여자와 네 마음대로 결혼하면 되잖아. 난 더 이상 네 결혼에 대해서는 조금도 관여하지 않을 테니까."

겐타로의 말투는 다분히 비꼬는 듯한 어조였다. 군조는 매우 불쾌해져서 뚱한 침묵을 지켰다.

갑자기 겐타로는 "하, 하, 하……."하고 웃음을 터트렸다.

그리고 군조를 쳐다보면서 "듣기 싫지? 아니 정말 네 식견에는 경복한다. 그러나 나는 내가 태어난 고향이 그립다. 저 귤 밭 가운데 있는 하얀 벽 집이 말이다. 하, 하, 하…….”라며 웃음을 터뜨렸다.

(1942.11.28)

군조가 겐타로와 의논하고 있을 때, 한편에서는 평양의 송애라가 또한 아버지 석희와의 의견 차이로 다투고 있었다.

두 쪽 모두 그 성격이나 정도의 차이는 있지만 낡은 세대와 새로운 세대의 대립·상극이었다.

애라의 아버지 송희석도 또한 겐타로처럼 현대의 신흥계급을 대표하는 일종의 자수성가형이고, 이들은 실력의 팽창과 교양의 빈곤이라는 불균형에서 여러 가지 비극을 자아내는 것이었다.

애라의 결혼에 대해서도 대단히 비상식적이고 게다가 상당히 의리가 두터운 관념으로 인해 작은 비극을 만들어내고 있었고, 게다가 또 다른 문제가 또한 이 아버지와 딸 사이의 상극에 박차를 가하고 있었다.

그것은 애라가 이준걸에게서 김준의 희망을 듣고 경성으로 출발하려고 아버지에게 허락을 구했기 때문이다.

“음악학교까지 나온 네가 그런 하찮은 소학교 교원 따위가 되고 싶다는 거냐. 너 혹시 미치지나 않았느냐.”

아버지 석희는 고지식해보이는 대머리에 둥글둥글하게 큰 눈을 크게 뜨고 다소 노한 듯 힐문했다.

"소학교 교원이 아니에요. 일종의 사회봉사라는 고귀한 사업이라 음악학교 출신이건 뭐건 자격이 넘친다는 건 있을 수 없어요. 게다가……."

애라는 오히려 차분하게 말했다.

"게다가 너는 지금 결혼하기 싫으니까 좋은 구실이라도 찾았다 싶어 경성에 나가려는 것이겠지. 네 마음은 잘 알고 있어. 이 아버지가 손바닥을 보듯 잘 알고 있지."

그녀의 아버지는 탄식하듯 말했다. 애라는 급소를 찔린 듯 잠시 고개를 숙이고 침묵했다.

"사회봉사라든가 뭔가 하는 것은 말은 쉽지만 너 따위가 할 수 있겠느냐. 그런 재미없는 생활을! 너는 화려한 걸 좋아하잖아. 음악도 그래서 한 거 아니냐. 모두 허영이야. 한 살이라도 허투루 나이를 먹기 전에 남자를 붙잡아야지. 나는 젊다, 아름답다 하고 자만하고 있는 사이에 청춘은 흘러버린다고 옛사람도 말하지 않았느냐. 곧 아줌마가 되고 만다고. 어리둥절하고 있을 새가 없어. 음악이니 뭐니 시끄럽게 떠들어 대지만, 꾀꼬리처럼 언제까지나 목소리가 아름다울 수는 없는 거야. 남자는 남자, 여자는 여자야. 사회봉사 따위 여자에게 가능하지 않아. 좋은 배필이 나타나기까지는 난 안심할 수 없어. 이 아버지 심정을 넌 모르느냐."

"충분히 잘 알고 있지만 결혼은 아직 그리 서두르지 않아도 되고, 여자는 여자로서 할 수 있는 일이 있는 거에요. 작은 일이라도 여자로서 정말 진심으로 노력하면 그것으로 훌륭하다고 생각해요. 특히 지금은 전쟁 중이라 여자도 국민으로서 할 만큼의 봉공을 해야 한다고요."

"네 마음대로 해라. 요즘 젊은이들은 논리는 당당하지만 결국 아무것도 하지 않잖아. 실로 한심 천만이야. 교육이 잘못 되었는지 가정이 잘못 되었는지, 어쨌든 주둥이만 재바른 영웅, 여걸이지. 아니 완전히 이상야릇한 세상이 되고 말았어."

그녀의 아버지는 내뱉듯이 말하고는 침통에 캬 하고 침을 뱉었다. 뭔가 화가 났을 때 곧잘 하는 행동이었다.

애라는 의지를 밀고 나갔다. 2,3일 후 결국 경성으로 떠난 것이다. 새로운 열의에 불타며. 이준걸도 동행이었다. 김준의 학교가 그 사이 만반으로 준비되어 드디어 시업식을 거행하게 되었기에 거기에 열석하는 한편 지원병 훈련 중인 동생을 면회하기 위한 것이었다.

(1942.11.29)

빛과 파도

김준이 필생의 사업으로 착수한 명성학원은 벌써 수업이 시작되었다.

명성학원은 동대문 밖 낙타산을 등진 완만한 하얀 구릉 위에 있었다. 어느 사립학원이 교외로 신축 이전한 자리를 매수한 붉은 벽돌의 고풍스런 건물이었는데, 안팎을 깨끗하게 수리하고 책상 기타 집기 일체를 새로 마련하여 꽤 청결하고 기분 좋은 학사로 새롭게 태어났다.

명성학원의 개설과 함께 사유리의 새로운 생활은 시작되었다. 의정부 야학의 연장인 것 같기도 했지만 여기서는 모든 책임을 맡았고 학과도 거의 절반을 혼자 담당해야 했다.

애라의 일은 음악과 서무였다. 그러나 음악이라고 해도 그녀의 이상에서 보면 너무나도 수준이 낮은 것이어서 우선 이상과 현실 사이의 거리가 먼 것에 다소 실망했을 정도였다. 그 대신 서무라고 해도 수업료는 받지 않았기 때문에 번잡한 잡무는 없었다. 다만 교과서와 학용품 일체를 제공했기 때문에 그 구입과 분배가 주된 업무였다. 애라는 음악 교육에 대한 실망을 다른 학과를 조력함으로써 보상하려 했다.

사유리는 아침 일찍 장충단 부근 아파트를 나와 어둠이 내릴 때야 비로소 귀가하는 것이었다. 그래도 그녀는 힘이 넘치고 있었기에 피곤함을 알지 못했다. 에가와가 언제까지나 고민의 씨앗이었다. 군조의 진지한 사모에 대해 그녀가 냉정함을 유지하는 것도 에가와가 아직 유력한 존재로 그녀의 마음을 점하고 있었기 때문이다. 에가와는 가끔 경성에 오는 것이 분명했다. 한번이라도 좋으니 에가와를 만나 이야기해보고 싶었다. 직접 에가와의 심중을 두드려 보고 싶은 것은 다른 사람이 하는 말을 곧이곧대로 받아들을 수는 없었기 때문이었다. 그렇다고 해서 군조가 못된 중상을 한 것이라고는 생각하지 않지만 사유리의 기분 상으로는 어디까지나 에가와 라이타를 믿고 싶었던 것이다. 틀림없이 뭔가 이유가 있을 거야. 에가와는 결코 냉혹하고 비인간적인 행동이란 불가능한 사내야. 사유리는 일시적으로 배반당했다는 생각으로 군조에게도 매정하게 대했지만 지금은 오히려 그것을 후회할 정도였다. 군조에게 냉정했다는 사실을 후회하기보다도 에가와를 증오한 자신을 부끄럽게 생각했던 것이다.

이렇게까지 생각하고 있는 사유리를 에가와가 과연 잊지 않고 있을까. 만약 에가와가 사유리 따위 꿈에도 생각하고 있지 않다고 한다면 그것은 너무나도 사유리에게 잔혹한 일이었다.

그러나 사유리는 아름다운 꿈을 꾸고 있었다. 에가와는 반드시 언젠가 돌아올 것이다. 그 때까지 자신은 에가와 외에 다른 남자를 생각하지 않을 것이다. 군조의 진심에는 가슴이 찢어지지만 그러나 자기 마음은 이미 에가와에게 맡겨져 있는 것이다.

어쩌면 에가와는 돌아오지 않을지도 모른다. 그 때는 그 때다. 언제까지나 영원히 자신은 에가와만을 생각하고 있을 것이다. 에가와만을 사모하고 있을 것이다. 이렇게 사유리는 굳게 자기 자신에게 맹세했던 것이다.

명성학원의 학생들은 남녀 합해 백 명 내외였다. 숫자상으로 보면 결코 많다고는 할 수 없지만 모두 빈민의 자녀뿐이라 상당히 감당하기 힘든 난폭한 아이가 대부분이었다. 그만큼 사유리는 보람도 있었지만, 또한 때로는 우울해지기도 하는 것이었다. 어느 날이었다.

사유리를 다시 우울하게 만드는 사건이 일어났다.

(1942.11.30)

최와 박이라는 성을 가진 두 아이는 각기 14,5세가 되는 소년이었는데 어쩐 일인지 사이가 나빴다. 어떤 일에도 곧잘 싸우는 것을 사유리는 항상 주목하고 있었는데, 그 날은 결국 큰 싸움이 벌어지고 말았다.

이유는 확실하지 않았다. 최와 사이가 좋은 정복녀라는 여자 아이를 박이 놀린 것이 동기라고 하기도 했다. 또한 박의 물건을 최가 훔쳤기 때문이라도 했다. 어느 쪽이건 두 사람 모두 피투성이가 될 정도의 난투극이 벌어졌는데 사유리는 아무리 두 사람을 꾸짖어도 꿈쩍도 하지 않았다. 그녀는 자신이 아무런 소용이 없다는 사실에 눈물을 멈출 수 없었다. 애라는 태평스럽게 그런 일은 그냥 내버려 두라고 했다.

"우리들의 힘으로 불가능한 것은 포기하는 것밖에 방법이 없어요. 갑자기 개과천선하는 것도 아니기 때문이에요."

송애라에게는 어떤 일에도 일종의 체념이 있었다. 그러나 사유리는 도저히 포기할 수 없었다. 피가 날 정도로 노력하고 깊은 애정을 기울여 보지도 않고 어떻게 포기할 수 있을까. 애라는 조선인으로 너무나 사정을 잘 알고 있는 만큼 쓸 데 없는 노력은 하지 않는 편이 현명하다고 하는 것일까. 이 소년들의 너무나도 야성적인 면, 훈련과 예의범절 교육을 받지 않았기 때문에 비뚤어져 있는 것을 교정하지 않으면 그게 무엇을 위한 교육일까, 그것은 반드시 열의와 사랑으로 이룩할 수 있다, 그것은 고난과 인내를 필요로 하는 것이고 실행되어야만 하는 것이다, 라고 생각했다.

사유리는 그렇게 생각하며 절망에 사로잡혀 그 날 밤 원장 김준을 찾아갔다.

김준의 집 사랑에서는 마침 애국반상회가 열리고 있었다. 집은 오곤초 X정목의 뒷골목에 있었는데, 반상회에는 내선인이 반반이었다. 김준이 반장이었고 그는 국어를 모르는 조선인들을 위해 두 가지 언어를 번갈아 능숙하게 사용하면서 큰 열변을 토하고 있는 중이었다.

김준은 4,5년 전 장티푸스로 아내를 잃은 후 홀아비로 있었기 때문에 사유리와 애라는 평소 그다지 큰 용건이 없는 한 자택방문은 삼가고 있었다.

김준은 사유리의 내방에 또 무슨 일이 생겼다는 것을 금방 알았다. 그러나 그는 아주 긍정적인 성격이라 사유리의 우울한 얼굴에도 크게 신경을 쓰지 않고 반상회를 이어나갔다. 물자 절약과 저축, 그리고 유언비어 주의 등 얼추 그 달의 실천사항에 대한 협의는 끝났다.

그리고 나서 잡담이었는데 한 내지인이 웃으면서 "그런데 우리 반장님에게 빨리 부인을 얻어주도록 우리들 반원이 노력할 것을 긴급 의제로 올립니다."라고 해서 국어를 모르는 일부를 제외하고 모두 와락 웃음을 터트렸다.

"찬성, 찬성."

이런 흐뭇한 장면을 연출하고는 반원들은 마침내 해산했다. 김준은 비로소 사유리의 보고를 들었다. 그러나 김준은 웃으며 말했다.

"저는 교육자가 아니니 사유리 씨와 애라 씨 두 분이 모든 걸 해결해주세요. 그렇지만 오늘과 같은 경우에는 어떤 영화에도 나왔지만 당사자들이 싸움에 질리든지, 아니면 승부가 날 때까지 싸우게 놔두는 것도 한 방법이 아닐까요."

"그렇습니까? 그렇지만 저에게는 그렇게 단순하게 생각되지 않습니다만……."

사유리는 고개를 갸웃했다. 그 때 밖에서 "전보요." 하는 소리와 더불어 대문을 세게 흔드는 소리가 났다. 김준과 사유리는 깜짝 놀라 서로를 쳐다보았다.

(1942.12.1)

두 사람의 이야기는 중단되었다.

사유리는 일어서서 전보를 받아 왔다.

김준이 순간 긴장된 표정으로 전보를 열어 보니, 발신지는 평양으로 본문은,

준식 응소. 송별하러 내일 다이리쿠[大陸][32] 타고 감. 준걸.

라는 것이었다.

"준식 군이 응소하는군요. 축하할 일이네요."

김준이 감동적인 말투로 말했다.

사유리는 "진정……."이라고 중얼거리며 두 눈에 반짝 물기를 띠

---

32 1938년 10월부터 운행된 부산-북경 직통열차 가운데 하나. 다른 하나는 흥아호(興亞號)라 불렀다.

웠다.

잠시 두 사람 모두 말이 없는 채 전보를 쳐다보았다. 그들은 마음 속에서 합장했다.

"사유리 씨, 우리 학원에서도 모두 송별하러 갑시다. 내일 안으로 히노마루를 준비해 주세요."

"예."라고 사유리는 한마디를 답했을 뿐이지만, 마음은 준식에 대한 감사의 마음으로 가득찼다.

동시에 이상하게도 박과 최의 문제도 저절로 풀릴 것 같은 느낌이 들었다. 어떤 일도 성급하게 되지는 않는다. 오랜 동안의 훈육과 끊임없는 사랑으로 이 야생아들은 몰라볼 정도로 선량한 인간이 될 것이다. 이 아이들도 결국은 준식의 뒤를 좇아 일본을 위해 '천황 폐하의 방패'가 될 것이다. 생각이 여기에 미치자 뜨거운 눈물이 밀물처럼 솟구쳐 오는 것이었다. 김준은 사유리를 힐끗 보고 시선을 돌렸다.

"김 선생님, 마침내 전 깨달음을 얻었어요. 사랑하기 때문에 초조하게 아이들을 나무라거나 하지 않아도 좋다는 생각이 들었어요. 저 아이들은 결국 준식 씨의 뒤를 이을 믿음직한 아이들이에요."

"그렇고말고요. 안내심 강하게 사랑하고 인도해 주십시오. 모든 것을 사유리 씨에게 맡기겠습니다."

"네. 전 더 이상 절망에 빠지거나 회의하는 마음으로 헤매거나 하지 않을 작정입니다. 준식 씨가 출정하신다는 것이 무언가 저에게 큰 감동과 밝은 확신을 주었습니다."

사유리는 다시 희망에 찬 밝고 강한 마음을 품고 아파트로 돌아왔다.

준걸은 다음날 오후 김준의 마중을 받으며 경성에 도착했다.

"어이, 축하하네."

"고맙습니다."

"준식 군의 응소를 듣고 어머님은 어떠신가?"

"처음에는 조금 동요하는 듯했지만, 꽤 태연한 분이시라 완전히 각오가 생겼어요."

"그건 잘 된 일일세."

김준은 안심된다는 말투였다.

"김준 씨, 이번에 오는 김에 내가 만든 소형 파이프 오르간을 한 대 가져 왔습니다. 학원에 기부할 테니 놓아두세요. 꽤 훌륭한 거에요."

"야, 그건 정말 고맙소. 결국 성공했군. 만세다. 애라 씨도 기뻐할 테지."

"아니 뭘요. 애라 씨의 이야기가 나왔으니 말인데요. 음…… 저……."

준걸은 벙글벙글 웃으면서 말하기가 주저되는 모양이었다.

"뭔가. 빨리 말하게."

"실은 말이에요, 김준 씨. 애라 씨를 아내로 맞아주시지 않겠습니까?"

"뭐……?"

김준은 놀람과 동시에 기쁨으로 두 눈을 반짝이면서 준걸의 얼굴을 쳐다보았다.

(1942.12.2)

"잠시 역 식당에라도 들어가서 이야기합시다."

준걸이 앞장섰다. 김준은 아이처럼 두근두근하는 기분으로 따라갔다.

식당에 들어가 자리를 잡자 준걸은 양복 안주머니에서 봉투 하나를 꺼내며 말했다.

"김준 씨는 내 말을 느닷없다고 생각할지도 모르지만, 꽤 이전부터 나는 그런 생각으로 애라의 마음을 타진해 보았습니다. 그렇지. 언젠가 편지에서 애라 씨의 현대적인 쾌활함에 완전히 구식 남자인 김준 씨가 호의를 느끼고 있다는 편지를 쓴 적이 있지요?"

"벌써 다 잊어 버렸어. 그런 걸 썼던가."

김준은 나이에 걸맞지 않게 조금 얼굴을 붉히며 말했다.

"어쨌든 나는 그 때 알아챘어요. 하하하……. 정말 진지한 이야긴데, 잠시 이 편지를 읽어 보세요. 다른 사람의 편지를 보여주는 것은 나쁘지만, 두 사람의 관계를 생각하면 상관없겠지요."

준걸은 그렇게 말하고 봉투를 김준에게 건넸다. 그것은 준걸에게 보낸 애라의 편지였다. 김준은 잠자코 편지를 읽기 시작했다. 그가 편지를 읽는 동안 준걸은 애라와의 추억을 불쑥 떠올렸다.

사실은 온당하게 일이 진행되었더라면 애라는 준걸과 결혼했을 것이다. 애라는 은근히 준걸을 사랑하고 있었고 준걸도 또한 충분히 애라에게 호의를 가지고 있었다. 그러나 준걸의 생각으로는 단지 그런 이유만으로 결혼할 수는 없었다. 애라는 어느 쪽인가 하면 꿈이 많은 낭만주의자였다. 준걸은 물론 어떤 의미에서는 더욱 큰 꿈을 가진 청년이었지만, 어디까지나 자기 입장이라는 것, 생활의 현실이라는 것을 잊지 않는 현실주의자였다. 자기에게만은 애라는 좋은 아내가 될 것이다. 그러나 두 사람의 아이를 키우기 위해 청춘을 희생하고 고난의 생활을 헤쳐 나간 어머니에게 좋은 며느리가 될지는 거의 자신할 수 없었다. 과장해서 말하면 어머니에게 훌륭한 며느리가 될 수 있으면 자기에게는 악처가 되어도 좋다고까지 생각한 준걸이었다. 결국 자수성가한 백만장자의 딸이고 성악가이며 그리고 다른 사람보다 꿈이 많은 낭만주의자인 송애라와는 도저히 결혼할 수 없다고 준걸은 일찍부터 생각하고 있었다.

그런 참에 김준의 솔직한 고백을 접하게 되어 준걸은 김준과 송애라의 조합은 상당히 드문 인연이라고 생각했다. 오직 힘든 점은 김준이 재혼이라는 것과 자신도 말하고 있듯이 '구식'이라서 현대적 교양이 부족하다는 점일 텐데, 그러나 이런 것 따위는 어떤 의미에서 애라가 여왕처럼 구는 데에는 안성맞춤인 약점일 것이다. 그러니까 애라와 같은 여성에게는 그런 환경과 자유가 절대적으로 필요한 조건이라고 준걸은 생각했던 것이다.

드디어 김준이 편지를 다 읽고 나서 기쁜 듯 얼굴에 웃음을 머금었다.

"김준 씨. 결론을 지읍시다. 그 편지로 애라 씨의 마음은 잘 알겠지요? 김준 씨의 실행력 있는 남자다움에 완전히 빠졌다, 라고도 할 수 있을 내용이지 않습니까. 하하하……."

"이 군에게 모든 것을 맡김세. 좋을 대로 처분해주게. 이제 새로운 아내를 맞아도 죽은 전처에게 죄가 되지 않겠지. 하하하…….”

“좋았어. 맡을게요. 그럼 갑시다. 좋은 일은 서둘러야죠. 결혼행진곡은 내가 만든 파이프 오르간으로 사유리 씨에게 부탁합시다.”

두 사람은 자동차를 동대문 밖 명성학원으로 달렸다.

(1942.12.3)

준식은 제1회 지원병 출신 육군 병사로서 여러 사람의 화려한 전송을 받고 용감하게 북지 전선으로 향했다.

그리고 총후에 있는 그들 생활은 검소하게 운영되었다. 사유리의 경성 생활도 잘 적응되었다. 명성학원 일은 여전히 고생도 많았지만, 어느 높은 경지를 열어젖힌 그녀로서는 고생 가운데 인간생활의 고귀한 것, 행복한 것을 발견할 수 있었다. 다만 건강을 해친 것이 사유리로서는 가장 크게 잃어버린 것이었고 가끔 그녀를 깊은 곤란에 몰아넣었다. 동시에 참기 어려운 고독이 있었다.

김준과 송애라는 준걸의 중매로 결혼에까지 도달했다. 애라의 부모도 딱히 불만은 없었다. 두 사람의 결혼에 의해 명성학원의 사업은 보다 원만하게 진척되어 갔다. 애라는 소위 봉사생활에서보다도 결혼에서 행복을 찾았다. 평범한 여성의 평범한 인생 행로였다.

야마다 노부오는 여전히 농장생활을 계속하고 있었다. 아내 리에의 히스테리에 대한 불만으로 가끔 기분이 언짢았지만, 그런 때는 경성으로 사유리를 찾아가 함께 차라도 마시며 이야기하거나 잠깐 술

집에 들러 한잔 걸치며 불만을 터뜨리리고는 다시 돌아가는 것이었다. 불만은 있어도 그것은 그 자신의 생활에 혁명을 일으킬 정도의 심각한 불만은 아니었던 것이다. 게다가 그의 성격 때문에 현실에 만족하지 않는다고 해서 큰 꿈을 품고 그것을 자기 인생에 재현하려는 야망도 치열한 정열도 없는 것이다. 학문을 좋아하는 것과 또 한편으로 나라에 기여하고자 하는 생각도 있어서 오배자의 인공번식법 등을 연구하고 있었지만, 일에 매달려 그것을 저돌적으로 진척시켜 나가는 것도 아니었다. 어떤 의미에서는 학문에 대한 동경을 어느 정도 만족시키면 된다는 투였다.

이시이 군조는 경성을 태어난 고향으로 삼아 정착해야 한다고 주장했음에도 아버지 겐타로가 내지로 돌아가버리자 적지 않은 고독을 느꼈다. 고독하기 때문에 더욱 사유리에 대한 사모가 깊어 갔다. 때로는 미칠 듯이 괴로웠지만 어떤 경우에도 그는 자제심을 잃지 않는 청년이었다. 텅 빈 남산 집에 처박혀서 줄이 끊어질 듯 바이올린을 켜거나 남산을 헤매거나 하는 일이 잦았다.

그리하여 때는 흘러갔다. 시국은 점점 심각해졌다. 총후 생활은 여러 모로 새로워져 갔다. 모든 부면에 필연적인 시대의 요구로 혁신이 이루어져야 했다.

이준걸은 김준과 이시이 군조의 후원을 받아 오르간 제조에서 소규모 군수공장으로 전신했다.

전선에서는 준식의 용감한 전투 소식이 때때로 전해졌다. 지원병의 성가가 올랐다.

그리하여 쇼와 15년(1940년) 봄[33] 김준과 이준걸은 다시 태어났다. 김준은 가네다 슌(金田駿)으로, 이준걸은 마키야마 도시오(牧山俊雄)가 되었던 것이다.

그 가을의 초순 무렵 준식은 경사스럽게도 북지전선에서 개선했다. 그는 늠름하고 침착한, 그리고 겸손한 청년으로 훌륭히 다시 태어났다.

다시 황망하게 일 년이 지났다.

쇼와 16년(1941년) 12월 8일[34]이었다.

그 날 에가와 라이타는 하얼빈 키타이스카야 거리를 빠른 걸음으로 걷고 있었다. 그들은 일미 충돌의 특보에 매우 흥분하고 있었다. 갑자기 어느 일본상점 앞에서 그는 선전 대조(大詔) 방송을 듣고 잠시 직립했다. 왠지 문득 사유리가 떠올랐다.

(1942.12.4)

영원한 여성

사유리의 고독에 찬 고투의 생활은 다시 새로운 한 해를 맞았다.

---

33 제3차 조선민사령에 따라 1940년 2월 10일부터 창씨개명 신청이 시작된 것을 가리킨다.

34 일본군의 진주만 습격으로 태평양 전쟁이 개시된 날이다.

그녀의 일기에는 다시 새로운 결의가 되풀이 되었다.

쇼와 17년(1942년) 1월 1일. 목요일. 맑음.

빛나는 새해가 밝았다. 희망에 찬 새해가…….

올해는 유례없이 새해가 즐겁게 기다려졌다. 그것도 모두 명성학원의 사랑스러운 아이들이 신년과 더불어 밝게 뻗어나가리라 생각하기 때문이다. 조선인으로 태어나고 자란 아이들에게 우리들 손으로 조금이라도 내지인과 구별할 수 없는 밝은 황민의 생활을 하도록 해주고 싶다고 다시 새로이 생각한다.

나는 지금까지 몇 번인가 저 작고 순한 아이들이 내가 모르는 언어로 이야기하는 것을 듣고는 슬픈 생각이 들었다. 어떻게 해서든 빨리 국어로 술술 이야기를 할 수 없을까. 내가 말하는 것을 모두 알 수 있도록 되지 않을까. 그리하여 저 귀여운 이아들과 자유롭고 즐겁게 이야기하며 나와 같은 마음으로 웃고, 같은 마음으로 슬퍼하고, 그리고 같은 희망으로 공부할 수 있지 않을까. 그런 날은 언제일까.

지금까지 몇 년 동안 충분히 많은 가난한 조선 아이들을 가르쳐 왔다. 그 가운데에는 미운 아이도 없지 않았다. 그렇지만 그런 건 문제가 아니다. 모두 사랑스런 일본의 아이들이니까. 아직 창씨 하지 않은 아이도 많지만 이 아이들이 어른이 될 때 모든 것은 해결될 것이다.

장래는 지원병이 되겠다는 남자 아이들, 믿음직하다. 나는 진정 열심히 이 일을 해야 한다. 내가 직접 나라에 도움이 될 수 있는 것도 이 일 외에는 없다.

아아, 한없이 밝은 일본의 장래, 나의 사랑으로 한 사람이라도 훌륭한 반도 소년 소녀가 태어난다면 나의 기쁨은 더없을 것이다. 음지에 있는 아이들을 사랑하자. 점잖고 말없는 아이들을 밝게 만들어주자.

"새해 복 많이 받으세요."

"새해 축하드립니다."

차례차례 머리를 숙이는 한 사람 한 사람의 머리를 어루만져주고 싶다. 어디까지든 따라오는 아이들, 오늘도 이대로 놀아주고 싶지만 이것은 감정에 지는 것이다. 나는 신체가 상당히 약해져 있다. 가끔 등줄기가 뻐근하고 상태가 나빠진다. 안 된다. 8일부터 시작이니까, 다음 월요일 실컷 놀아주자. 이 7일 동안 모두 쾌활하고 즐겁게 지내라. 라이타는 어디서 이 휘황찬 전승의 새해를 맞이할까. 건강하게 지내길.

2월 16일. 월요일. 맑음.

드디어 어제 싱가포르가 함락했다. 기다리고 기다리던 이 날의 기쁨이여. 우리들은 목이 터져라 만세를 불렀다. 아아, 이 감격, 가슴의 고동. 우리들은 행복한 세상에 태어났다. 부민의 축하 기행렬에 학원 아이들을 데리고 참가했다. 돌아오자 밤이 되어 열이 났다. 피곤했던 것일까. 그렇지만 들떠 있어 크게 괴롭지는 않았다.

일기에는 이렇게 적혀 있지만 그러나 사유리는 다음날도 일어나지 못했다.

(1942.12.5)

사유리는 3일 동안 병으로 누워 있은 후 잠시 학원에 나왔다. 이런 상태라면 당분간 쉬어야 한다고 생각하면서도 우선 아이들에게 미안한 생각이 들어 무리하여 나왔다.

그 날 그 날이 사유리에게는 악전고투였다. 그 투쟁의 생활기록은 매일 자질구레 일기에 적혀갔다.

3월 3일.

오늘은 매우 추운 날이다. 3월도 내일로 끝난다고 하는데 한겨울처럼 차려입고 나섰다. 가네다 아이코[金田愛子][35] 씨가 창가를 불러주셨다. <봄>이라는 노래였다. 마키야마 도시오 씨가 기부해주신 파이프 오르간의 아름다운 소리가 학원에 가득 울려 퍼져 즐거웠다.

2교시는 나의 국어 시간. 교과서를 읽혔다. 요시야마[佳山]부터 순서대로 한 자라도 틀리면 다음 사람이 이어 읽고 또 틀리면 그 다음 사람이라는 식으로 소학교 시절 자주 했던 그리운 수업법으로 해보았다. 모두 열심히 읽었다. 리노이에 도쿠히메[李家德姬]가 차분하고 맑은 소리로 한 자도 틀리지 않고 잘 읽었다. 신귀례(申貴禮)도 잘했다. 구만수(具萬洙)는 큰 목소리로 빨리 읽기 때문에 '테, 니, 오, 하'를 빠뜨리는 일이 많다.

다음으로 미술을 했다. 무엇이건 자기가 좋아하는 것을 그리게 했

---

35 송애라의 창씨개명한 이름. '창씨'를 법률로 정한 제3차 민사령은 부부의 씨를 같게 하도록 규정하였기 때문에 남편 김준의 창씨인 '가네다'를 쓰고 있다.

다. 한 시간 지났다. 가만히 보니 모두들 히노마루를 그리고 있었다. 그 외에 비행기를 그린 아이도 있었다.

국민학교 1학년부터 4학년까지의 조선 남자 아이가 처음으로 그림을 그리게 되면 우선 무엇을 그릴까. 그것은 히노마루다. 나는 뭐라 말할 수 없는 기분이 되어 눈물이 흘러나왔다. 어서 진정한 황국신민이 되어 주세요, 해가 거듭해 청년이 되어도 여전히 지금처럼 순수한 마음을 가져주세요 라고 마음으로부터 기원하지 않을 수 없다.

오늘 또 열이 난다. 기침도 나온다. 나는 훨씬 이전부터 기침 때문에 목이 망가져 노래 같은 건 할 수 없다.

이리하여 사유리는 다음날부터 결국 자리에 누워버렸다. 오후부터 애라(가네다 아이코가 되었다)가 와서 간병해주었다. 얼음주머니를 늘어뜨려 이마에 댔다. 가끔 괴로운 듯 기침하고 신음소리를 냈다.

저녁 무렵부터 사유리는 더욱 괴로운 듯 가끔 헛소리를 했다.

"라이타, 라이타……."

그 말만은 확실히 들렸지만 그 외는 알 수 없는 말이었다.

이 즈음 마침 에가와 라이타는 하얼빈 모스트바야 거리의 어느 러시아 식당에서 저녁을 먹고 있었다. 맞은 편 의자에는 언젠가 경성에 동반해 왔던 마리안나가 있었다.

"이게 마지막 만찬이군."

에가와는 시원시원하게 말했다.

"이제 하얼빈에는 오시지 않아요?"

마리안나는 포크로 요리를 찍으면서 다소 슬픈 듯 말했다.

"언제든 오고 싶으면 오지."

"정말 오늘밤 떠날 생각?"

"그래. 왠지 급히 가고 싶군. 경성에……."

"당신도 참 무정한 사람이군요!"

마리안나의 두 눈에 눈물이 빛났다.

"나는 정진정명(正眞正銘) 일본인으로 돌아간다. 이제 버마 수도까지 함락하지 않았는가. 대단히 훌륭한 시대야. 나는 지금까지 너무 쓸데 없는 짓을 많이 했어. 이런 감격으로 옛날로 돌아가야 해. 자, 5천원 짜리 수표다. 당분간 용돈이야. 다 스비다냐(안녕)."

에가와는 마리안나의 흐느껴 우는 소리를 등 뒤로 들었다.

(1942.12.6)

대학병원의 병실. 창밖의 벚꽃은 벌어지기 시작하여 활짝 핀 봄을 부르고 있었다.

그러나 사유리는 얼굴이 창백하고 바짝 말라서 볼품없이 되었다. 오로지 눈만은 예전과 마찬가지로 아름답고 맑게 멍하니 천정을 바라보고 있었다. 가끔 회색으로 빛바랜 입술이 움직이며 무언가 호소하려는 듯 보였지만 목이 막혀 소리로 나오지 못했다. 머리맡에 앉아 있던 아이코(애라)가 귀를 사유리의 입술에 갖다 대었지만, 의미를 간취할 수는 없었다.

어머니…….

라이타…….

이 두 말만은 분명하게 들렸다. 날이 갈수록 사유리는 용태가 점점 악화되어 맥이 탁 풀리는 때가 있었다. 어느 날 오후 김준도 소식을 접하고 달려왔다. 노부오 부부도 왔다. 담당 의사를 불러 용태를 보게 했다.

의사가 복도로 나와 노부오와 김준에게 선고할 때 이시이 군조가 허급지급 달려왔다.

군조는 들뜬 목소리로 "선생님, 사유리 씨는 어떻습니까."라며 다가왔다.

"이제 절망적입니다."

"어떻게 잠시라도 생기를 띠게 해주실 순 없습니까. 잠깐 동안만이라도 반드시 만나게 해주고 싶은 사람이 왔습니다."

그 때 에가와 라이타가 복도로 들어왔다. 의사는 에가와를 힐끗 보더니 병실로 돌아갔다. 그리고 사유리에게 최후의 주사를 놓았다. 에가와는 사유리의 병상에 다가갔다. 군조도, 김준도, 아이코도, 노부오 부부도 모두 사유리의 병상을 둘러쌌다.

"사유리 씨, 라이타가 돌아왔습니다."

사유리는 라이타를 바라보고 있었는데, 희미하게 웃으며 오른손을 잠시 뻗었다. 새하얗고 홀쭉해진 팔이었다. 에가와는 사유리의 손을 양손으로 감싸 쥐었다.

"사유리 씨, 미안합니다. …… 정신 차리세요."

에가와의 뺨에 눈물이 흘렀다. 아이코와 노부오 부부는 훌쩍거렸다. 군조는 손수건을 눈에 대었다. 김준은 손가락으로 눈물을 닦았다. 사유리가 입술을 우물우물하기에 에가와는 얼굴을 가까이 댔다.

"아이, 들, 을…부…탁…해…요."

꽤 똑똑하게 말을 마치고 사유리는 숨을 거두었다. 에가와에게 손을 맡긴 채 안심한 듯 눈을 감았다.

도쿄에서 온 사유리의 어머니는 임종을 하지 못했다. 다음 날 화장하여 홍제리 묘지에 묻었다. 평양에서 마키야마 형제도 달려 왔다. 장례식에는 명성학원 아이들도 모두 참석했다.

죽음의 마지막 순간까지 아이들을 사랑한 사유리의 위패는 명성학원 가운데 사진과 함께 안치되었다. 그리하여 사유리의 정신은 아이들의 혼속에 영원히 살아있을 것이다.

에가와는 사유리가 섰던 교단에 서보았다. 그리고 운동장도 걸어보았다. 군조도 생각에 잠겨 에가와의 뒤를 따라 걸었다.

'사유리의 유지를 이어 더욱 크게 이 사업을 진척시켜 나가자. 사유리야말로 영원히 내 가슴 속에 잠들고 있다.'

에가와는 참회하며 새로이 맹세했다. 그리고 사유리의 아름다운 혼이 잠든 경성을 마음의 고향으로 삼아 군조와 더불어 이 사업에 협력할 것을 결심했다.

에가와와 군조는 학원 언덕길을 묵묵히 내려갔다. 드문드문 서 있는 벚나무로부터 벚꽃이 한잎 두잎 소리도 없이 떨어졌다.

(1942.12.7)

이무영 편

바다에 부치는 편지

별난 남자

나이가 서른이나 되고도 아직껏 손과 발 이외 부분을 물에 담근 적이 없는 사람이 오늘날 경성에 살고 있다고 하면 누구도 믿지 않을 것이다. 그런데 이것은 조금도 거짓말이 아니다. 그런 사람이 실제로 경성에 살고 있다는 것을 나는 알고 있다.

게다가 그는 전문교육을 받아 그에 상당한 교양도 갖추고 있는 지식인이다.

이상한 사람이라고 사람들은 말할지도 모른다. 물론 이상한 사람임에는 틀림없을 것이다.

그러나 겉으로 보면 그는 딱히 별난 점도 눈에 보이지 않는다. 체격이나 용모는 말할 것도 없지만 복장도 단정하다. 키는 5척 6, 7촌[01] 쯤 될 것이다. 게다가 또한 대단히 기골장대하다. 골격이 굵지만 살집도 적당한 정도이다. 혈색도 다소 너무 흰 감이 없지는 않지만, 신경에 거슬릴 정도는 아니다.

양복을 입어도 기모노를 입어도 일단 입으면 단정한 차림새가 되는 사람은 그리 많지 않을 것이다. 양복에 넥타이를 맬 때는 틈이 없어 보이는 사람이라도 기모노처럼 뭔가 다른 복장을 하면 어색해 보이는 사람도 적지 않은 것이다. 그렇지만 그는 무엇을 입어도 몸에 딱 들어맞으며 단정해 보이는 것이다.

지나사변이 점점 장기전에 들어가 국민생활의 전시화가 강조되어 그 현상의 하나로 국민복이 등장했는데 막 주문한 옷을 입으면서도 사람들은 이상하게 외모를 신경썼다.

"어, 이상해요, 당신. 마치 사람이 달라진 것 같이 보여요."

"그래, 어디?"

"이상하죠?"

"이상하군. 그렇지만 뭐 괜찮아. 이것도 전쟁에 대한 마음가짐이니까."

이런 대화가 어느 가정에서도 한번은 이루어졌던 것이다.

"농민에게 군복을 입힌 것 같아요."

이렇게 아들에게 놀림을 받았다고 하여 화제가 된 총독부 모 과장

---

01 170~174㎝ 정도.

도 있었을 정도이다.

그런데 그의 몸에는 이 국민복도 아주 잘 어울렸다.

괴짜에게는 곧잘 어딘가 모르게 얼빠진 점이 있지만 그에게는 그런 틈도 보이지 않았다. 불꽃이 튈 것같은 형형한 눈빛이나, 약간 무뚝뚝해 보이긴 해도 실팍한 건물의 높은 기둥을 연상시키는 코나, 입을 꾹 다물었을 때의 그 침착함이나 굳이 말하자면 그는 너무 완벽한 인간이었다.

두뇌가 뛰어난 것도 암산이 빠르고 정확한 것도 소학교 시대부터 전문학교에 이르기까지 계속 동료들에게 인정을 받아온 것이다.

역사 연대는 물론이고 대수롭지 않은 역사상 인물의 생년월일까지 정확하게 알아맞히는 데에는, 그런 점에서 일대의 귀재라 일컬어지던 역사담임 후타바[二葉] 선생마저 혀를 내두를 정도였다.

"정말 감탄했어. 나도 자네에게만큼은 모자를 벗을 수밖에. 정말 그런 것까지 외우고 있다니."

지금은 벌써 타계한 안창남 비행사가 향토방문 비행을 위해 여의도에 착륙했던 연월일을 알아맞혔을 때 후타바 선생은 그렇게 말했던 것이다.

그리고 그는 동료와 사이도 좋았다. 사회에 나가서도 동료들에게 호감을 샀고 미움을 받는 일은 거의 없었다.

다만 별난 점은 물을 싫어한다는 것뿐이었다. 그리고 그 이유에 대해서는 완고하게 입을 다물고 있었다.

(1944.2.29)

그, 최대영(崔大泳)이 그때까지 한 번도 물에 들어간 적 없다는 사실이 처음으로 동료들에게 알려진 것은 그가 15세가 되던 여름이었다. 당시 그는 중학 2학년이었다.

그 무렵부터 무엇이건 선편을 쥐고 싶어 하는 그 중학교[02]에서는 벌써 내한정서(耐寒征暑) 훈련을 시작했다. 아직 봉건사상에서 완전히 빠져나오지 못하던 때라 부형의 반대도 대단했지만, 오기가 있던 교장은 노도와 같은 반대를 물리치고 고집을 부렸던 것이다. 막 쇼와시대[03]가 시작되던 때였기 때문에 벌써 12년이나 전의 일이었다.

교장은 우선 국산애용을 내세워 조선산 직물의 착용을 장려하여 교복은 물론 셔츠, 각반에 이르기까지 순 조선산 제품을 착용하게 하였고, 심신단련을 위해 검도, 유도 등의 무술부터 등산, 수영에 이르기까지 격한 훈련에 힘을 쏟았다.

최대영는 선수는 아니었지만 운동이라면 뭐든 잘 했다. 북악산을 1등으로 등반한 것도 그였다. 유도도 검은 띠는 그를 빼고는 없었다.

그런 최대영이 한강에서 한 수영에서만은 도무지 요령부득이었다.

"최대영, 뭘 머뭇거리느냐. 빨리 뛰어들어. 빨리."

유도, 검도 모두 4단인 체조 선생이 꾸짖었다.

---

02 최대영이 조선이기 때문에 정확하게 말하면 '고등보통학교'다. 그러나 당시 통상 고등보통학교를 일본의 학제에 따라 중학교라고 불렀다. 고등보통학교는 제3차 조선교육령이 시행된 1938년 4월 1일부터 중학교로 명칭이 변경되었다.

03 쇼와천황이 재위한 시절. 1926년부터 1989년까지의 기간.

그래도 그는 꿈쩍도 하지 않았다.

급우들은 보기 좋게 강 속으로 뛰어 들어갔다.

"어이, 최대영! 선생님 말씀하시는 게 안 들려. 응?"

이제 강변에는 그 한 사람이 남아 있을 뿐이었다.

"어디 아픈 데라도 있어?"

"아닙니다."

"그럼 빨리 뛰어들어. 모두 기다리잖아."

"선생님, 전 싫습니다."

"뭐? 싫다고? 왜?"

"그냥 싫습니다."

"네 멋대로? 들어가. 들어가."

"아무래도 안 되겠습니다. 선생님 제발 용서해주세요."

"죽어도 싫다고? 너는 교칙을 어길 작정이냐. 교칙을 어기면 제13조 제3항에 의거해 퇴학을 명하게 되어 있다는 것 정도는 알 텐데."

"알고 있습니다."

"그래도 싫다는 거냐."

"싫습니다."

"멍청이!"

체조 선생의 주먹이 날아들었다.

"이래도 싫어?"

"싫습니다. 죽어도 싫습니다!"

호랑이라는 별명이 붙은 체조 선생이었지만 죽어도 싫다는 데에는 아무리 호랑이라도 별 수 없었던 것이다.

다음 날 최대영은 교장실에 불려갔다. 교장과도 똑같은 대화가 되풀이되었고 결국 교장의 패배로 끝났다. 교장으로서도 도무지 말을 듣지 않는 데에는 퇴학처분 외에 방법이 없었다. 그렇지만 그런 이유만으로 퇴학 처분을 하기에는 최대영은 다른 면에서 너무나도 훌륭한 학생이었다.

그 소문이 교내에 퍼져 최대영은 일약 유명해졌다. '평생 물에 들어가지 않는 남자'라는 것이 그의 별명이 되었다. 그 별명은 교내뿐만 아니라 경성부내 각 중학교에까지 퍼져나갔다.

길거리에서도 중학생들로부터 "어이, 그 자군. 평생 물에 들어가지 않은 남자말이야."라는 말을 듣곤 했던 것이다.

게다가 누군가 최대영이 물은 물론이고 목욕탕에도 들어가지 않는다고 말하기 시작하여 그 후로는 '평생 목욕탕에 들어가지 않은 남자'가 되고 말았다.

그런데 묘하게도 그때까지 입을 다물고 있던 그가 이 별명에는 이의를 제기했다.

"아니야. 목욕탕에 들어가지 않을 뿐 씻기는 한다구."

(1944.3.1)

"정말이야? 자네가 물에 들어간 적이 평생 없었다는 거?"라고 급우들이 놀리면 "속인은 몰라. 말해도 모를 거야."라고 진지하게 말하는 그였다.

"건방지군. 세수 정도는 하겠지."

그러면 그는 성큼성큼 다가서며 "땅바닥에 때려눕힐 테니 다시 물어봐. 자 해봐."라고 양 팔을 벌리면 모두 달아났다. 그에게 잡히면 엎어치기를 당하기 때문이었다. 그러면 그는 후후후 웃으며 "비겁한 놈들. 말이라도 하고 도망치지."라고 하는 것이었다.

중학을 마치자 그는 고등공업학교에 진학했다. 그의 중학에서는 세 명이 지원했다가 그 혼자 시험에 합격했는데, 입학식 당일에 벌써 그의 별명이 신입생 사이에 퍼졌다. 누군가 그의 얼굴을 알고 있는 사람이 퍼뜨린 듯했다. 경성 사람이라면 누구나 한번쯤 목욕탕에 들어가지 않은 남자의 이야기를 들었을 터이다.

고등공업에서는 중학교 시절처럼은 유명하지 않았지만 그래도 곧잘 구설에 올라 급우들로부터 그 이유가 뭐냐는 질문을 받은 적도 여러 번 있었다. 그렇지만 교문을 나서면 그에 대해 일언반구도 없었다.

"어이, 우리들 이제 오늘밤만 지나면 뿔뿔이 흩어지게 되지 않는가. 도대체 그 사연은 뭔가?"

예닐곱 명의 친구들끼리 졸업식 날 밤새 마시는 석상에서 누군가가 이렇게 물었지만 "아무런 이유도 없어. 듣고 보면 뭐야 그거였어, 라고 오히려 맥 빠질 거야. 수수께끼로 놔두자구."라는 식으로 연막을 치고 말았다.

"그렇지만 자네, 물에도 들어가지 못하는 주제에 대영이라는 이름은 가소롭군. 헤엄칠 영(泳) 자를 영원할 영(永) 자로 바꾸어야겠어."

한 사람이 그런 말을 하자, 좌중이 모두 "그래. 헤엄칠 영 자란 우습군. 이름이 울겠어."라고 하는 것이었다.

"일생(一生) 목욕 않는 남자, 이중(二重) 성격이로구나[04], 라는 건가." 라고 한 사람이 말하며 길게 온돌에 누워버렸다.

"이제 그만 놀리게. 평생 수영하지 않으니까 이름만이라도 헤엄칠 영 자로 한 걸로 해두자고. 좋지 않아?"

"그렇군. 뭐 불쌍하니까 그렇게 놔둘까. 어이, 여러분 표결합시다."

좋다는 사람도 있고 안 된다고 버티는 사람도 있어서 큰 웃음이 일어났다.

그리하여 벌써 오년이 지났다. 그에 대해 이야기하는 사람들도 이제 없어졌을 1941년의 어느 날이 저물 무렵, 한 잎 한 잎 떨구고 있는 조선 호텔 앞의 플라타너스 보도를 한 쌍의 젊은 남녀가 갑자기 떠오른 듯 그, 평생 물에 들어가지 않은 남자 이야기를 하며 걷고 있었다.

남자는 27,8세, 여자는 21,2세 정도이다. 어깨를 나란히 하여 걷고 있다. 남자의 발걸음에 맞추려 애쓰는 여자를 남자가 배려하지 않는 것만 보아도 두 사람 사이가 신혼부부로는 보이지 않았다. 그런데 여자도 제멋대로 구는 남자를 개의치 않는다는 투였다.

"이야기 좀 해줘."라고 여자가 애교스럽게 말한다.

"할 이야기가 없어. 다만 평생 물에 들어가지 않았다는 이야기일 뿐이야."

---

04 운율을 맞추어 시처럼 말한 것이다.

남자는 성큼성큼 걸어갔다.

"역시 오빠라는 사람은 어딘가 별난 사람이야."

아무래도 남자의 동생인 듯하다.

(1944.3.2)

"나의 어떤 점이 별나다는 거야."

"그렇잖아. 요즘 세상에 평생 물에 들어간 적 없는 남자가 있다는데 조금도 진기하게 생각하지 않고 뭔가 당연한, 담배를 피우지 않는 목사님이라도 만난 것 같은 얼굴을 하고 있잖아. 그래서 오빠가 별나다는 거야."

"흠."

"흠이 아니야. 봐 그렇잖아. 평생 결혼하지 않는 여자가 있다고 해도 신기한데 평생 물에 들어가지 않는 남자가 있다고 한다면 누구라도 팔짝 뛸 거야."

"그건 그렇지."

"그렇지 정도가 아니야."

거리는 마침 어스름 속으로 접어드는 참이었다. 등불이 젖빛 황혼의 밤 안개 속에서 빛나고 있고 통행하는 사람도 없었다.

"어서 이야기해줘, 오빠."

여자, 용자(龍子)는 오빠의 어깨에 매달리는 듯한 소리로, "그 사람 지금도 물에 들어가지 않는대?"라고 물었다.

"그렇게 말했어."

"참 이상한 종자야. 그러면 목욕은 어떻게 한대?"

"역시 하지 않는 모양이야."

"와!"

용자는 기성을 질렀다.

"평생 목욕을 하지 않는 남자. 왠지 영화 제목 같아. 그런 남자가 있을까."

"방금 만났잖아."

"그렇지만 우스워. 그런 일이 있을 수 있을까. 요즘 시대에, 게다가 교육을 제대로 받은 사람이 한 번도 목욕을 하지 않는다니."

"그렇지만 오해해선 곤란해. 목욕탕에는 들어가지 않더라도 목욕은 한다니까."

"그렇더라도. 왠지 이유가 있겠지."

"몰라."라고 했지만, 곧 "그렇지만 뭔가 이유가 있기는 있겠지. 아무리 말하라고 해도 전혀 말하지 않아."라고 덧붙였다.

두 사람이 부민관[05] 앞을 지나 광화문통 사거리를 북쪽으로 향해 걷기 시작한 지 겨우 7, 8분만에 골목은 벌써 어두워지기 시작했다.

골목에서 동북쪽으로 치우친 모퉁이에 작은 전파상이 있었다. 거기를 지나는데 마침 라디오 확성기가 태평양 풍운을 결정할 제 몇 찬가의 일미 회담 경과를 전하고 있었다.

---

05 현재의 서울시의회 건물. 1936년 건립.

그래서 문득 다시 떠오른 듯 "그 평생 물에 들어가지 않는 남자가 이 소식을 듣고 어떤 표정을 지을까. 난 동정하게 돼."라고 용자가 또 말했다.

"어떤 표정을 짓다니?"

"그러니까 그렇게 물에 들어가기 싫어하는 건 틀림없이 물이 무섭기 때문일 거야. 그런 걸 생각하며 지금 방송을 듣고 생각한 거지만, 정부의 생각도 그렇겠고, 국민도 여차직하면 일전도 불사한다고 기함을 올리고 있잖아."

"그건 그렇겠지. 용자도 대단한 걸."

"그러니까 말이야. 만약 그렇게 된다면 조선 청년에게도 해군 지원병 제도가 실시되지 않는다고는 할 수 없잖아."

"그럴 수 있지."

"꼭 그런 시기가 올 거야. 그러면 조선 청년도 지금까지처럼 바다라는 것에 무관심할 수는 없게 되겠지. 난 그 사람이 해군에 지원해야 할 때의 표정이 보고 싶어."

"그래서 동정한다는 거구나."

"그래."

"호기심 많은 녀석이군. 길에서 만난 사람을 너무 심각하게 생각하는 거 아냐?"

용자는 살짝 얼굴을 붉혔지만 곧 평정 상태로 돌아가 "어쨌건 난 그 사람을 만나보고 싶어."라고 진지하게 말했다.

(1944.3.3)

별난 남자 5회분[06]

(1944.3.4)

그러나 용자는 다만 오빠가 드물게 말을 붙인 남자로만 생각했을 뿐이었다. 그가 그런 별난 남자였다고 하는 것도 그와 헤어진 후 겨우 알았던 것이다.

그런데 벌써 열흘 전 잠깐 멀리서 본 것밖에 없는 남자의 얼굴이 지금 떠올려도 생생하게 눈에 떠오른다. 심어 놓은 듯한 짙은 눈썹이나 또렷한 콧등이나 평생 목욕탕에 들어가지 않은 별난 남자라고는 도저히 보이지 않을 만큼 세련되고 단정한 청년이었다.

"그 사람에게는 반드시 그만큼 대단한 면이 있을지도 모른다. 보통사람은 조금도 흉내낼 수 없는 위대함이."

그 별난 남자를 자신이 이렇게 높게 평가하고 있다는 것을 용자도 나중에 깨달았다. 그리고 그것은 또한 그냥 자신만의 독단도 아닌 듯한 생각이 들었던 것이다.

어느 날 용자는 아버지 어머니와 언니 앞에서 그런 뜻의 말을 한 적이 있었다. 그러자 어머니는 "생각하는 것만으로 끔찍하네. 그런 사위라도 얻는 날에는 난 도망갈 테니까."라고 얼굴을 찡그렸다.

"그럼 난 그 사람에게 시집이나 가볼까."

---

06 판독불가.

용자가 장난 섞인 말을 하자, 어머니는 깜짝 놀란 얼굴이 되어 "가만. 내가 도망간 후에 가주렴, 응? 용자야."라고 당황하여 밖으로 달아날 준비를 하는 시늉을 하며 크게 웃었다.

"그런 남자 옆에 있는 것만으로도 난 기분이 나빠질 것 같아."라고 언니 덕희(德姬)도 눈을 찡그려 보였다.

가만히 그 말을 옆에서 듣고 있던 아버지 석주(錫柱)는 "재미있는 남자로군. 별난데!"라고 조용히 말했다.

"재미있기는 재미있죠."

덕희가 말하자 그는 "아니, 아니. 내 말은 그런 뜻이 아니야. 그냥 재미있다는 게 아니야. 그 젊은이에게는 뛰어난 점이 있어. 비록 어떤 이유에서건 어렸을 때부터 한 결심을 오늘날까지 뒤집지 않은 것만으로도 그 남자는 훌륭하지 않느냐. 나는 그 남자를 높이 산다."라고 했다.

너무나도 진지했기 때문에 방안은 물을 끼얹은 듯 조용해졌다.

"상훈(相勳)아 어떠냐. 그 사람은 지금 무엇을 하고 있느냐."

"여학교 선생을 하고 있는 모양입니다."

"여학교 선생? 고등공업을 나왔다지."

"그렇습니다."

"그 사람답지 않은 직업이지만 어쨌건 그 사람은 걸물이야. 한번 데리고 오너라."

"예."

그렇게 대답했지만, 그뿐이었다.

석주도 잊었던지 그 남자의 일 따윈 입에 올리지도 않았다. 그녀의 부친은 그런 종류의 사람이기도 했다. 일에 대해서는 주도면밀하지만 친구 아들의 결혼 주례를 약속하고는 온천 같은 데 몸을 담그고 있거나 하는 경솔한 면도 있었던 것이다.

한 집에서 아직 그에 대해 생각하고 있는 것은 용자 한 사람일지도 모른다.

그녀는 아버지와의 약속을 완전히 모른 체하는 오빠가 거슬렸다. 근무하는 학교는 알고 있지만 쳐들어갈 수도 없다. 또한 그렇게까지 할 마음이 있는 것은 아니었다.

아니 그런 용기가 없었다고 하는 편이 아무래도 본심일 것이다.

그로부터 얼마 되지 않은 어느 날, 역시 그것도 저녁 무렵 용자는 뜻하지 않게 그와 딱 마주치게 되었다.

(1944.3.6)

그렇지만 그녀는 말 한마디 떼지 못했다.

남자는 국민복에 전투모를 쓰고 혼마치에서 물건을 사 돌아오는 길인 듯 옆구리에 사각 보따리를 끼고 있었는데 그것은 책인 듯했다. 누군가를 기다리고 있는 듯 혼마치 입구 신문판매대 옆에 서있었다.

마침 그 때 용자는 미쓰코시[三越] 백화점[07]을 나서고 있었는데, 멀

---

07 현재 신세계 백화점 본점 건물을 쓰던 일본 백화점의 경성 지점.

리서 봐도 바로 그임을 알아챘다. 그녀는 내디딘 발을 본능적으로 되돌려 역시 무의식적으로 백화점 안으로 몸을 감추었다.

기다리고 있는 사람이 누굴까 신경이 쓰였다.

기다리고 있는 사람은 금방 나타나지 않았다. 5, 6분이나 지난 때였을까 즐거운 듯 달려온 것은 17, 8세 정도 되는 중학생이었다.

"이것 봐. 이것 봐."라며 펼쳐 보이는 것은 이 무렵에는 흔치 않았던 양은 냄비였다.

'이제 살림을 차리는구나.'라고 용자는 생각했다.

그런 생각이 들어도 용자는 조금도 서운하지 않았다. 자신은 어디까지나 순수한 마음으로 그 사람을 생각하고 있었다고 용자는 기뻐했다. 오빠에게서는 그가 아직 독신이고 동생과 함께 두 사람이서 하숙을 하고 있다고 들었기 때문이다.

용자는 전표를 받아 두었던 양말을 가지러 가고 있는 중이었지만 그만두고 그들 뒤를 좇아갔다. 담담한 마음이었지만 어쩐지 그대로 헤어지는 것은 아쉬운 듯한 생각이 들었다.

"형, 나도 밥은 잘해."

용자는 어느 샌가 상당히 다가서 있었다.

"그래? 그럼 네가 밥을 할래?"

"번갈아 하지 않으면 싫어. 나는 아침, 아니 아니, 나는 저녁이다. 나는 아침에 일찍 나가야 하니까. 괜찮지?"

"좋아."

'뭐야. 이 사람들, 지금부터 자취를 시작하려고 하는 거잖아.'

용자는 왠지 마음이 아팠다. 그녀는 요즘 시절 남자끼리 하는 자취는 상당히 쉽지 않을 거라고 생각했다. 게다가 식료품 구입이 날이 갈수록 어려워져 가고 있는데, 하고 여자답게 하나하나 애가 쓰였다.

멍하니 그런 생각을 하며 걷고 있으니 어떻게 결론을 내렸는지 형제가 홀쩍 몸을 돌려 그녀 앞을 가로막았다.

"안녕하세요."라고 그녀는 자칫하면 머리를 숙일 뻔했다.

그와 시선이 마주친 순간 그도 깜짝 놀란 듯 보였기 때문이다. 확실히 기억하고 있는 듯한 눈빛이었다. 그렇지만 멋쩍게 그냥 지나쳐버렸다.

"형, 지금 그 여자, 아는 사람이야?"

동생 필영(必泳)도 금방 눈치를 챈 듯했다.

"몰라."

"뭐야. 모른다구? 그러면 그렇지."

"왜?"

"그러니까 형은 여자 친구가 한 사람도 없잖아. 그러니까 조금 우습다고 생각했어."

그렇게 말하며 무엇이 우스운지 혼자 싱글벙글 웃으며 "그렇지만 이상한 걸. 그 여자도 어쩐지 놀란 듯한 얼굴이었어."라고 했다.

"그런가? 모르겠는데. 그렇지만 말을 듣고 보니 어딘가에서 잠시 본 것 같은 얼굴이긴 해."

작은 도마와 화로를 사서 하숙에 돌아오자 동생 필영은 계속 생각이 나서 참을 수 없다는 듯 "예쁜 여자였어. 오늘 그녀는 말이야."라고 진지하게 말했다.

그런 말을 듣고 보니 문득 그도 생각난 듯 "그 여자였어. 임상훈하고 같이 있던."이라고 말했다.

(1944.3.7)

향응

다음 날은 이른 아침부터 이사를 시작해 저녁이 되어서야 겨우 마무리가 되었다. 학교까지는 두 사람 모두 상당한 거리가 있었지만 교외인 만큼 넓은 하늘이 보여 다행이었다. 아름답게 씻긴 그 푸르고 넓은 하늘에는 흰 구름이 두세 조각 유유히 흐르고 있었다.

"정말 좋군."

필영도 그렇게 말하며 즐거워했다.

방도 넓었다. 초가집이긴 했지만 주위는 생울타리로 둘러싸여 있었고 마당 구석에는 우물도 있었다.

"쫓겨나서 더 잘됐네. 방은 넓고 우물물을 먹을 수도 있고 느긋한 기분이야."

대영은 뜰에 면한 툇마루에 앉아 이렇게 말했다. 그들이 벌써 3년 전부터 하숙하던 집이 팔려서 새로운 집주인에게 부탁해보았지만 방이 부족하다고 깨끗하게 거절당했다. 온갖 수를 다 써서 하숙을 찾았지만 이미 점점 추워지고 있던 터라 모두 거절당했다.

"그러면 자취를 할까."

아무렇지도 않게 한 말이 그대로 실현되었던 것이다. 방 정도면 제공해줄 수 있다고 한, 헌책방을 하던 지인의 말을 떠올린 것이었다.

"그러자, 형. 나도 할 수 있어."

"할 수 있을까."

"할 수 있어. 안 될 까닭이 없지. 형."

간단하게 결정되었다.

지인의 집은 종암정에 있었다. 청량리행 전차에서도 15분은 충분히 걸렸지만 전기도 들어오고 도로도 넓은 큰 길이었다. 자취를 위한 장보기가 불편했지만 집세가 싼 것은 좋았다. 또 하나 좋은 것은 두 사람이 외출해도 집주인 노파가 있기 때문에 안심할 수 있다는 것이었다.

새집에서 학교까지는 두 사람 모두 약 한 시간 걸렸다. 그렇기에 7시까지는 반드시 집을 나서야 했다. 돌아오는 것도 언제나 늦었다. 예비신부학교에다 여학교를 겸한 학교로 규모는 작았지만 시국의 반영으로 이래저래 잔업이 많았다.

대영은 교무주임이라는 명목이었지만 교장의 일부터 서무에 이르기까지 하나하나 신경을 써야 하는 입장이었다. 6시까지는 돌아와 있지 않으면 안 되었지만 그럴 수가 없었다.

"형, 조금 더 일찍 돌아올 수 없을까. 나 혼자는 무서워."

저녁밥은 언제나 필영이 했다.

"미안해."

형은 진심으로 사과했다.

"피곤해서 힘들지?"

"힘든 건 없어. 그저 슬퍼지는 거지. 어머니가 생각나서."

어느 샌가 눈물을 흘리는 것이었다.

그들은 3년 전에는 아버지를, 올해 봄에는 또 어머니를 여의었던 것이다. 그것도 두 분 모두 비명의 죽음이었다.

"필영아."

"응?"

"그런 슬픈 생각은 하지 않겠다고 약속했잖아. 그런 말을 하면 형도 슬퍼지잖아. 자 필영아. 곧 형이 어떻게든 할테니까."

"형 결혼해?"

필영은 눈을 번뜩였다.

"아니. 결혼은 아직."이라고 했지만, 곧 "어쩌면 할지도 몰라. 그러면 우리들도 어엿한 가정을 가지게 될 거야."라고 했다.

"신난다."

"그렇지만 지금 당장은 아니야. 우리들은 상주잖아. 3년 지나지 않으면 안 돼."

"상대는 있어. 형?"

"있지 그럼."

"저, 언젠가 만난 그 여자 아니야? 그런 여자가 형수로 오면 좋겠다."

(1944.3.8)

“꼭 그렇다고는 할 수 없어.”

“그렇지 않다고도 할 수 없지?”

“그건 그래. 일본은 반드시 해야 할 때에는 한다. 반드시 한다. 하기만 하면 반드시 이긴다. 그렇지만 승산이 보일 때까지는 무슨 일이 있어도 손을 대지 않지. 그런 헛짓은 일본은 결코 하지 않아.”

“헛짓은 안 해. 그러나 앞으로 일본은 어떤 일이 있어도 해낼 거야. 난 어려운 건 몰라. 모르지만 느낌으로 알 수 있어. 느낌으로 말이야. 일러전쟁 때도 그랬어. 일청전쟁 때도 내 느낌은 완전히 들어맞았어. 난 그 해 아내를 얻을 때였지. 그렇지만 난 포기했지. 나의 느낌은 역시 맞았어. 난 전쟁에 나갔어. 그렇지만 난 앞으로도 우리나라는 적당한 타협은 하지 않을 거라 생각해. 두고 봐. 내 감(勘)은 반드시 들어맞을 거야.”

“아저씨, 그 강[勘]은 나에게 준 술의 강[燗]이잖아요.[08]”라고 노동자풍의 한 젊은 남자가 끼어들어, 와하고 웃음소리가 일어났다.

“어이, 어이. 조금 미지근한지도 모르지.”라고 데운 도쿠리를 손님에게 내밀며 어묵집 아저씨는 상대방 남자에게 다시 토론을 건다.

상대 남자는 옷은 부자처럼 입었지만 어딘지 모르게 그다지 품위가 없는 마흔 가량 되는 양복입은 사람이었다. 벌써 상당히 술이 도는 듯 술 마시는 품이 어쩐지 칠칠치 못해 보였다.

---

08 ‘느낌’을 뜻하는 강[勘]과 ‘데운’ 술을 뜻하는 사케노‘강’[酒の‘燗’]의 발음이 같다는 것을 이용한 말장난.

다시 주인 영감이 토론을 걸어오자 그 남자는 몸을 일으키며, "이제 됐어요. 자꾸 다음이라고 말하는데, 이제 그만 아저씨의 그 강[勘]도 집어치우세요."라고 말했다.

"강[燗]은 아직 이렇게 많이 있는 걸."

주인 영감도 재미있다는 듯 키득키득 웃었다.

은행원 임상훈은 이미 60세가 넘은 듯 보이는 주인 영감의 기백에 눌린 듯 구석에서 조용히 있었다.

토요일인 탓인지 6시가 조금 넘었을 뿐인데 손님들은 벌써 상당히 마신 듯했다. 어디서 마시고 왔는지 술병을 들고 꾸벅꾸벅 졸고 있는 사람도 있었다.

어딜 가도 요즘은 전쟁을 화제로 떠들썩했다. 미국의 태도가 점점 오만해진다는 것이다. 구루스 사부로[来栖三郎] 대사[09]가 기껏 워싱턴으로 갔더니 루즈벨트는 모르는 척 하며 주말여행을 떠났다는 식이었다.

"괘씸한 놈이야. 그 자만하는 턱[10]을 빼버리면 좋겠는데."라고 격앙되어 있었다.

"놈도 딱한 짓을 하고 있지. 조금도 도움이 되지 않는 포위선을 목

---

09 1886~1954. 외교관. 주독일 특명전권대사로 베를린에서 독이일 삼국군사동맹에 조인. 그 후 특명전권대사로 미국에 파견되어 태평양 전쟁 직전의 미일교섭을 담당했다. 전후 공직에서 추방되었다.

10 '턱이 빠지도록 웃다[顎を外す]'는 표현을 이용한 말장난.

표로 하고 있겠지. ABCD선[11]이란 걸 아이우오에선[12]으로 거꾸로 포위해야지."

게다가 일본의 도의를 사도(邪道)로 보고 대동아 민족해방의 성업을 방해하며, 끝내는 동아 10억 민중을 자국의 노예로 만들려는 미국 대통령의 담화발표가 있었다. 국민의 전의는 점점 더 높아졌다.

"어이, 뭘 꾸물대는 거야. 한꺼번에 때려 부수면 되는데."

그것은 바로 정부에 대한 비난의 목소리였다. 나라를 사랑하는 지극한 정성의 목소리이기도 했다.

그런데 정부의 대변인은 여전히 조용히 말하고 있었다.

"국민들이여, 과격한 것만이 나라를 사랑하는 지극한 정성은 아니다. 자중하라."

화제는 역시 전쟁에 관계된 것이었다. 갑론을박 거품을 무는 자도 있었다. 태평양이라는 명칭이 모든 사람의 입에서 거론되었다. 지금이라도 태평양에 출진하겠다고 씩씩거리는 젊은이도 있었다.

그런데 갑자기 임상훈은 아버지와 동생 용자에게 부탁받은 것을 떠올렸다.

"지금이야. 그 녀석을 불러 보자."

---

11 1930년대 후반 일본에 대해 내려진 국제사회의 경제제재를 총칭하여 일본에서 붙인 말. America, Britain, China, Dutch의 두문자를 따서 만들었다.

12 ABCD가 알파벳인 것에서 착안하여 일본어 음운을 나열함으로써 서양의 경제제재에 대한 일본의 대응을 뜻하도록 일본에서 만들어낸 말.

임상훈은 허둥지둥 조리장으로 갔다.

(1944.3.9)[13]

시내판 석간에 게재되던 소설 『바다에 부치는 편지』를 오늘부터 여기 조간에 게재합니다. 지방 독자들은 이 소설을 처음 보시는 것이고, 일시 휴재하고 있었던 만큼 시내의 독자도 기억이 흐릿해졌을 거라 생각하여 지금까지의 간단한 줄거리를 게재합니다.

지금까지의 줄거리

나이 서른이나 되면서 아직 손과 발 이외의 부분을 물에 담근 적이 없는 남자가 오늘날 경성에 살고 있다. 최대영이라는 전문 교육을 받고 그에 상응하는 교양도 갖춘 지식인이다.

체격이나 용모는 말할 것도 없고 복장도 단정하고 동료와 사이도 좋았다. 다만 별난 것은 물을 싫어한다는 것뿐이지만, 그는 그 이유에 대해서는 완고하게 입을 다물고 있다.

최대영이 물을 싫어하는 것은 어린 시절부터인데 그가 중학교 2

---

13 이 소설은 1944년 3월 10일부터 4월 24일까지 연재가 잠정 중단되다 같은 해 4월 25일부터 석간에서 조간으로 옮겨 다시 연재되었다. 다음 회는 연재 재개를 알리며 그 동안의 줄거리를 소개한 것이다.

학년 학교에서 한강으로 수영 대회를 나갔을 때 결코 물에 들어가지 않겠다고 한 일에서부터 그 소문은 교내에 퍼져 '평생 물에 들어가지 않은 남자'라는 별명이 생겨 교내뿐만 아니라 경성부내의 각 중학교까지 알려졌다.

그 최대영의 중학 시절 친구로 임상훈이라는 사람이 있었다. 그도 서른이나 되는 나이였는데 아내를 가지지도 않고 술과 담배를 가까이하지도 않았다. 평생 쓰고도 남을 돈을 가지고 있으면서 최근 4,5년 동안은 은행에 근무하며 오로지 돈을 모을 뿐 그것을 활용할 생각을 하지 않는 사람이다.

"그 놈은 바보야."

상훈의 아버지 석주는 일 년의 거의 절반은 집을 떠나 있으면서 대륙에 발을 걸치고 무역을 하며 어장이나 산림에까지 손을 대는 사람인 만큼 그런 장남의 태도에 불만을 가지고 있다.

그런데 우연히 최대영에 관한 이야기를 듣고 자신의 아내와 딸 덕희가 물에 들어가지 않는 남자를 보면 기분이 나쁠 것이라고 하는 말을 옆에서 들으며 "그렇지만 흥미로운 사람이야. 어떤 이유에서건 어릴 때부터 가진 결심을 지금까지 뒤집지 않는 것만으로도 대단해."라고 대단히 마음에 든다는 식으로 "한번 데려 오너라."라고 하는 것이었다.

"예."라고 대답은 했지만 상훈은 일부러 그런 것은 아니지만 그만 잊어버렸다.

그 최대영에게 흥미를 가지고 있는 것은 임석주 혼자만은 아니었고 석주의 둘째 딸로 상훈의 동생인 용자도 그러한 사람이었다. 그녀는 아버지와의 약속을 모른 척하는 오빠가 마음에 들지 않았다. 용자는 오빠와 돌아다니고 있을 때 오빠와 최대영이 만나 서서 이야기를 나누고 있는 곁에 서서 이미 한번 그를 본 적도 있고 어느 날 저녁 무렵에는 혼마치 입구에서 무슨 가재도구 비슷한 것을 사가지고 집으로 돌아가는 최대영의 모습을 본 적도 있었다.

'이제 살림을 차리는구나.'

용자는 그렇게 생각했다.

"나도 자취는 잘 해."라며 대영 주변으로 다가온 것은 동생 필영이었다.

'뭐야. 이 사람들 지금부터 자취를 시작하려는 거잖아.'

용자는 왠지 불쌍한 생각이 들었다.

그 무렵 일본과 미국 사이의 형세는 암담하고 험악했다. 어디를 가든 일미 개전 이야기로 들끓고 있었는데, 어느 어묵집 한 구석에서 드물게 홀짝홀짝 잔을 기울이고 있던 상훈은 문득 아버지와 동생 용자의 부탁이 떠올라 최대영을 부르기 위해 조리장으로 들어가 그가 근무하는 학교로 전화를 걸었다.

(1944.4.25)

임상훈에게 온 전화를 음악 담임 야스다 아사코[安田朝子] 여사로부터 건네 받은 것은 최대영도 이제 돌아갈 준비를 다하고 문손잡이를 잡으려는 순간이었다.

"전화예요."라고 아사코는 소프라노로 그를 불렀다.

"저 말입니까?"

"예, 뭐라든가 임 씨라고 했던 것 같아요."

"임이라고요?"

임상훈이었다. 그렇지만 그런 이름을 들어도 조금도 기억이 나지 않았다. 그러나 전화를 들자 "중학 동창 임상훈입니다. 그렇지, 요전에 조선 호텔 앞에서 만났던."이라는 상대방의 목소리가 들렸다.

"아, 그렇군요. 이것 참."

오랜만에 여러 가지로 이야기하고 싶으니 지금 자기 집으로 오라고 했다.

"그래. 고맙군. 그런데 말이야. 공교롭게도 오늘 선약이 있어요. 네. 아니, 아니. 그런 건 아니고요. 아니, 고마워요. 실은 지금 동생 녀석과 만나서 장을 보러 가기로 했거든요."

"뭐야. 동생이라면 함께 오시게. 자 기다리고 있을 테니 그렇게 하시게."

그렇게까지 말하는데 거절할 수도 없었다. 아니 그것보다 벌써 저쪽에서 전화를 끊어 버렸던 것이다.

토요일이기도 했고 관청보다 4일 늦은 월급날이기도 했기 때문에 실은 동생과 외식을 할 생각이었다.

종로에서 동생 필영과 만나 광화문통으로 나온 것은 약속보다 20분 늦은 시각이었다. 임상훈은 느긋하게 기다리고 있었다.

"어이, 민폐를 끼쳤네."라고 임상훈이 말을 건넸다.

"민폐는커녕 오히려 잘 됐지. 실은 지금부터 이 녀석과 밥을 먹자고 약속했거든. 평소에 잘 먹이지 못해서 어디 가서 고기라도 먹을까 했네."

"4학년이지?"

"4학년이네. 성적이 좋지 않아서."

"잘 부탁드립니다."라며 필영이 고개를 주억인다.

"자, 갑시다. 정말 오랜만이네. 같은 동네에 살면서 이상할 정도로 한 번도 만나지 못했군."

"인생의 뒷길로만 다니니까 그렇지."라고 최대영도 걸어가며 말했다.

그런 말을 나누는 사이에 형제는 웅장한 임 씨네 집 앞에 도착했다. 한 척이나 될까 말까한 대리석으로 된 큰 문패에 먼저 필영은 놀랐다.

임석주…… 임석주. 어쩐지 들어본 적이 있는 이름이라고 생각하다 대영은 현관에 올라서며 문득 떠올랐다.

"그 사람이다."

지나사변 발발 이래 한 때 거액의 헌금을 낸 사람으로 첫 번째로 이름을 올린 사람이다. 그 일을 거의 매년 계속하고 있다는 기억이 있다. 게다가 이 봄에도 확실히 그의 이름은 신문 사회면을 장식했다.

형제는 조선식과 양식을 절충한, 크지는 않지만 아늑한 응접실로 안내되었다. 온돌에 의자 따위가 놓여 있었다.

하녀가 차를 날라 오고, 미리 통지한 듯 이어서 곧 조선옷을 입은 체격이 크고 배가 나온 임석주가 나와서 "내가 상훈의 아비오. 바쁘신데 오시게 해서 폐를 끼쳤소."라고 의외의 말을 했다.

대영은 당황하며 "예, 아니요."라고 고개를 주억였다.

(1944.4.26)

"자네는 고공 출신이라던데."라고 임석주는 담배를 집으며 말을 이었다.

"네."

"고공 출신치고는 너무 단조로운 학교에 직을 얻었군. 자네 학교를 얕잡아 보려는 건 아니지만."

"아닙니다. 아주 조그마한 학교입니다. 마치 강습소 비슷한 곳입니다."

"아니야. 자네가 그렇게 말하면 내가 곤란하지. 조금도 그런 뜻으로 말한 게 아니니까. 고향은 어디인가?"

"충북 산골입니다."[14]

"양친은?"

"안 계십니다."

"안 됐군. 그러면 자네가 집안의 생계를 책임지고 있는 셈이군. 그

---

14 뒤에서는 춘천 산골이라고 말하고 있다.

건 대단하네. 몇 살인가, 자네는."

"스물 여덟입니다."

"그런가. 좋은 나일세. 열심히 하면 돼. 아이는? 허허, 그건 보기 드문 일인 걸. 나이 서른이나 되었는데 아직 처를 얻지 않은 사람은 우리 집 녀석뿐이라고 생각했는데. 어쨌건 자네들은 별난 사람들이군."

임석주는 그런 말을 하곤 웃었다.

"그런가. 그래서 자취를 하는군. 그렇지만 빨리 가정을 가지지 않으면 안 돼. 지금까지와 같이 제멋대로 구는 건 더 이상 용납되지 않는 시대가 되었으니까."

오늘 자기를 부른 것이 확실히 이 임석주 씨의 지시라는 걸 알았다. 이 부친이 나에게 무슨 용건이 있는 것일까. 상훈에게 말한 것만큼의 자기에 대해 임석주 씨가 모두 알고 있는 데 우선 놀랐다.

그것도 상당히 풍부하고 게다가 정확했다.

"중학교에서도 자네는 고학을 했다고 들었는데, 고공에서는 누가 원조라도 했는가. 아니면 거기서도 고학을 했는가."

그는 그런 것까지도 알고 질문하는 것이었다.

"여러 모로 도와주신 분들이 계십니다."라고만 대영은 대답했다.

그 질문을 듣는 순간 그의 얼굴에 얼핏 어두운 그늘이 스치는 것을 임석주는 그의 자존심 때문이라고 잘못 생각하여 "뭐 고학한 게 부끄러운 건 아니니까."라고 아무렇지도 않게 응대했다.

그러나 그 때 스친 그늘은 다른 이유 때문이었다. 최대영은 3년 간이나 도움을 주었던 이 씨 집안을 배반했던 것이다. 아니, 의절 당하다시피 했다. 잘못이 어느 쪽에 있었건 이 씨 집안을 떠올리는 것은 그에게는 더없는 고통이었다.

여기서도 식사가 들어오기 전까지는 사변에 대한 이야기나 이제 벌어지려는, 아니 벌써 가까이 박두하고 있는 일미 전쟁의 이야기로 시끄러웠다.

식사가 끝나자 동생 필영은 재미가 없어져 근방에 동급생이 산다며 물러났다. 그도 일어섰지만, 식사가 끝나자마자 바로 돌아가는 것도 멋쩍어서 그냥 남아 있었다. 게다가 또한 오늘 향응의 의미도 그에게는 아직 확실히 이해되지 않은 채였다.

과일과 차가 나왔다.

"일본차는 좋아하지 않는가? 나는 이걸 아주 좋아해. 외국인처럼 추근추근하지 않고 담백하고 의리에 강한 일본인의 성격이 잘 나타나 있는 듯한 느낌이 들어. 나는 무릇 그것과 거리가 먼 인간이지만."라며 유쾌한 듯 웃는가 했더니 "그렇지 상훈아, 덕희랑 불러오너라. 오늘의 초대는 우리 집 딸들이 주최한 것인데, 내가 중간에 가로챈 것처럼 되어 버렸군. 얘, 용자야. 언니랑 같이 건너오너라."라고 소리쳤다.

(1944.4.28)

"부르셨습니까. 아버지."

상당한 시간이 흘러 문밖에서 용자의 목소리가 들렸다.

"응, 들어오너라. 손님 오셨어."

"어질러져 있어 좀 정리하고요."

"그래? 그럼 곧 오너라. 언니도 함께."

"예, 잘 알겠습니다."라며 용자는 물러났다.

체경(體鏡)이라도 보고 온 듯 진노랑 저고리에 물빛 치마로 갈아입고 용자가 나타났다. 긴 치마 때문인지 키가 훌쩍 커보였다.

"덕희는 안 오느냐."

"네, 지금 갑자기 몸이 안 좋답니다."

"그래? 그럼 너라도 앉거라. 그렇게 어색해할 게 뭐 있느냐. 자기가 불러놓고는 어색해하면 곤란하지. 그렇지 않나, 최 군."

임석주는 그런 사람이었다.

역시 용자도 얼굴을 붉혔다.

"자네는 처음이라 속으론 웃을지도 모르지만 나는 이런 주의라네. 조선 가정은 처음부터 끝까지 예의를 차리느라 갑갑하기 그지없지. 그러나 나는 이렇게 생각하네. 가정이란 건 일부러 명랑해져야 한다고. 너무 명랑해서 나쁠 건 절대로 없다고 생각하네. 그러니 나는 부모 자식 간에 담배나 술도 허용하네. 아직 한 번도 부모 자식 간에 술잔을 나누며 담소한 적은 없지만 나는 그런 생각으로 살아가고 있네. 어떠냐, 상훈아. 너 오늘 아버지와 술을 같이 먹지 않을래?"

상훈은 곤란하다는 듯 웃음을 띠며 잠자코 있었다.

"남자가 기개가 없군. 최 군, 오늘부터 내 아들 녀석을 끌고 다녔으면 하네. 요리점도 카페도 좋아. 이 녀석을 바로 세우기 위한 것이라면 돈을 내지. 자금은 얼마든지 있으니."

최대영은 처음에는 농담인줄 알았지만, 점점 임석주 씨가 진지하게 이야기하고 있음을 알게 되었다.

"그래도 가끔 마시는 듯하네. 그런데 마셔도 단골 어묵집이나 지나 요리점이고 혼자 홀짝홀짝 하다가 슬금슬금 나오는 모양이네. 아무래도 그렇게 마시는 듯해서 난 마음이 언짢아. 어떤가, 최 군. 끌고 다녀 주겠나?"

"저도 별로……."

최대영이 머리를 긁고 있자 주인은 기가 막힌다는 듯 입을 벌리고 있었는데, 다음 순간에는 재채기라도 하듯 기성을 지르며 "하하하." 하며 웃음을 터뜨렸다.

"그래, 그래. 자네도 그런 졸장부였단 말인가. 그런가. 이것 참 잘 어울리는군."

아버지는 너무 많은 말을 했는지 차가운 차를 벌컥벌컥 두 잔이나 마시며 위축되어 있는 최대영을 뚫어지게 쳐다보면서 "그런데 말이네, 최대영 군."이라며 갑자기 말투를 바꾸어 진지하고 엄한 얼굴이 되어 "듣자니 자넨 평생 목욕탕에 들어간 적이 없다고 하던데 정말인가, 그건. 응?"하고 물었다.

최대영은 대답할 수 없었다. 어떻게 말하면 좋을지 순간 몸 둘 바를 모를 정도였다.

용자도 어안이 벙벙해 "아버지, 실례에요."라고 울 것 같은 얼굴이 되었다.

"멍청하긴. 뭐가 실례야. 평생 목욕탕에 들어가지 않는 남자가 있다는 게 말이 되는가. 어떤가, 최 군. 그게 정말인가. 응? 어때?"

(1944.4.29)

이후 연재분 판독 불가[15]

어느 아버지와 아들

의외의 사람에게서 전화가 와서 최대영은 매우 당황했다. 최대영이 직접 전화를 받았지만, "안 계십니다. 누구십니까?"라며 잠시 회피하면서 어떻게 할지 망설였다.

그녀가 두 번이나 문병 온 것도 바다 문양 자수를 선물한 것도 그는 모르고 있었던 것이다. 그가 알고 있었던 것은 용자가 어떤 젊은 남자와 호텔에서 식사를 하고 영화관에 들어갔다는 사실뿐이었다. 아무래도 두 사람은 사이가 좋아 보였다. 그는 일종의 질투심에서 그들을 바라보았다. 메이지초 모퉁이에서 그들을 다시 만난 것은 우연도 기적도 아니었다. 그는 한걸음 앞서 가서 전신주에 숨어 용자를 기다렸던 것이다.

"여보세요. 기다리셨지요. 제가 최대영이올시다."라고 그는 마침내 전화를 받았다.

"임석주 씨를 대신해서 전화를 했습니다만, 별 일 없으시면 놀러 오십사 하는 말씀을 전해드립니다."

"용자 씹니까?"

최대영은 가락을 붙여 그렇게 물었다.

"그렇습니다. 오랜만이에요."

임석주 씨가 나에게 무슨 용건일까 하고 최대영은 의아해했지만, 전화로 물어볼 수도 없어서 일단 간다고 하고 전화를 끊었다.

이틀 후부터 수업이 시작되기 때문에 최대영은 그 준비로 학교에 나와 있었던 것이다. 뒷일을 일직 교사에게 맡기고 임석주 집으로 갔다.

"세배 드리러 오지도 못해 대단히 실례했습니다."라고 사과하며 신년 인사를 했다.

"아니오. 나야말로 그날 밤 그렇게 실례해서 대단히 화가 나셨지요? 어쨌거나 나도 엄청나게 건망증이 심해서."

임석주는 몸을 흔들며 일부러 큰 소리로 웃어 보였다.

잠시 전쟁 이야기와 물자, 교육 이야기가 연이어 화제에 올랐다. 모든 점에서 그 몸집만큼이나 강건한 신념을 임석주가 가지고 있음을 최대영은 우선 깨달을 수 있었다. 세계의 대국을 보는 눈도 앞서 있었다.

"자네들 젊은 사람들은 어떻게 보고 있는지 잘 모르겠지만……."이라고 그는 말했다.

"지금의 전쟁을 세계대전이라고 하지만 나는 그렇게 생각하지 않네. 물론 일본은 지나와 영미, 독일은 소련과 미영, 핀란드는 소련이라는 식으로 세계의 삼분지 이가 포화를 서로 퍼붓고는 있지. 그렇지만 이건 어디까지나 국부적인 전쟁이야. 민족과 민족의 싸움이지. 장래에 도래할 진정한 세계대전은 그런 게 아니야. 유색인종과 백색인종의, 그리고 아시아와 영미의 쟁패(爭覇)랄까. 장개석도 지금은 백인들이 부추겨서 그런 항전을 하고 있지만 곧 후회할 거야. 나는 그렇게 생각하네. 그러니까 아시아가 하나로 뭉치는 거지. 일억일심(一億一心)이 되어 놈들과 맞서지 않으면 허위야. 장개석도 곧 깨달을 날이 올 거네."

용건도 잊은 채 임석주는 말을 이었다.

(1944.6.2)

"그런데 말이네."라고 그는 다시 말하기 시작했다. 그렇게 좋아하는 차를 마시는 것도 잊어버린 듯했다.

"조선에서 태어난 우리들도 이제 확고한 신념을 가져야 하네. 발디딘 곳을 다시 한 번 직시해야 하네. 우리들은 2천 5백만에서 1억으로 비약했지.[16] 이 점은 결코 눈앞의 이익에만 휩쓸려 한 생각이 아니야. 피가 가르치는 바지. 대(大)로 돌아가는 것은 자연의 섭리야. 훌륭한 조선인의 사명은 훌륭한 황민으로 살아가는 것이고, 훌륭한 황민으로서 사명을 다하는 것은 아시아 10억의 훌륭한 지도자로서의 지

---

16 당시 조선 인구는 약 2,500만 명이었고 일본 제국은 일본 본토, 대만, 조선을 포함하여 약 1억의 인구를 가지고 있었다. 일본의 국민이 되자는 내선일체 사상이 드러난 말이다.

위를 획득하여 황위(皇威)를 널리 천지에 떨치는 것이지. 지금이야말로 우리들은 작은 이익에 급급할 때가 아니야. 더더군다나 눈앞의 감정에 지배되어 낡고 냄새나는 관념에 집착할 때는 아니지. 폐하의 적자(嫡子)로서의 사명과 권리를 마음껏 발휘해야 할 때야."

그러기 위해서는 우선 전쟁에 이겨야 한다고 했다. 전쟁에 이기기 위해서는 무엇보다도 강해져야 한다고 했다. 그를 위해서는 교육과 징병으로 몸과 마음을 단련해야 한다고 했다.

"그렇기 때문에 우리들에게 의무교육과 징병을 내려주신 거네."

임석주는 그렇게 당당하게 한 시간에 걸쳐 대연설을 했다. 최대영은 이 노인은 도대체 몇 살일까 하고 깜짝 놀라 눈을 둥그렇게 떴다.

"그러니까 적개심을 키워야 하네."라고 이번에는 조용히 속삭이듯 목소리를 낮추어 말했다.

"도대체 우리들 가운데 적인지 아군인지 모를 사람들이 많아. 적을 우리 편이라 생각하지. 미국이나 영국이 이 경성을 점령했다고 생각해 보게. 우리들이 무엇을 해야 할지는 명확하지."

슬그머니 문이 열리고, 아직 4시가 지나지 않았는데 용자가 식사를 날라 왔다. 작년 12월 8일[17] 이후 임석주의 집에서는 두 사람이나 되던 하녀와 하인을 내보내고 모든 일을 가족들이 해나가고 있었던 것이다.

---

17 일본의 진주만 습격으로 태평양 전쟁이 시작된 1941년 12월 8일을 가리킨다.

"새해지만 아무 것도 없네. 난 암거래[18]는 질색이야. 요전에 어떤 사람 집에 초대받아 갔는데 물자가 풍부해서 놀랐네. 뭐든 다 있더라구. 갈비에다 생선에다 계란에다 술까지. 그래서 난 실컷 싫은 소리를 퍼붓고 젓가락도 들지 않고 그대로 돌아와 버렸네."

임석주는 그런 말을 하면서 김치와 명태뿐인 저녁을 먹기 시작했다.

"그렇지만 돌아오셔서는 그처럼 화를 내시지는 않고 고기라도 조금 먹고 왔으면 좋았을 텐데 라고 하셨어요."라고 용자는 말했다.

"후후후."라고 임석주는 웃으며 "그런 말을 했던가. 정말 먹고 싶다는 생각이 들긴 했지. 입에 침이 가득 고였을 정도니."라고 말했다.

"호호호."

용자의 웃음소리가 점점 잦아들었다.

식사를 마치고 나서도 상당한 시간 동안 앞의 이야기가 이어졌다. 바깥도 완전히 어두워졌다. 잠시 이야기가 끊어졌을 때였다.

"그런데 말이네. 실은 자네에게 상담할 일이 있는데, 들어보겠나?"라고 임석주는 말을 꺼냈다.

"어떤 용건이십니까. 제가 할 수 있는 일이라면……."

"실은 말이네. 자네가 우리 집에 와주었으면 하네. 명목은 뭐든 좋아. 가정교사라 하면 좀 이상하지만, 그 비슷한 심산이네."

"댁에 배울 사람이 있습니까?"

"있지."

---

18 당시 물자배급제가 실시되어 경제 사범은 시국 사범으로 간주되었다.

"그렇습니까. 몇 살입니까? 나이는."

"스물여덟이야. 아니지, 이제 스물아홉이지."

(1944.6.3)

최대영은 아연실색하고 있었지만, 임석주는 그것도 모르고 말을 이어나갔다.

"그 나이에 가정교사를 붙이는 것도 이상하지만 어쩔 수 없어. 나도 여러 가지로 생각한 끝에 자네를 오라고 하는 거네. 어떤가. 오겠는가."

"전 무슨 말씀을 하시는지 전혀 모르겠습니다만."

"아, 그렇군. 모르겠지. 다른 게 아니네. 상훈이 말이야. 그 녀석을 어떻게 할지 정말 곤란하네. 남자가 스물아홉이나 되어가지고 방에서 무엇을 만지작거리는지 알 수 없어. 매일 계집애처럼 앨범을 뒤적이는가 하면 푼돈밖에 안 되는 저금 계산이나 하고 있지 않겠나. 친구가 있는 것도 아니고 외출도 하지 않네."

"은행은 그만두었습니까?"

"아니, 아직 나가기는 하네. 도대체 그게 글러먹은 거야. 은행 출납계 따위를 하고 있는 것 자체가 말이네. 기껏해야 80원 받는 샐러리맨이지. 자네가 그 녀석의 성격을 개조해주었으면 하네. 밑바닥부터 말이야."

임석주는 자신의 심경을 있는 대로 전부 말했다. 상훈의 유년 시절의 언동부터 성장기의 소극적 성격, 최근의 생활, 게다가 저금에 이르기까지 상세하게.

"이게 나의 마지막 노력이라네. 이래도 안 된다면 에디오피아인에게라도 줘버리겠네. 여기서는 아무도 받아줄 사람이 없을 테니 말이야."

"글쎄요."

최대영은 어떻게 대답해야 좋을지 알 수 없었다. 승낙할지 거절할지의 문제가 아니라 임석주의 말을 듣고 비로소 깨달은 자기 자신의 한심함을 어떻게 처리해야 할지 몰랐기 때문이었다. 임석주가 자기 아들에 대해 한 말은 모두 그대로 자기 자신에게도 해당되는 말이었다. 임석주 씨는 나더러 들으라고 일부러 그런 말을 한 게 아닐까. 틀림없다.

그러나 그렇다고 하더라도 이 집 아버지는 참으로 거친 방식으로 자식을 사랑하고 있구나.

"잘 알겠습니다. 상훈 군에 대한 마음도 잘 알겠습니다. 그렇지만……."

"아니야, 아니야. 아무 말도 말게. 자넨 동생과 둘이서 자취를 하고 있다지. 분명 그렇게 들었는데."

"그렇습니다."라고 최대영은 좋은 구실을 찾은 듯 강하게 긍정했다.

"저희들은 아버지도 어머니도 안 계셔서 달리 몸을 맡길 데도 없습니다. 그래서 제가 동생을 맡아서 일신을 돌보지 않으면 안 됩니다."

"알았네. 그런 건 신경 쓰지 않아도 되네. 동생에 대해서도 나에게 복안이 있으니까. 그러니 아무 말도 말고 그렇게 하시게. 알겠나? 최 군."

동생을 구실로 삼았지만 그런 말을 듣고 보니 우스운 꼴이 되어 버렸다.

"아닙니다. 그런 뜻이 아닙니다. 그것보다도 저라는 인간을 잘못 보신 겁니다. 저는 아버님이 생각하고 계시는 그런 사람이 결코 아닙니다. 그 점에서 전 상훈 군과 다를 바 없습니다. 전, 전 비겁자인 데다 소극적이고 또 게으름뱅이라서, 도저히……."

"괜찮네. 괜찮아. 그런 이야긴 나중에 천천히 듣기로 하지. 평생 물에 들어가지 않은 이유와 함께 말이네. 후후후."

(1944.6.4)

환영(幻影)

"형."

동생이 갑자기 불러 대영은 지도에서 눈을 뗐다.

"잘 잤어?"

"졸았네. 잠깐."

"어때? 머리 아직 아파?"

"으, 응. 대단한 건 아냐."

"어디? 뭐야. 그렇지 않잖아. 꽤 있는 걸. 열이. 39도나 되는 걸."

형은 걱정스러운 듯 동생의 얼굴을 쳐다보았다. 눈도 여전히 충혈되어 있었다. 아픈 지 벌써 일주일이나 지났다. 40도 가까이 고열이 난 지도 오늘로 사흘째였다. 아무래도 보통 감기가 아닌 듯했다.

처음 눕게 된 날에는 감기 정도라고 그는 생각했다. 동생 필영도 그렇게 말했다. 그런데 다음날이 되어도 조금도 열이 떨어지지 않았다. 정상이 아닌 걸 알고 당황했지만, 그 때는 이미 늦었다. 운 나쁘게도 그날 밤은 기온이 20도 가까이까지 떨어졌다. 그날 밤부터 필영의 열은 오르고 기온은 내려가기만 했다. 나을 턱이 없었다.

"미안해. 내가 잘못했어. 그날 학교에 나가지 말고 의사를 불렀어야 했는데."

"또 그 소리야? 내가 형의 말을 듣고 밖에 나가지 않았어야 했는데. 미안해. 형한테 걱정 끼쳐서."

오늘 밤은 왠지 쓸쓸했다. 추위는 조금도 잦아들지 않았다. 한 겹 장지문 틈으로 바늘로 찌르는 듯한 차가운 바람이 새어 들어왔다. 온돌도 점점 식어갔다. 대영은 외투를 꺼내 어깨에 두르고 부젓가락을 뒤적였다. 불씨도 없었다.

"어때. 춥지?"

필영은 아무런 대답도 없었다. 고개를 가만히 저을 뿐이었다. 아주 괴로운 듯했다. 대영은 일어나 장작을 있는 대로 지피고 필영에게 자신의 외투를 덮어주었다.

필영이 잠든 것을 확인하고 그는 다시 책상 위로 눈을 떨어뜨렸다. 거기에는 그다지 크지 않은 세계지도가 펼쳐져 있었다. 이 지도와 용자에게 받은 바다 문양 자수를 들여다보는 것이 그의 일상처럼 되어 있었다. 그는 아직 바다 문양 자수를 준 것이 순자(純子)라고 생각하고 있었다. 순자라니 이상하다는 생각도 들었지만, 그는 주소와 이름을 써두었을 뿐 물어볼 엄두도 내지 못했다. 별명을 썼다는 걸로 봐서 주소도 엉터리일 거라고 생각했기 때문이기도 했다. 그가 없을 때 일어난 일이라 용달 회사를 알 수도 없었다. 바다 문양 자수를 순자의 선물로 알고 있는 것은 그가 늘 바다를 동경하고 있음을 순자가 알고 있기 때문이었다. 순자가 가짜 주소와 별명을 사용한 것은 그녀가 이제는 한집의 주부가 되었기 때문이라고도 생각되었다.

그것은 바다와 푸른 하늘, 그리고 하얀 모래에다 흰 구름을 그린 그림이었다. 한 척의 배도 한 마리의 바닷새도 없었다. 흰 돛과 흰 새처럼 보이는 것은 실은 하얀 파도 머리였다. 하얗게 부서지는 파도 머리를 실로 교묘하게 백조 모습처럼 수놓은 것이었다.

"좋은 그림이야. 이런 좋은 것을 만들 정도라면 순자는 내가 생각하는 것보다 훨씬 좋은 여자일 거야."

그렇게 생각하면 할수록 지난날의 순자의 모습이 자못 그립고 사랑스럽게 생각되는 것이다.

(1944.6.6)

"순자!"

대영은 바다 문양 자수를 바라보며 이렇게 불러보았다. 그렇게 부르자 지난날의 여러 기억들이 뭉게구름처럼 마음에 그림자를 드리우는 것이었다.

한밤중에 홀로 환자 옆에 앉아 있으니 그 그림자는 점점 마음에 퍼져 암담한 기분이 들게 하였다. 바깥에서 울리는 딱따기 소리도 왠지 슬피 들렸고, 그 소리마저 차가운 바람에 휩쓸려 사라지자 텅 빈 추위만이 질척질척 마음에 스며들어왔다.

문득 최대영은 공포를 느꼈다. 병든 동생과 몸과 마음 모두 초췌해진 자신만이 폐허가 된 거리에 남겨진 듯한 공포에 사로잡힌 것이다.

그는 결국 한 숨도 자지 못하고 아침을 맞았다.

"어때? 잘 잤어?"

"응. 정말 잘 잤어. 이제 괜찮아."라며 필영이 빙긋이 웃어 보였다.

"그것 참 잘 됐다. 그렇지만 조심해야 돼. 밖에는 나가지 마. 알았지?"

"응."

"열은 어때?"

형은 체온계를 물리고는 갑자기 "만세!"하고 소리쳤다.

"36도 6분이야."

"이제 괜찮아졌지?"

동생도 겨우 안심한 듯 말라빠진 입술에 미소를 띠었다.

그러나 그게 실수였다. 장작을 조금 얻어 불을 피우고 뒷일을 주인집 노파에게 부탁하고 대영은 학교로 나갔다. 잠시 얼굴만 내밀 생각으로 나갔지만, 때마침 학무과에서 전화가 와서 도에서 학교장 긴급회의가 있다고 하는 것이었다. 교장은 오후가 되어야 여행에서 돌아올 예정이었기에 그 회의에는 그가 나가게 되었다.

드디어 적의 아성이 무너지고 있는 것이다. 동아를 침략하는 적의 디딤돌인 싱가포르의 함락이 턱밑에 당도하였기에 그날을 기해 크게 축하행사를 한다는 것이었다. 그게 끝나자 이어서 '결전과 훈육'에 관한 강연이 있어서 모임이 모두 끝난 것은 오후 2시였다.

교장도 여행에서 돌아와 있을 터라 그에게 보고하기 위해 학교에 들렀더니 동생이 입원해 있다는 소식을 전해주었다.

"입원?"

최대영은 이상한 느낌이 들었다. 아침에 그렇게 상태가 좋았는데 어떻게 또 그리 나빠졌을까.

그것보다도 도대체 누가 입원을 시켰을까.

"누가 알려주었나요?"

"간호부인 것 같았어요."라고 가사 선생이 대답했다.

"그렇습니까. 그러면 역시 집주인 노파가 신경 써 주셨군요. 참 고맙네요!"

그는 요점만을 교장에게 보고하고 회계에서 50원을 가불하여 병원으로 달려갔다. 불길한 예감을 떨쳐버리려는 듯 달려갔다.

그러나 그를 맞이한 것은 의외로 미소를 머금기까지 한 동생의 평화로운 얼굴이었다.

"어떻게 됐어?"

"입원했지."

천연덕스러운 표정이었다. 불길한 예감에서 해방되어 그도 웃음을 터뜨렸다.

"그건 알겠고, 도대체 누가 널 여기로 데려왔니?"

필영은 벙글벙글 웃을 뿐이었다.

"순자지? 언젠가 만났던 그 여자지?"

(1944.6.7)

"응."

필영은 끄덕였다.

"그렇군. 역시 순자군."

이렇게 마음속으로 부르짖자, 대영은 즐거우면서도 미안한, 복잡한 마음이 되었다.

"언제쯤 여기에 왔어?"

"형이 나가고 곧 바로였어. 택시가 없어서 아주 고생 했을 거야."

"그랬구나. 요즘은 택시잡기가 어려우니까. 그 여자가 너더러 입원하라고 한 거야?"

"응. 처음에는 싫다고 거절했어. 그런데 조금도 내 말을 안 듣는 거야. 이렇게 열이 있는데, 불쌍하게도, 38도 3분이나 되는데, 하면서 말을 듣지 않는 거야. 그래서 난 미안하다고 생각하면서도 입원할 수밖에."

"잘 됐어. 미안하긴. 그렇지만 그 정도로 열이 있었던 거야?"

"응. 병원에서 의사 선생님이 쟀을 때는 39도였어. 주사를 두 방이나 맞았지. 그랬더니 잠이 드는 거야. 3시간이나. 지금은 좋아졌어. 그렇지만 앞으로 3, 4일이 고비래."

"의사 선생님은 뭐라셔?"

"폐렴인가 뭔가 라시던데."

"폐렴? 그래? 폐렴이 되었구나. 위험할 뻔 했다."

"그러니 형, 그 사람에게 잘못했다고 해. 인정머리 없는 형이 잘 되면 반드시 사과를 받을 거라고 하던데."

"그래. 사과할게. 그러니 빨리 나으라고. 그런데 그 뒤는 어떻게 됐어?"

"나중에 다시 온대. 형, 순자 씨라고 했지?"

"응."

대영은 그렇게 대답하고 복도로 나갔다. 개인병원으로서는 꽤 긴 복도였다. 그는 계단을 내려가 원장에게 인사를 하고 용태를 자세하게 들었다. 대단한 병은 아니지만 그래도 폐렴이니까 앞으로 2,3일이 고비라고 했다.

"정말 고맙습니다. 잘 부탁드립니다."

그렇게 말하고 원장실에서 물러나 회계 쪽으로 갔다. 입원수속을 하고 싶다고 하자 벌써 끝났다고 했다. 순자가 다 지불한 듯했다. 그는 거기에 우두커니 서버렸다.

"미안한데. 정말 미안한데. 순자 씨."

그는 계단을 오르면서 마음속으로 그렇게 감사 인사를 했다. 그렇더라도 자신은 얼마나 무기력한 사람인가. 얼마나 한심스런 사람인가. 순자는 화가 났을 것이다. 아니 불쌍하게 생각했을 터이다.

불과 십 몇 분도 지나지 않았는데 병실에 돌아오자 갑자기 필영이 기운이 빠져 있었다. 눈동자가 치켜 올라간 듯했고, 확실히 충혈 되어 있었다.

"괴로워?"라고 물었더니 "응."이라고 대답했다.

열을 재어 보니 36도 8분이었다. 그럴 리가 없다고 다시 재어 보니 이번에는 39도 3분이었다. 급히 의사를 불러 주사를 놓는다, 영양제를 투여한다 소동을 벌이고 나니, 문을 가볍게 두드리는 소리가 나더니 보따리를 든 여인이 살짝 들어왔다.

"순자 씨!"

자칫했으면 그는 그렇게 부를 뻔했다.

(1944.6.9)

손님은 네댓 개나 되는 꾸러미를 든 채 놀란 듯 입구에 가만히 서 있었다. 의외의 장소에서 또한 의외의 사람과 해후라도 한 듯한 표정이었다.

최대영도 마찬가지였다. 그는 동생 곁에 있던 빈 침대에서 용수철 튀어 오르듯 벌떡 일어나 막대기처럼 움직임도 없이 서있었다.

"최 선생님!"

손님은, 그러니까 용자는 문을 닫고 조금씩 그의 앞으로 다가왔다.

"너무해요."

"용자 씨. 죄송했습니다."

"저한테 미안할 건 없어요. 사과는 동생 분에게 하세요. 그토록 중한 환자를 그냥 내버려 두고 학교에 잘도 나가시더군요."

시원시원한 말투였다.

"면목 없습니다."라고 그는 다시 사과했다. 그리고 보따리를 받으려 했다.

그러나 용자는 그것을 건네려고는 하지 않고 더욱 더 목소리를 높이는 것이었다.

"최 선생님에게도 여러 이유가 있으시겠지만, 도가 너무 지나치셨어요. 그렇게 인정머리 없는 일을 하실 수 있어요?"

무슨 말을 들어도 그는 다만 입을 다물고 있었다. 용자가 이토록 자기에게 화를 내는 것은 결국 그만큼 필영을 사랑하기 때문일 것이다. 필영을 사랑한다는 것은 결국 자기에게 대한 거짓 없는 호의일 것이다. 그는 가만히 입술을 깨물고 아무리 비난받아도 고맙게 받아들이자고 마음으로 정했던 것이다.

그 때 필영이 괴로운 듯 신음소리를 내기에 두 사람은 침대로 다가갔다.

"힘들지요? 필영 씨."라고 그녀는 간지러울 정도로 다정한 목소리로 말했다.

"괴로워요. 숨이 답답해요."

이마가 흠뻑 땀에 젖어있었다. 용자는 보따리에서 수건을 꺼내 정성껏 땀을 닦고는 이마에 얼음주머니를 얹었다. 그리고 팔과 다리의 위치를 바꿔주거나 이불을 덮어주는 둥 하는 그 솜씨가 실로 자연스럽고 훌륭했다.

"여성스러워."

그녀를 바라보며 최대영은 그렇게 생각했다. 그가 지금까지 용자에 대해 가져온 생각은 어린애 같다는 것이었다.

필영이 안정되자 용자도 집에 전화를 걸기 위해 아래층으로 내려갔다. 돌아왔을 때는 완전히 돌변하여 산뜻한 얼굴이 되어 있었다. 순간 대영은 놀랄 정도의 아름다움을 용자에게서 발견했다.

"아버지께서 소중히 건강을 돌보시라시네요."

"고맙습니다. 댁에 계시지요?"

"네. 오늘은 피곤해서 문병을 오지 못하니 잘 말씀드리라고 하셨어요."

"아닙니다. 그렇게까지 하시지 않으셔도 고맙습니다."

최대영은 동생이 입원하기까지의 경과를 비로소 알 수 있었다. 그는 용자 부친에게 불려갔던 날 동거 가부를 사흘내로 결정해서 답하기로 약속했던 것이다. 그런데 그 다음날부터 필영이 발병한 것을 보고 일단 그 사정만 편지로 알렸던 것이다.

용자가 문병을 왔을 때 마침 그런 용태였기에 병원으로 옮겨왔을 것이다.

필영이 순자라고 착각한 것도 용자의 이름을 순자라고 잘못 알았기 때문이었다.

그렇다면 자신이 아팠을 때 찾아온 그 문안객도 용자였던가. 바다 문양의 자수를 만든 사람도……?

"아뿔싸."

그는 강하게 부정했다.

(1944.6.10)

필영의 병은 일진일퇴 딱히 나빠지지도 크게 호전되지도 않았다. 용자는 다음날 아침부터 밤까지 계속 붙어 있었다.

"필영 씨는 내가 입원시켰으니까 퇴원시키는 것도 내 자유에요. 약속해줄 거지요?"

"마음대로 하세요. 그렇지만 그 외의 일은 일체 저에게 맡겨주세요."라고 최대영이 말하자, "그 외의 일이라는 건 뭐 말이에요?"라고 묻는 것이었다.

"예를 들면 환자를 돌보는 것이나 비용 같은 거 말이지요."

"안 돼요."

용자는 강하게 거절했다.

"그렇게는 할 수 없어요. 필영 씨를 입원시킨 건 오로지 저의 단독 행위이기 때문에 모든 책임은 내가 져야 해요. 그러니 최 선생님은 오로지 보고만 계세요. 그리고 필영 씨의 병상이 각별히 나빠지지 않는 한 예전대로 매일 학교에 나가셔야 해요. 그 대신 학교를 마치면 순자 씨가 있는 곳으로 돌아가지 말고 바로 돌아와 주세요."

용자는 그렇게 말했다.

최대영은 어른들에게 나쁜 일이 탄로 난 아이처럼 낭패감을 느끼며 아무런 말도 하지 못했다. 그러자 용자는 "아니, 왜 그런 얼굴을 하세요? 제가 순자 씨에 대해 알고 있어서 그렇게 놀라시는 거에요? 호호호."

재미있다는 듯 웃었다.

"딱히 놀라진 않았습니다."

"그럼 신기하지요?"

"딱히 신기하다고는 생각하지 않아요. 그것도 필영에게 들은 것이죠?"

"싫어요. 그런 걸 일일이 물어보다니. 자 이제 5시니까 저도 돌아가야겠어요."

그러고는 남자처럼 재빠르게 돌아갈 준비를 마치고 구르듯 계단을 내려갔다. 그도 현관까지 내려가 그녀를 배웅하고 그 길로 훌쩍 거리로 나섰다.

여전히 춥다. 피부가 따가웠다. 오버를 입지 않은 것도 깨닫지 못하고 그는 큰길로 나섰다. 큰길에서 종로로 접어들자 모퉁이에 신문란이 큰 소리로 외치듯 붙어 있었다. 그걸 보니 "적의 아성, 이제 풍전등화 - 조호르 해협[19]에 최후의 포화를 쏘다."라고 묵으로 쓴 삐라가 눈에 띄었다. 그는 석간을 사고, 세 가게나 뒤져 새로운 세계지도를 사서 돌아왔다.

필영은 어쩐 일인지 불러도 대답이 없었다.

그는 식사를 하는 것도 잊고 광고면이 없는 전면 기사를 한 행도 빼지 않고 꼼꼼히 읽었다. 신문에 실려 있는 싱가포르 시가 약도로는 성에 차지 않았다. 그는 눈을 감았다. 그러자 한 번도 본 적이 없는 싱가포르의 거리가 펼쳐져 보였다. 꽝꽝 포성이 일어나고 다다다 하고 기관총이 파란 불꽃을 뿜는 것이 보였다. 전투기의 엄호하에 흰 파도

19 싱가포르와 말레이반도 사이의 좁은 바닷길.

선을 그리며 적진으로 다가가는 주정(舟艇). 상륙 성공을 우리 편에게 보고하는 파란 등불의 점멸.

"○[20]다, 형……."

그 찰나였다. 필영이 갑자기 일어나 외쳤다.

"형, ○[21]야, 물귀신이야. 밧줄을 줘."

"필영아, 정신 차려."

그도 소리를 치며 아우를 꼭 껴안아 주었다. 그래도 필영은 형에게 안겨서도 허우적거리며 ○[22]야, 물귀신이야, 밧줄을 줘 라고 소리를 지르고 있었다. 눈은 뒤집혔고 땀은 흠뻑 젖었다. 그러면서 몸을 벌벌 떨고 있었다. 공포의 절정에 달한 가여운 모습이었다.

"필영아, 괜찮아. 나야. 정신 차려!"

거품을 물고 소리를 질렀지만 소용없었다. 동생은 똑같은 소리를 계속 질렀다. 어쩔 수 없이 대영은 ○○[23]의 앞부분을 허리띠에 연결해 주자, 비로소 옆으로 푹 쓰러졌다. 그리고는 거친 호흡에 몸을 떠는 것이었다.

"이런 제길! 동생마저……인가."

공포와 분노로 그의 턱은 달가닥 달가닥 떨렸다.

(1944.6.11)

---

20 판독불가.

21 판독불가.

22 판독불가.

23 판독불가.

그 밤의 무서운 정경은 최대영을 공포와 절망의 심연으로 떨어뜨렸다. 잠을 자도 걸어가도 그의 시야에 붙어 떨어지지 않았다. 학생들의 책상이 삐걱대는 소리가 그날 밤의 필영의 절규처럼 들려 오한이 등줄기를 타고 흐르는 것이었다. 문득 유리창 너머 보이는 푸른 겨울 하늘이 미친 듯 파도치는 바다색으로 보이는가 하면 스스로 그린 흑판의 흰 선이 누에가 잣는 하얗고 긴 실처럼 보이기도 했다.

한숨도 잘 수 없었기에 오후 첫 시간을 마치자 병원으로 돌아갔다. 용자는 오늘도 아침부터 와 있었던 듯했다.

"안녕하십니까."

"네. 어젯밤에 자질 못 해서 일찍 돌아왔습니다. 어떻습니까. 필영의 상태는?"

"많이 좋아졌어요. 어젯밤은 정말 힘드셨겠어요."

"네, 동생 녀석이 꿈을 꾼 것 같습니다."

"꿈이 아니었어."

자고 있다고 생각했던 필영이 말참견을 했다.

대영은 움찔하며 "일어났구나. 어떠니, 기분은?"이라고 화제를 돌렸다.

"아주 좋아. 순자 누나가 사과를 가져왔어."

"그래? 정말 여러 모로……."

대영은 그렇게 말하며 어색하게 웃어 보였다. 용자도 웃음을 감출 수 없는 것 같았다.

"필영아."

"응?"

"넌 이 누나 이름이 순자 씨라고 생각하는구나. 순자 씨가 아니야. 용자 씨란다."

"용자 씨? 그래? 그게 정말이야? 누나?"

"아니, 필영 씨가 맞아. 원래 난 순자였어. 그렇지만 이번에 모두들 창씨를 했잖아. 그 때 난 용자가 된 거야."

용자는 웃지도 않고 그렇게 말했다.

"왜 용자라는 이름으로 바꾸었을까. 순자라는 이름이 더 좋은데."

최대영은 두 사람이 너무 진지해서 화제를 바꿀 수도 없어 초조했다.

"그래? 원래대로 순자로 할까?"

용자는 그런 말을 하며 웃었지만, 갑자기 다시 진지해졌다.

"그렇지만 역시 용자로 하겠어요. 그러지 않으면 형님에게 자주 들르는 순자 씨랑 헷갈리게 되니까. 그 순자 씨는 필영 씨가 입원한 날도 보러왔지? 어머, 필영 씨. 몰랐어요? 두세 마디 이야기했지요?"

"몰랐어요."

"그러면 그 때도 용태가 안 좋았네요. 사실은 나도 어제까지는 그 분이 순자 씨라는 것도 몰랐어요. 적어도 두세 번 왔었지만, 한 번도 만날 수 없었다고 하셨어요. 그리고 저 바다 그림. 그걸 가만히 바라보고 계셨어요. 정말 오랫동안 바라보셨지요. 그러고 있더니 눈물을 뚝뚝 흘리는 거에요. 난 정말 곤란했어요. 저거 순자 씨 그림이었어요?"

"음."

듣고 나니 최대영은 어디서부터 어디까지가 진실인지 알 수 없어졌다.

아니 용자 자신도 그러했다.

(1944.6.13)

인간은 절규하고, 발성장치를 가진 모든 것이 자기가 가진 소리를 폭발시키고 있었다. 그 목소리가 일종의 폭발을 일으켜 나무들은 물론 현대 고층 건축은 기초부터 흔들렸다.

고도(古都) 경성은 적, 황, 녹, 남의 원색으로 덕지덕지 뒤덮여 오백 년의 노쇠함을 한꺼번에 떨쳐버린 듯했다. 오랫동안 침묵해온 북악산도, 초봄의 아침 햇살을 받으며 정답게 남산을 향해 미소를 보내고 있었다.

싱가포르가 함락되었던 것이다.[24]

"적의 아성 함락"이라는 기치가 회색빛 추운 하늘을 뚫고 도약하는 힘에 대지는 진동하고 있었다. 악기는 포효하고 승리의 노래는 흘러넘쳐 소용돌이를 이루었다. 보도에 옥상에 만세 소리가 연이어 폭발했다.

싱가포르가 함락했다. 길거리는 사람으로 가득 차고, 사람들은 정열의 소통구가 막힌 듯 좌충우돌하며 세기의 격정에 몸을 떨었다. 회

---

24 싱가포르에 주둔하던 영국군이 일본군에게 항복한 것은 1942년 2월 15일이다. 조선에서도 대대적인 축하행사가 이루어졌다.

색빛 하늘도 신음소리를 냈다. 국민의 격정에 응해 육군기가 산뜻하게 공중제비를 돌았다. 인간이, 대지가 함성으로 폭음에 응수하고 있었다.

싱가포르가 산성(産聲)을 질렀다.

생과 사의 경계를 방황하기를 몇 번이나 하고서야, 주치의가 포기하다시피 한 병이 필영에게 깨끗하게 항복문을 제출했던 것도 그 기념일에 일어난 일이었다. 필영도 투병 의지를 잃을 뻔했으나 용자가 용납하지 않았다.

"죽으면 어떡해. 죽으면 안 돼. 결코."라며 그녀는 이를 악물었다. 그녀는 두 밤이나 집에 돌아가지 않고 사신(死神)으로부터 양보를 받아냈다.

기도를 계속했다. 차가운 바닥에 무릎을 꿇고 눈을 감고 진심을 담아 합장했다.

"신이시어. 필영 님을 도와주소서. 아버님도 어머님도 돌아가시고 오직 두 사람만이 의지하며 살아가야 하는 형제를 부디 버리지 말아주십시오. 비옵니다."

조용히 눈물이 뺨을 흘러내렸다. 그래도 용자는 계속 기도했다.

그러나 곧 그녀의 기도는 방해를 받았다. 뒤에서 오열하는 소리가 들렸던 것이다.

"고맙습니다. 고맙습니다. 용자 씨, 기도를 방해해 미안합니다."

장의자에 기대어 선잠을 자던 대영이 가만히 그녀의 젖은 눈을 쳐다보았다.

“아닙니다. 신경 쓰지 마시고 조금 주무세요. 건강에 좋지 않습니다.”

“아니에요. 그런 말씀 마세요. 당신이야말로 조금 쉬셔야지요.”

이 지극정성이 신에게 통했던 것이다. 아침 회진을 마친 주치의가 그 날 퇴원해도 좋다고 선언했던 것이다. 용자는 구르는 듯 전화실로 달렸다. 그렇지만 대영은 싱가포르 함락 축하행렬에 갔다고 했다. 대영에게 이 소식을 전해달라고 부탁하고 용자는 곧바로 퇴원수속을 밟았다.

“아, 다행이다. 그러면 오후에라도 들어갈 수 있네요.”

수부의 간호부가 손뼉을 치며 기뻐했다.

“누구 아는 분이라도 입원하시나요?”

“네. 안 그래도 제가 부탁 말씀 드리려 했어요. 친구 가운데 아주 아주 불쌍한 여자가 병실이 비기를 기다리고 있어요. 매우 의젓한 분이지만, 나쁜 사람에게 당하고 말았지요. 그 참 불쌍하게 되었어요. 난폭하게 맞아서 눈이 다치고 전신에 타박상을 입었어요. 게다가 가슴을 다치기까지 했어요.”

간호부는 눈을 감았다. 지난날의 이가순자(李家純子)의 모습이 떠올랐던 것이다.

대영이 오후 병원에 달려왔을 무렵 필영의 침대는 벌써 순자의 상처 입은 몸이 차지하고 있었다.

(1944.6.14)

그러나 운명은 여기서도 대영을 그녀와 대면시키지 않았다.

그는 축하 행렬이 끝난 후 조선신궁에 참배하고 학교로 돌아가서 전교생을 한곳에 모아 싱가포르 함락의 의의와 앞으로 국민이 가져야 할 자세에 대한 이야기를 마치고 병원으로 달려갔다. 여느 때처럼 그는 실내로 쓸리듯 들어갔다. 자기가 돌아올 때까지 기다려줄 거라고 생각했지만 필영은 벌써 그곳에 없었다. 자고 있는지 병들어 수척해진 젊은 여자가 이불에서 옆얼굴을 조금 내밀고 벽 쪽으로 누워 있었다. 물론 그것이 순자라고는 생각하지 못했고 그녀도 또한 돌아보지 않았다.

좀 더 침착했더라면 아무리 옆모습이라 해도 그것이 순자라는 것 정도는 한눈에 알아챘을 터였다.

그러나 그는 의외의 환자가 있어 당황하여 허둥지둥했다. 필영이 없다는 것을 알자 그는 당황하여 방을 뛰쳐나갔다. 그 소리에 순자도 얼굴을 돌렸지만 그의 뒷모습이 얼핏 보였을 뿐이었다.

"그 사람과 참 닮았네."

순자는 키가 훤칠한 뒷모습을 본 순간, 그런 생각이 들지 않은 것도 아니었다.

그러나 그저 그런 생각이 들었을 뿐이었다.

최대영도 병실을 나가서 바로 병실 번호를 올려다보았다. 확실히 필영의 병실이었다. 입원 환자의 이름표도 보았다. 그런데 그것이 바로 이순자였다.

그러나 그것이 순자라고 생각하기에는 그도 순자와 마찬가지로 너무나도 비현실적이었다. 6년 전 각기 다른 운명의 길로 접어들었고 우연히 지금 여기서 해후한 것이었는데 그들은 그것을 알지도 못한 채 서로에게 다시 등을 돌리고 말았던 것이다.

대영은 용자에 대한 감사의 마음으로 가슴이 가득 찼다. 돌아가는 길에 진찰실에 들러 인사를 했다. 진찰실에서 약국으로 돌아들자, 기다리고 있었다는 듯 간호부가 말했다.

"저, 용자 씨한테서 이걸 맡아두고 있었습니다만."이라며 봉투를 내민다.

"그렇습니까. 정말 감사합니다. 여러 모로 신세를 졌습니다."

"아닙니다. 아무 도움도 되지 못한 걸요."

대영은 봉투를 열었다.

"오늘은 늦게 돌아오실 것 같아 퇴원합니다. 아버지가 하신 말씀도 있고 해서 우선 저희 집으로 가니 바로 그리로 와주십시오."라고 했고 입원실에 대해서는 아무런 말도 하지 않았다.

"그러면 약값 계산은 어떻게 했습니까?"

"용자 씨가 내셨습니다."

"그렇습니까. 정말 미안하네요."

그렇게 중얼거리며 최대영은 용자의 집으로 향했다.

아침부터 이어진 흥분이 아직 다 가시지 않은 듯 거리는 소란스러웠다. 그는 도중에 용달 회사를 찾으며 걸어갔다. 광화문통 뒷골목에서 드디어 용달 회사를 발견하여 병원에 남아 있는 짐을 언제라도 옮길 수 있도록 이야기를 해두고 임석주의 웅장한 문을 들어갔다. 거기서 최대영은 다시 한 번 놀라지 않을 수 없었다.

맞으러 나온 용자는 말했다.

"아버지는 잠시 외출하셨어요. 이제 곧 돌아오실 것 같아요. 그리고 여기가 두 분이 지내실 방."

그 말을 듣고 장지문을 여니 어쩐 일인지 그 빈약한 가재도구가 원래 있던 방향마저 똑같이 옮겨와 있는 것이 아닌가. 그는 순간 세든 자기 집이라고 착각했을 정도였다. 필영은 바닥에 누워 싱글벙글 웃고 있었다.

"이건 어떻게 된 일입니까. 용자 씨."

"저도 몰라요. 아버지 명령이라니까요."

그렇게 말하며 용자는 재미있다는 듯이 웃고 있었다.

(1944.6.16)

어느 도전자

바라보이는 곳은 모두 쪽빛 일색이었다. 그건 마치 쪽빛 부채를 펼친 듯한 조망이기도 했다. 부채의 종이와 뼈대의 경계 부분이 흰 직선으로 구획되어 아래 삼분의 일이 바다고 위 삼분의 이가 하늘인 것이다. 바다에는 흰 파도가 곳곳에 일어나고 있는가 하면 하늘에는 오월의 구름이 눈부실 정도로 희게 보였다.

구름은 여러 형태를 띠고 있었다. 토끼가 하늘로 올라가는 모습으로 보이다가 다리가 없어지고 머리가 이지러져갔다. 길고긴 기차 모양을 한 구름도 있는가 하면 범선 모양을 한 것도 있어 자세히 보지 않으면 바다와 하늘의 구별이 가지 않는 착각을 일으키기도 했다.

시야에는 들어오지 않았지만 갈매기가 슬피 울고 있었다. 바닷바람도 없고 배 그림자도 보이지 않는, 왠지 황량한 느낌의 해변이었다. 매우 평화로운 탓인지 너무나도 슬픈 여성의 얼굴을 연상시키는 바다였다.

사람의 그림자도 보이지 않는다 했더니 어디선가 소곤소곤 이야기 소리가 헤엄쳐 왔다. 해안으로부터 낙타 모양을 한, 검게 이끼가 낀 절벽이 튀어나와 있었는데, 그 배후에 단엽 해송이 몇 그루 자라고 있었다. 그 가운데 한 그루는 차양처럼 바다를 향해 가지를 뻗고 있었다. 그 아래에 양복을 입은 젊은 남자와 까만 스커트에 흰 그물 스웨터를 가벼이 받쳐 입은 젊은 여자가 나란히 앉아 있었다.

최대영과 임용자였다.

그곳은 수인선 군자역에서 해안선을 따라 1킬로 정도 떨어진 지점이었다. 해안 언덕 너머에 용자의 선산 가족묘지가 있었다. 거기 묘지기에게 전갈할 일이 있다고 아버지가 용자를 보낸 것이다. 마땅히 장남인 상훈이 가야할 일이었으나 "아니, 그 녀석에게 시키면 언제 할지 알 수 없는 거 아니냐. 용자야, 네가 내일이라도 다녀오너라."라며 아버지가 명령을 내렸던 것이다.

"어때? 갈 테냐?"

"네, 갔다 와도 괜찮습니다."

"그러면 다녀오너라. 계절이 마침 5월이야. 초여름 바다를 보는 것도 나쁘지 않을 거야."

석주는 그렇게 말하고는 갑자기 생각난 듯, "그래. 용자야. 그 사람을 데리고 가는 게 좋겠다. 안 가려나."라고 말했다.

"못 갈 것도 없겠지요."라고 어머니도 말했다.

"그러면 대영 군과 함께 다녀오너라. 아무래도 대영 군도 내일은 별 일이 없을 테니까. 9시 차로 가면 5시쯤에는 인천행을 탈 수 있을 게다."

석주는 그렇게 권하고는 "후후후."하고 웃었다.

"그 공수증 남자에게는 조금 힘들지도 모르겠다. 뭐, 괜찮겠지. 바다를 보고 벌벌 떠는 모습을 보이면 머리를 바다에 처박고 짠물을 듬뿍 먹여도 좋지. 후후후. 공포의 계절인가."

석주는 다시 재미있다는 듯 웃었다.

용자는 내심 기뻤다. 이번에야말로 대영이 물에 들어가지 않는 이유에 대해 물어보리라고 결심했다. 그는 용자 집에 온 지 벌써 3개월이 지났지만 아직 그 이야기를 꺼낸 적이 없었던 것이다. 더군다나 그럴 기회도 없었다. 그건 석주가 대영 형제를 받아들인 후 학년이 끝난 것을 빌미로 학교를 그만두게 하고 자기가 관계하는 사업 현장으로 대영을 내몰았기 때문이다. 2주 동안 동해안 어장에 보냈다가, 돌아오자마자 바로 왕청현(汪淸縣) 제재소에 다시 보냈는데, 마침 4,5일 전에 돌아온 터였다. 40여일의 장기 여행이었다.

어쩔 심산인지 임석주는 10만원이나 되는 거금도 거리낌 없이 그에게 맡기기까지 하는 것이었다.

그런데 대영도 그런 임무를 잘 해내고는 돌아왔다.

용자는 어쩐지 그를 아버지에게 빼앗긴 듯한 느낌이 들었다.

(1944.6.17)

최대영은 원래 그런 남자인 것 같았다. 이전부터 그런 성질의 사람은 아니었지만 같은 지붕 아래 동거하게 된 후라고는 해도 왠지 갑자기 서먹서먹해진 듯한 느낌이 들었다.

어장 출장은 상당히 힘들었던 듯했다. 입으로 말하지는 않았지만 홀쭉하게 야위었다.

용자는 감사했다. 왠지 미안한 생각이 들어 어느 날 뉴스관에라도 가자고 했지만 그는 주저하지 않고 "아니, 안 돼요. 일이 바빠서."라고 그 자리에서 거절했다.

"그렇지만 두세 시간 정도라면 괜찮지 않아요?"

"도저히 그 두세 시간이 힘들어요."

"그렇군요. 아버지 일 때문에?"

용자는 왠지 비하하고 싶은 마음마저 들었다. 충실함인가, 비굴함인가.

"그러면서도 동시에 제 일이기도 합니다. 오늘은 지금부터 도서관에 처박혀 있지 않으면 안 됩니다. 동생 녀석은 한가한 모양입니다. 자, 그러면……."

그러더니 부리나케 나가는 것이었다. 그녀의 존재 따윈 마치 염두에도 없다는 듯한 태도였다. 무슨 말이라도 하면 곧바로 "필영은 어떠어떠한데……."라는 말투였다.

"사람을 우습게 아는 거야."

용자는 혼자서 그렇게 생각했지만 진심으로 화가 난 것은 아니었다. 그보다 용자는 어떤 일을 당해도 진심으로 그를 미워하는 건 불가능했던 것이다. 아무리 자신의 감정을 과장해 보아도 최대영이란 인물을 비하할 수는 없었던 것이다. 아니 용자는 그가 아버지의 사업에 어느 정도의 정열을 쏟고 있는지를 잘 알고 있었다. 그가 말한 대로 지금 아버지의 사업은 그대로 그 자신의 일이기도 했던 것이다. 아니 그보다 그의 일이라고 하는 편이 오히려 딱 맞을지도 모르겠다. 그건 지금까지 최대영이 일에 굶주려온 사람이었기 때문이었다.

좋은 주부로, 좋은 어머니로 현대 젊은 여성을 교육하는 것의 의의를 무시하는 것은 아니다. 특히 지금은 전쟁 중이다. 새로운 조선을 짊어질 2세는 좋은 어머니, 강한 어머니의 손에 맡길 수밖에 없다. 아이를 스파르타 전사로 만들기 위해서는 조선의 어머니를 스파르타의 어머니와 같은 여성으로 만들어야 한다. 자기 자식에 대한 조선 모성의 지나친 사랑이 오늘날의 문약(文弱)을 초래한 것은 용자도 잘 알고 있었다. 조선도 지원병 제도 실시 이후 만 3년이 지나, 지금이야말로 국민개병을 향해 돌진하고 있는 것이다. 천황의 병사를 교육해야할 여성의 훈육, 이것보다 중요한 대업은 없는 것이다.

그러나 최대영의 성격이 여성교육에 적합하지 않다는 것을 용자는 인정하지 않을 수 없었다. 그의 젊은 가슴에 불꽃을 뿌리고 있는 정열이 여학교 교원으로서는 너무 강하다는 것도 용자는 잘 알고 있다. 고공을 졸업한 혈기 왕성한 그에게는 더욱 패기 있는 일이 요망되었는데, 그 패기 가득한 사업이 지금 그녀 아버지에 의해 주어진 것이다. 국가의 대업에 따라 조선에 일대 조선(造船) 사업을 일으키는 일이었다.

이 대사업을 앞에 둔 최대영이었기에 자신의 존재 따위 염두에도 없는 것은 무리도 아니라고 용자는 생각하는 것이다. 용자는 오히려 그런 최대영을 믿음직하게 생각하는 마음마저 들었다.

그러나 오늘 아침 최대영은 흔쾌히 그녀 말에 따랐다. 그리고 물을 싫어하는 것에 대해 절대로 건드리지 않았던 그가 오늘은 어쩌면 입을 열 듯한 분위기였다.

이야기가 끊어지자 용자가 "그 후 어떻게 되었어요?"라고 재촉했지만 최대영은 꿈쩍도 하지 않았다. 울음소리만 들리던 갈매기 두 마리가 바다 위로 나타났다. 새하얀 갈매기였다.

(1944.6.18)

그들이 있는 곳에서 2백 미터쯤 되는 바다 위에서 흰 갈매기가 첨벙첨벙 물질하며 울고 있었다. 왠지 눈물을 재촉하는 듯한 슬픈 애조를 띤 울음소리였다. 짙은 쪽빛 때문에 하얀 갈매기가 돋보였다. 갈매기는 너무나도 연약하고 자그마한 체구였다.

거기로 지금 역시 눈처럼 하얀 갈매기 한 무리가 선명한 흰 선을 감벽(紺碧)의 하늘에 그리면서 날아왔다. 들으면 들을수록 그 울음소리는 가련한 소리였다. 이 무한한 하늘과 대양에서 자유로이 날아다녀 기쁠 터인데 오히려 그런 슬픈 울음을 우는 것은 왜일까?

최대영은 바다위에서 쫓듯 쫓기듯 부침하는 갈매기를 바라보고 있었다.

"증조부를 바다에 잃자,"라며 조용히 말하기 시작했다.

"증조모는 실신하고 그게 긴 병으로 이어졌어요. 증조모는 울며 해안선에서 떨어져 농민이 되라고 아들에게 부탁했지요. 시아버지인 저의 고조부도 역시 그녀 앞에서 수장되었기 때문에 무리한 이야기는 아니었습니다. 할아버지는 완강하게 거부했습니다. 그런데 증조부를 바다에 잃고 흘린 눈물이 마르기도 전에 다시금 또 하나의 비극이 생겼습니다. 할아버지의 젊은 동생이 또 다시 바다에 먹혀버렸던 거지요."

"저런!"

용자는 자기도 모르게 비명을 질렀다.

대영은 천천히 다시 계속해서 말했다.

"그래서 지기 싫어하는 할아버지도 결국 어구와 이별하고 안전지대를 찾아 육지로 들어왔던 겁니다. 할아버지는 피난민처럼 아이들을 앞세우고 산과 언덕을 넘었습니다. 그래서 도착한 것이 지금의 춘천 산골이지요. 물론 이렇다 할 목적지가 있었던 건 아니지만 문득 쳐다본 마을에 감이 주렁주렁 열려 있었답니다. 그 무수동(無水洞)이라는 마을 이름이 뜻밖에도 할아버지의 마음에 들었다고 해요. 할아버지는 거기를 영생의 땅으로 정하고 경작을 서둘렀습니다. 그런데 이번에 다시 숙명적인 불행이…….”

대영이 이 말을 하자 용자는 더 이상 참을 수 없다는 듯 떨린 목소리로 “또요?”라고 소리쳤다.

“그렇습니다.”

대영은 엄중한 얼굴을 하고 있었다.

“이제 그만 하세요. 저 왠지 무서워졌어요.”

“아닙니다. 이야기는 지금부터입니다.”

대영은 짓궂게 이야기를 이어갔다.

무수동에는 마을 이름처럼 하천이 없었다. 계곡 사이의 분지에 마을이 만들어져 산록에 작은 늪이 하나 있을 뿐이었다. 그런데 그 늪이 할아버지마저 삼켜 버렸던 것이다.

“완전히 제 일가는 물의 저주를 받았습니다.”라고 대영은 얼빠진 목소리로 말했다.

“그러니 우리들은 어릴 때부터 물귀신에게 저주받는 이야기만 들었습니다. 조선에서는 예부터 호랑이 이야기가 많지만 나는 호랑이 따윈 무섭다고 생각한 적이 없습니다. 물귀신이, 머리카락을 늘어뜨린 물귀신이 가장 무서웠습니다. 나는 어릴 적부터 말할 수 없는 고집으로 아무리 두드려 맞아도 잘못했다고 말하는 일이 없었습니다. 그런데 저기 물귀신이다 라는 말을 하면 바로 잘못했다고 했답니다. 제 아버지도 그랬다고 합니다. 그래서 아버지는 평생 오직 한번밖에 물에 들어간 적이 없습니다. 그리고 그 한번이 또한 아버지의 마지막이었던 겁니다."

"저런!"

(1944.6.20)

"내가 열두 살 때 일이었습니다. 어머니가 대단한 열병을 앓아서 아버지는 시내로 약을 사러갔습니다. 아주 어두운 밤이었다고 합니다. 어느새 호우가 내리기 시작했습니다. 그러나 아버지는 필사적이었습니다. 어머니를 구하고자 하는 생각만으로 달리고 달리고 또 달렸습니다. 그러다 갑자기 발밑이 무너지며 아버지는 깊은 물구덩이에 빠져버린 것입니다. 아버지는 어푸어푸 물속에서 발버둥을 쳤습니다. 그러나 아무리 발버둥을 쳐도 빠져나올 수 없었습니다. 아버지는 다량의 물을 마시고 지쳐 정신을 잃었습니다. 그것도 실은 아버지의 착각이었지요. 다음날 아침 아버지를 발견했을 때 물구덩이에는 무릎에도 닿지 않을 정도로 극히 적은 탁한 물이 있었을 뿐이었습니다. 사흘 후 아버지는 결국 숨을 거두셨는데, 전후 이야기를 종합하면 물에 대한 평소의 공포증이 미끄러져 떨어지는 순간 실재의 공포로 나타났고 그 공포가 생리적으로 아버지로 하여금 물이라고 생각하게 만든 것입니다. 물에 대한 공포는 물귀신의 출현으로 이어져 머리카락을 늘어뜨린 물귀신과의 사투가 실제로 새벽까지 이어졌던 겁니다. 네가 나 대신에 죽지 않으면 내가 사바에 나갈 수 없다. 물귀신은 아버지에게 이렇게 말했던 겁니다. 당신은 이 말을 믿을 수 없겠지요.

나는 나의 이 눈으로 그 피 냄새 나는 사투의 흔적을 보았습니다. 대영아, 너희들은 평생 비오는 밤에 나가서는 안 된다 하고 아버지는 말씀하셨어요. 그리고는 돌아가셨지요."

대영은 입을 다물었다. 용자도 망연히 푸른 바다 저편으로 시선을 돌렸다. 무슨 말을 해야 된다고 생각하면서도 입을 열기만 하면 오열이 튀어나올 것 같았기 때문이다. 용자는 지그시 입술을 깨물었다.

그러나 대영 어머니의 죽음에 관한 이야기를 들었을 때는 그녀도 마침내 흐느끼지 않을 수 없었다. 그의 어머니도 아버지와 거의 똑같은 비업(非業)의 죽음을 맞았던 것이다. 뒤뜰에 물 긷는 우물이 있어서 어느 달밤 물 길러 갔다가 심한 현기증을 일으켜 거꾸로 우물에 빠졌던 것이다. 깊지도 넓지도 않은 샘이었지만 머리를 돌에 부딪쳐 겨우 반시간 만에 타계했던 것이다.

대영은 과학도이다. 과학도인 자기 입에서 이런 엉터리 같은 말을 해도 좋을지 여러 번 반성했다. 그렇지만 실재하고 그리고 목격한 사실은 아무리 과학자라고 해도 어쩔 수가 없었다. 믿을 수 없는 일이면서 믿지 않을 수 없었고, 믿지 않아야 하는 일이면서도 또한 부정할 수 없었다.

"과학도라는 사람이 이런 사실을 믿고 있다고 당신은 웃을지도 모르지만 나는 과학도이기 때문에 믿는 겁니다. 인과나 숙명 같은 것은 나는 믿지 않습니다. 그러나 심리적 현상과 생리적 변화가 유기적 관계를 갖고 있다는 것은 단호히 믿습니다. 은행나무 고목을 보고 갈증을 느낀다는 사실은 바로 심적 지각이 생리적 감성을 불러일으키는 것에 기인하는 것이라고 보아야 합니다."

대영은 열심히 말했다. 그러나 그것은 헛된 일이었다. 용자에게는 그 시비를 가릴 능력이 없었다. 그녀에게는 그가 말한 사실만으로도 충분했다. 용자는 그의 이야기에서 바싹바싹 다가오는 공포감마저 느꼈다.

두 사람은 오랫동안 침묵을 지키고 있었다.

"그런데 용자 씨."라고 대영의 부름을 받고 돌아보던 용자는 무의식적으로 눈을 돌려 버렸다. 조금 더 있었더라면 까 하고 소리를 지를 뻔했다.

최대영의 눈이 파란 인광을 뿜고 있었던 것이다.

"그런데 용자 씨. 당신은 저를 어떻게 생각하십니까?"

(1944.6.21)

"어떻게 생각하다니요?"

"어떻습니까. 어떤 눈으로 저라는 인간을 보고 계신가 하는 겁니다."

"저……."

용자는 말을 더듬었다.

"전 잘 모르겠어요."

"아니 그렇게 깊이 생각하시지 않아도 좋습니다. 다만 당신 눈에 비친 나라는 인간이 어떤 건지를 묻는 겁니다. 물론 지금까지는 그저 이상한 사람이라는 정도로 깊이 생각한 적이 없을 테지만요."

"아 그 말씀인가요."

용자는 다행이라는 듯 밝은 얼굴이 되었다. 그리고는 자신의 섣부른 생각에 혼자 얼굴을 붉혔다.

"이상한 사람이라고 생각하시지 않습니까?"

대영은 무뚝뚝하게 물었다.

"그렇게는 생각한 적이 없습니다. 젊은 요즘 남자가 평생 한 번도 물에 들어간 적이 없다는 말을 들으면 누구라도 웃을 겁니다."

"당연하지요."

그렇게 말하고는 최대영은 가만히 눈을 감았다. 그리고 다시 눈을 뜨는가 했더니 갑자기, "자, 용자 씨. 저라는 인간을 비겁한 놈이라고 생각하진 않으십니까?"라고 묻는 것이었다.

"역시 보통이라고는 할 수 없지요."

대영은 어쩔 줄 모르겠다는 투로 "그렇습니까."하고 천천히 말했다.

그리고 이번에는 둘 데 없는 시선을 바다로 던졌다. 그 모습이 용자의 눈에는 왠지 슬프게 비쳤다.

"저, 최 선생님."

"뭔가요?"

"기분이 상하셨다면 죄송합니다."

"하하하."라며 대영은 괴상한 소리를 냈다.

웃음소리가 너무 컸기 때문인지 오히려 용자에게는 공허하게 울릴 뿐이었다.

"기분 나쁘시지 않으셨어요?"

"그 때뿐이지, 화나진 않았습니다. 노하긴 커녕 나는 나의 반생을 비웃고 싶어졌어요. 나는 과학도로서 과학에 패배한 듯한 느낌입니다. 만약 내가 과학도가 아니었다면 나의 성격이나 골격으로 보면 이런 말도 안 되는 이야기를 믿지 않았을지 모릅니다. 과학을 공부하지 않았다면 다른 사람처럼 운명이나 숙명으로 돌렸을 겁니다. 인간이란 것은 어디까지나 공리적인 존재라서 모든 것을 운명에 돌리면서도 자기에게 유리한 점만을 믿고 불리한 것은 그다지 신뢰하지 않습니다. 그러니 나의 경우는 의외로 아무렇지도 않게 생각했을 것입니다."

"그렇다곤 할 수 없어요."

"아니, 확실히 그렇습니다. 나는 과학을 공부한 만큼 과학으로 고통 받는 것입니다. 원래 내가 어머니와 어린 동생을 놔두고 고학 따윌 할 생각을 했던 것도 이 무서운 공포로부터 벗어나기 위해서였습니다. 고공을 선택한 것도 그 때문이었습니다. 중학과 달리 고공 시대의 고학은 대단히 힘들었습니다. 그걸 해낼 수 있었던 것도 첫 번째는 고맙게도 후원자가 있었기 때문이지만 두 번째로는 과학의 힘으로 마음속의 나쁜 병을 퇴치하고자 하는 욕망에서였습니다. 그러나 결국 패배해 버리고 말았습니다."

대영은 처음으로 담배에 불을 붙여 묵묵히 빨고 있더니, "아차."라고 말하고는 곧 담배를 바닷물에 던져 버렸다.

"뭐가요?"

"동생 녀석을 데리고 오는 거였는데. 실은 난 그 녀석을 걱정하고 있어요."

(1944.6.23)

"무슨 일 있었나요?"

"일이 있었던 건 아니고 현재 일어나고 있어요."

"에? 필영 씨 신상에 말인가요?"

"그렇습니다. 아니, 신상이라기보다 마음에 말입니다. 당신은 자주 보니까 아시겠지만 그 녀석은 물귀신에 시달리고 있어요."

"불쌍하게도."

용자는 병원에서 있었던 일을 생각하자 우울해졌다. 열에 들떠서 한 헛소리라고 하지만 필영의 그 공포심을 헤아리고도 남았다. 아니 헛소리야말로 그 사람의 진실한 고백이 아니었던가. 절정에 오른 공포와 절망으로 뒤집힌 눈, 천추의 원한과 절치의 고통. 용자는 그 얼굴을 다시 떠올리는 것만으로도 심한 전율을 느끼는 것이다. 환영에 벌벌 떨던 때의 그 비명과 붕대를 푸는 것을 바라보던 때의 그 안도의 얼굴. 그녀는 그것을 생각하는 것만으로도 눈두덩이 뜨거워지는 것이었다.

그녀는 어떻게 위로하면 좋을지 몰랐다.

"그런데 필영 씨는 어떤……?"

문득 불길한 예감이 들었지만, 그렇게 단정 지어 말하는 것도 주저되었다.

"네. 조금 이상해요. 조금도 나쁜 일은 아니지만요."

히죽 웃어 보이길래, 용자는 조금 안도감을 느꼈다.

"그 녀석. 최근 어처구니없는 걸 생각하고 있는 것 같아요. 바다에 도전해 보고 싶다는 공상을 하는 것 같아요."

"바다에요?"

"그렇습니다."

"어머. 어떤 일을 계획하고 있으신가요?"

"그게 또 기발한 일입니다. 선원이 되겠다고 말을 꺼내는 겁니다."

"네?"

"○[25]한 녀석입니다."

"그렇지만 좋잖아요. 진짜 실행에 옮긴다고 한다면 다시 생각할 여지도 있겠지만, 그렇게 고통 받고만 있는 것보다는 낫지 않아요? 실행하진 못해도 그렇게 생각하는 것만으로도 충분히 도움이 될 거에요. 안 그래요, 최 선생님?"

"그건 그렇지요. 그 점은 나도 동감입니다. 그렇지만 패기는 좋지만 그 체질이나 성격이 선원에는 조금도 맞지 않아요."

"그러니까 그런 마음만이라도 격려하는 게 좋지 않아요? 필영 씨도 오늘 내일 배를 타겠다는 것도 아니고 그런 패기를 착실히 키워가면 그런 고통은 받지 않게 되지 않을까요."

"그렇지만 그런 포부라는 건 그렇게 간단한 것이 아닙니다. 죽어도 좋다, 죽어도 좋으니 바다에 정면으로 부딪쳐보자는 것이지요."

"어머, 그렇게 부드러운 성격의 필영 씨가."

용자는 반신반의하며 대영을 쳐다보았다.

"그러니 나도 놀랄 수밖에요. 바다와 겨뤄서 선조 대대의 원수를

---

25 판독불가.

멋지게 부셔버린다. ○[26]이건 물귀신이건 보이기만 하면 머리를 잡아서 바다 밑에 처박아 버린다고 의기를 부리고 있지요."

"어머, 대단해요. 그걸로 좋지 않습니까? 최 선생님. 저는 그렇게 생각합니다만."

용자는 단정적으로 말했다. 사실 그녀는 그래도 되지 않을까 생각했던 것이다. 불행히 바다를 정복할 수 없다고 해도 대대로 최 씨 일가에 들러붙어 있는 악귀를 퇴치하는 것만으로도 남아 일생의 대업이라고 생각하는 것이다.

아버지를 닮은 용자는 그런 여성이었던 것이다.

바다에서 돌아온 다음 날 마침 일요일이기도 했기 때문에 용자는 아침 일찍 필영을 붙잡았다. 대영은 오늘도 아침 일찍부터 도시락을 들고 도서관에 나갔다.

"저, 필영 씨. 오늘 당신에게 할 굉장히 중대한 이야기가 있어요."

"네? 저에게 말이에요?"

"그래요."

"아, 그렇군. 그 일은 저도 알고 있어요. 용자 누님 결혼하지요? 저도 벌써 들었어요."

결혼 이야기 따위는 그녀 자신도 처음 듣는 이야기였다.

"내가 결혼을요?"

"그래요."

(1944.6.24)

---

26 판독불가.

"어머, 놀라워."

"저도 놀랐어요."

"누구한테 들었어요? 도대체 무슨 말이에요?"

"정말 몰라요? 누님은?"

"몰라요. 그런 일은."

"에? 자꾸 놀리지 마요. 시집가는 당사자가 아무 것도 모른다니. 용자 누님. 거짓말이죠?"

"거짓말을 내가 왜? 정말 아무 것도 몰라요. 자 말해 봐요. 무슨 말을, 누가 했지요?"

용자는 스스로도 부끄러울 정도였다. 결혼 이야기라니. 그러면 그 이야기가 부모끼리는 벌써 결정 났다는 것일까.

그건 윤성달(尹聖達)을 말하는 것이었다. 윤성달이라는 사람의 선량함도 자신에 대한 열의도 용자는 잘 알고 있었다. 메이지[明治]대학 법과라면 크게 떠들 정도는 아니지만 어느 정도 교양은 갖추고 있었다. 어머니의 말을 빌면 굶지 않을 만큼의 자산도 가지고 있고 용모도 특출하다고는 할 수 없지만 다른 사람에게 빠질 정도로 추한 것도 아니었다.

그러나 남편, 그러니까 일생의 배우자가 될 사람이 그래도 되는 것일까.

역시 그 사람은 착한 사람일지도 모른다. 그러나 그 선량함은 용자가 보기에는 선량함이 아니라 일종의 우둔함이었다. 선량하기는 하지만 어딘지 모르게 얼빠진 듯한, 맥이 빠진 듯한 선량함인 것이다.

윤성달이 자신의 불행을 진심으로 빌고 있다는 걸 그녀는 알고 있다. 수많은 경쟁자 가운데 사랑하는 여자를 쟁취할 패기 대신에 그녀가 절뚝발이가 되기를 비는 그 무능함은 아무리 좋게 해석해도 선량함이라기보다 일종의 우둔함인 것이다. 그럴 정도로 그가 그녀를 사랑한다는 사실은 용자도 잘 알고 있었고 또한 동정도 되었다.

그렇지만 동정은 반드시 사랑이라고는 할 수 없다. 하물며 일생의 반려가 되기에는 너무나도 미온적인 조건이었다. 아니 그녀는 사랑하는 여자를 위해 생명을 걸고 도전하는 것이 아니라 그녀가 절뚝발이가 되기를 비는 윤성달에게 연민은커녕 일종 강렬한 반감과 증오를 느꼈다. 이것은 그녀의 강인한 성격 때문이기도 했으나 그보다도 오빠 상훈의 소극적인 무능함에 대한 반감이 그녀를 그렇게 만들었다고도 할 수 있었다.

어쨌거나 지금 용자에게는 윤성달을 일생의 반려로 삼고 싶은 마음은 추호도 없었다.

"저, 필영 씨. 누구에게 무슨 이야기를 들었어요? 이야기해줘요."

용자는 처량하게 구걸하는 어조가 되었다.

"저도 그렇게 확실히 들은 건 아니에요. 다만 아주머니께서 아저씨께 그렇게 하자고 하시는 걸 들었어요."

필영은 자신 없다는 듯 말했다.

"그랬더니 아버지는 뭐라 하셨어요?"

"나도 생각이 있다. 그러니 모두 나한테 맡겨. 그렇게 말씀하셨어요."

"생각이 있다니. 음, 어떤 생각이실까."

"저도 잘 몰라요. 용자 누님. 그러니, 그렇게……."

"괜찮아요. 그런 걱정 하지 않아도 괜찮아요."

용자는 가볍게 응수하며 말했다.

"그것보다도 필영 씨. 당신께 여쭈고 싶은 일이 있어요. 방금 그 이야기가 아니에요. 당신 자신에 관한 일이에요."

"제 일이요?"

"그래요. 뭐든 생각하고 있는 걸 모두 솔직하게 말해주세요."

"알았어요."

"그래요. 고마워요."

(1944.6.25)

"저 자신에 대한 것이란 무엇입니까?"

시원스레 말해버렸지만 점점 불안해졌다.

"학교 문제?"

"아니에요. 학교는 앞으로 문제없지 않아요? 그렇지요? 그렇게 애쓰지 않아도 졸업하겠지요?"

필영은 중학 4학년에서 상급학교로 바로 올라가려고 생각했다. 그렇지만 작년 겨울 긴 병을 앓는 동안 3학기 시험은 생각보다 나빴다. 3등 아래로는 떨어지지 않았던 필영은 이번에 병을 앓는 바람에 21등으로 떨어졌던 것이다.

"누님, 학교 문제를 내 앞에서 말하는 건 너무 잔혹해요. 난 생각하는 것만으로도 간장이 끊어질 것 같아요."

그렇게 말하며 슬피 눈을 떨구었다.

"미안해요. 그럴 생각이 아니었어요. 난 당신이 최근 생각하고 있는 걸 듣고 싶어요. 있지요? 뭔가가?"

"음. 그래요? 그 일 말인가?"

그는 히죽 웃었다.

"형한테 들었군요."

"응, 그래요."

필영은 갑자기 입을 다물었다. 5월의 햇빛이 눈부시게 유리창으로 들어왔다. 창밖에 드리워진, 녹음을 구가하는 갯버들을 바라보다가 "형님은 참 너무 심각하게 생각하는 걸. 아직 그렇게 결정한 것도 아니에요. 전."이라고 이야기를 회피했다.

"아직 그렇게 결정하진 않았지만 그래도 언젠가는 그렇게 하고 싶은 거지요?"

"음. 생각하고는 있어요."

"그거에요. 내가 듣고 싶은 것도. 그에 대한 당신의 현재 심경을 난 확실하게 알고 싶어요."

"이런 거에요."라고 필영은 어른처럼 양 손바닥으로 턱을 받치고 잠시 생각하듯 말했다.

"일주일 전이었어요. 형이 왕청현에서 돌아왔던 때가 있지요? 그날 밤 갑자기 나에게 말하는 거에요. 넌 어떤 기분이냐고. 이상한 일이죠. 갑자기 그런 말을 들었지만 난 잘 알아들었어요. 형님이 묻는 순간 나는 바로 징병제를 말하는 거라 생각했어요. 형님이 돌아온 날이 5월 8일이었지요? 그러니 조선에 징병제 실시를 발표한 날부터 3일밖에 지나지 않은 날이지요.[27] 그래서 바로 그거구나 하고 생각했어요. 결국 그 날부터 나는 계속 징병제에 대한 생각을 했어요."

"역시 그렇군요."

"그래서 전 바로 대답했어요. 깜짝 놀랐다고요. 그랬더니 넌 무슨 질문을 했다고 생각하니 라고 묻는 거에요. 징병제에 대한 거라고 했더니 형님은 ○[28]에 휩싸인 듯한 얼굴을 했어요. 그러더니 곧 깜짝 놀랐다는 말은 무슨 뜻인지 물었어요. 올 것이 왔다는 자세와 지금까지 우리들이 너무나도 안이하게 살아왔다는 반성이 뒤죽박죽되었다고 하며 전 조금 상기되었던 듯해요. 그러자 형님은 내가 묻는 건 논리가 아니라 그 순간의 기분이 어땠냐는 것이었다고 쏘아대는 거에요. 우리들도 군인이 될 수 있다는 기쁨 이외에 나에게는 아무런 느낌도 없었다고 했더니 형님은, 그래? 나도 기뻤어, 라고 했어요. 그런 말을 할 때 형의 눈은 빛났어요. 가만히 나를 쳐다보다가 형님이 징병 때까지 기다리지 말고 육군에 지원할 생각은 없냐고 물어서 난 단호히 싫다고 말했어요."

"싫다고? 왜요?"

---

27 일본 각의가 조선에 징병제 실시를 결정하여 발표한 것은 1942년 5월 8일이다. '3일 후'라는 것은 작가의 착오이다.

28 판독불가.

용자는 눈을 동그랗게 뜨며 말했다.

"왜냐니. 싫으니까 싫지요. 난 아무래도 육지는 싫어요. 바다에 가고 싶어요. 난 선원이 되려고 해요."

(1944.6.27)

"육군이 그렇게 싫어요?"

"싫은[嫌] 건 아니지만 질색[厭]이에요."

"논리는 마찬가지네요."

용자가 웃자 필영은 노한 듯 탁한 소리를 냈다.

"달라요, 누님. 싫다, 좋다고 하는 것에는 그에 상당한 이유가 있겠지요. 그렇지만 질색이란 건 이유가 필요 없지 않아요? 질색이니까 질색이라는 것, 그런 이야기일 뿐이에요."

"그렇다고 한다면 그렇게 말할 수 없는 건 아니지만, 그건 비논리적이네요. 필영 씨."

"비논리적이라고요? 그러니까 누님. 예를 들면요. 용자 누님은 저 윤성달 씨가 싫은 거지요? 싫은 데에는 그에 상응하는 이유가 있기 때문에 싫은 거에요. 그렇지만 질색이라는 건……, 질색이라는 건……."

필영은 그 순간 갑자기 더듬더듬하는가 싶더니 자신을 잃은 듯, "아, 그런가. 결국 같은 것인가."라고 풀이 죽어 머리를 절레절레 흔들었다.

그 모습이 너무나도 우스워 용자가 큭큭 웃고 있었더니 "그렇지만 역시 달라요. 그렇다. 질색이라는 건 그저 질색이라는 걸로 됐어. 설명이 필요하지 않아."라고 했다.

너무나 의기양양해져서 침을 튀기기까지 했다. 용자는 참지 못하고 웃어 버렸다.

"저 필영 씨. 그건 어느 쪽이든 상관없고요. 하던 이야기……."라고 말하자 필영은 고집스레 말을 끊고 "아니에요. 어느 쪽이든 괜찮다는 건 질색이에요. 모든 건 명료해야 하니까요."라고 따지고 들었다.

용자도 질렸다는 듯 말했다.

"참 고집 세군요. 그럼 좋아요. 내가 진 걸로 할 테니. 좀 전에 하던……."

"진 걸로 하는 건 질색이에요."

"호호호. 필영 씨 참 끈질기네요. 자 완전 항복입니다. 나의 패배."

"그러면 됐어요."

용자는 또 웃었다. 필영도 소리를 내며 웃었다.

용자는 이야기를 어떻게 처음으로 돌릴까 곰곰이 생각했다. 필영 씨도 이제 어린애가 아니라는 생각이 문득 머릿속에서 번뜩였다. 그런데 자신은 지금까지 소년 취급을 하고 있었다는 걸 깨닫고 왠지 자신이 이상하게 생각되었다.

그녀는 좀 더 진지하고 반성하는 마음이 되었다.

"저, 필영 씨. 진지하게 당신의 마음을 들려주세요. 제가 필영 씨를 조금 얕잡아 본 것 같아요. 좀 더 진지해집시다."

그러자 필영도 이쪽으로 되돌아 앉았다. 용자는 지금 다시 한 번 필영에게서 청년을 느꼈다. 유도 검도로 딱 벌어지고 각진 늠름한 어깨, 조각에서 본 스파르타 기사의 철판 같은 가슴, 형형한 눈빛에다 꾹 다문 두터운 입술. 그러고 보면 필영도 이제 열아홉이 되었다.

"그렇게까지 말씀하시면 저도 자백하겠습니다만."이라고 하는 목소리에서 저음이 느껴졌다.

"싫은 저도 딱히 육군이 싫은 것도 질색인 것도 아니에요. 용자 누님은 절 보아왔기 때문에 잘 아시리라 생각하지만, 전 바다가 무서워요. 바다가 말이에요. 지금도 전 바다에, 아니 한 방울의 물에서도 위협을 느껴요. 그러니 제 일생의 소원은 물의 존재를 무시하는 것이라고 어릴 적부터 생각했어요. 그러나 실재하는 물을 무시할 수 없다는 것을 알았어요. 국민학교 시절 교장 선생님의 사전을 펼쳐본 적이 있어요. 그걸 보고 저는 완전 절망했어요. 거기서 말하길 바다는 지구상의 육지 이외의 부분으로 염수로 가득 찬 곳이라 했어요. 거기까지는 좋았어요. 그 총면적은 지구의 5분의 4를 점하고 3억 6천 8백만 제곱킬로미터의 넓이다. 깊이를 보면 평균 3천 6백 미터이다! 3천 6백 미터!"

(1944.6.28)

필영의 목소리는 유도와 검도를 할 때의 외침에 점점 가까워져갔다.

"전 그 때 4학년이었는데 아직 그런 큰 숫자를 본 적이 없었어요. 그러니까 만 이상의 수는 저의 지성을 넘어선 것이었어요. 당시 저의 생활에서는 백이라는 수로 충분했던 거지요. 그런데 만이었어요. 아니 만의 만 배인 억의 다시 3만 6천 8백만 배이지요. 그래서 어느 날 전 신작로로 나갔어요. 일 킬로미터가 대체로 어느 정도의 길이인지를 제 눈으로 보려고요. 상당히 긴 거리였어요. 커다란 포플러 가로수가 그 사이에 460그루나 있었어요. 그 거리의 열 배, 백 배까지는 어쨌든 어림잡을 수가 있었지만 그것을 넘어서면 저에게는 전혀 알 수 없는 것이었어요. 전 다시 그 발로 늪에 가보았어요. 형님에게 들으셨는지 모르겠지만 제 할아버지가 익사한 늪에요. 제가 막대기로 수심을 재보았더니 깊은 곳이 1미터가 채 안 되었어요. 그러면 바다라는 건 이 늪의 3천 6백 배 깊이겠지요."

필영은 거기서 말을 뚝 끊었다. 그리고 오랫동안 깊은 침묵을 지켰다.

용자도 입을 다문 채였다.

필영이 다시 이야기를 꺼낸 것은 아마 10분 정도 지났을 때였던가.

"전 다시 신작로로 나갔어요. 3천 6백 미터의 길이를 재어 보지 않으면 성에 차지 않을 것 같아서요. 그래도 확실하지 않았기 때문에 저는 저의 키를 재어보았어요. 일 미터 삼십 센티였지요. 그러자 저 정도의 키를 가진 인간을 어깨 위에 올리면 3천 6백 명이 직립했을 때의 높이가 되는 셈이지요. 전 눈앞이 캄캄해졌어요. 전 그날 밤 심한 열이 났어요. 어머니가 저를 위로하기 위해 베개 맡에 오셔서 한 말씀이……. 누님, 어떤 이야기였을 거라 생각하세요? 머리를 산발한 물귀신이 사람 머리를 붙잡고 배에서 끌어내리는 이야기였어요."

그것은 길고 긴 고백이자 이야기이기도 했다. 용자의 지성은 완전히 유년 시대로 돌아가 있었다. 최대의 공포와 흥미가 그녀를 포로로 만들었다. 필영의 이야기가 잠시 끊어지자, "그래서?"라며 자신이 재촉하고 있다는 것조차 거의 깨닫지 못할 정도였다.

"그래서 전 물의 존재를 무시하는 것은 곧 물을 정복하는 것이라고 생각했어요. 물을 정복하기 위해서는 무엇보다도 물에 대해 알지 않으면 안 되지요. 그래서 전 상당히 책을 많이 읽었어요. 아주 많이요. 그러지만 책을 읽는 것만으로는 전 완전히 납득할 수 없었어요. 그래서 학교를 떠나 바다에 정면으로 부닥쳐보자고 점점 생각하게 되었어요. 그러기 위해서는 선원이 되는 수밖에 없다고요. 저 무한대의 괴물의 등에 타서 유유히 대양을 돌아다닌다. 생각만으로도 통쾌하겠지요. 누님, 그러니 전 육지에만 들러붙어 있는 것은 사양하겠어요."

"알겠어요. 그 마음."

"그래서 전 육군이 싫은 거에요. 우선 제가 육군에라도 지원하면 물귀신 녀석, 키득키득 웃을 거에요. 최 씨 집안에는 이제 사람이 없는가 하고 조소할 거에요."

"물귀신이 무섭다고는 생각하지 않아요?"

용자는 필영이 너무 격앙되어 있다고 생각되어 농담으로 그렇게 말했다. 그런데 그런 말을 듣는 순간 필영의 얼굴에 나타난 것은 틀림없이 공포였다. 그러나 필영은 바로 평정을 되찾았다.

"물귀신이요? 더 이상 그런 걸 두려워하지 않을 거에요. 누님. 물귀신이든 ○[29]이든 뭐든 덤벼주마. 아, 그래, 물귀신이 이제 둘로 늘었

---

29 판독불가.

군요. 더 할 맛이 나지요. 미영의 녀석들 모두 함께 바다 밑으로 쑤셔 박아 버릴 테니까."

필영은 거칠게 숨을 쉬었다. 그러다 갑자기 입을 꾹 다물더니, "그렇지만 우리들은 해군에는 친숙하지 않아서……."

(1944.6.30)

이후 연재분 판독 불가[30]

---

30 판독 불가능한 연재분의 소제목과 연재 연월일은 다음과 같다. 어느 도전자 11(1944.7.1), 도전하는 자1(1944.7.2), 도전하는 자2(1944.7.4), 도전하는 자3(1944.7.5), 도전하는 자4(1944.7.7), 도전하는 자5(1944.7.8), 도전하는 자6(1944.7.9), 도전하는 자7(1944.7.11), 도전하는 자8(1944.7.12), 문을 나서다1(1944.7.13), 문을 나서다2(1944.7.14), 문을 나서다3(1944.7.15), 문을 나서다4(1944.7.16), 문을 나서다5(1944.7.17), 문을 나서다6(1944.7.18), 문을 나서다7(1944.7.19), 문을 나서다8(1944.7.20), 문을 나서다9(1944.7.22), 문을 나서다10(1944.7.23), 낙오자1(1944.7.25), 낙오자2(1944.7.26), 낙오자3(1944.7.27), 낙오자4(1944.7.28-결본), 낙오자5(1944.7.29), 낙오자6(1944.7.30), 낙오자7(1944.7.31), 낙오자8(1944.8.1), 낙오자9(1944.8.2), 해후1(1944.8.3), 해후2(1944.8.4), 해후3(1944.8.5), 해후4(1944.8.6), 해후5(1944.8.7), 해후6(1944.8.8), 해후7(1944.8.9), 해후8(1944.8.11), 해후9(1944.8.12), 해후10(1944.8.13), 바다에서 온 편지1(1944.8.14), 바다에서 온 편지2(1944.8.15), 바다에서 온 편지3(1944.8.16), 바다에서 온 편지4(1944.8.17), 바다에서 온 편지5(1944.8.18), 바다에서 온 편지6(1944.8.19), 바다에서 온 편지7(1944.8.20), 바다에서 온 편지8(1944.8.21), 바다에서 온 편지9(1944.8.22), 바다에서 온 편지10(1944.8.23), 또 하나의 싸움1(1944.8.24), 또 하나의 싸움2(1944.8.25), 또 하나의 싸움3(1944.8.26), 또 하나의 싸움4(1944.8.27), 또 하나의 싸움5(1944.8.28), 또 하나의 싸움6(1944.8.30), 또 하나의 싸움7(1944.8.31)

이 날에

기차 통근자에게 토요일과 월요일은 정말 수난의 날이다. 가스와 연기와, 목소리가 큰 사투리에다 유아들의 울음소리로 그야말로 와명선조(蛙鳴蟬噪)[31]의 감이 없지도 않은 소동이다. 한 달에 두세 번은 반드시 타지 못하는데 그것도 대개 월요일이 그러하다. 그날이 마침 월요일이어서 짐칸마저 사람으로 가득 찼다.

그런데 갑자기 변했다. 사람들의 입은 한 일 자로 닫혀 있고 기침이라도 하려고 하면 곧 잡아먹기라도 할 듯한 얼굴을 하고 있다. 물론 모두가 전부 그 아침의 일을 알고 있을 턱이 없겠지만 위대하고 감격스런 일은 알려지지 않더라도 저절로 알게 되는 것인 듯하다. 와

---

31 개구리와 매미가 시끄럽게 울어댄다는 뜻으로 아주 소란스런 상황을 묘사하는 사자성어.

야 할 것이 왔다고는 하나, 하루 종일 일이 손에 잡히지 않는 것은 오로지 나만이 아니었으리라. 대강당에 긴급 자보를 붙이던 내 손이 심하게 떨리고 있었다 한다. 학생들도 수업을 할 때가 아니라는 얼굴로, 종이 울려도 전황 속보판에 달라붙어 움직이지 않는다. "결국 왔구나……."

만나는 사람마다 서로 이야기를 나누고, 일부러 전화를 걸어오는 친구도 있었는데, 결국 왔다는 말 너머에 커다란 각오가 숨겨져 있음을 그 때마다 나는 느꼈다. 그리고 왠지 나만 그 각오가 되어 있지 않는 듯한 느낌이 들어 쓸쓸하게 스스로를 반성했던 것이다.

그러나 그 큰 각오에 비해 우리들은, 적어도 나는 너무나도 작은 노고를 들여 그에 보답했다는 느낌이 든다. 안이하게 동경하고 조의조식(粗衣粗食)[32]에는 어려움을 느끼며, 나도 모르게 늘어지는 긴장의 태엽을 다시 조이는 데 게을리 한 감이 없지 않다. 이것이 인간일지도 모른다. 그러나 인간은 그래도 좋을지 모르지만, 그런 국민이 되어서는 안 된다고 맹세한다. 어떤 사람은 남자 아이가 없기 때문에 항상 송구스런 삶을 살고 있다고 말했다. 아무 일도 하지 않고 성업(聖業)의 영광[餘榮]을 입을 어린 아이의 무심히 잠든 얼굴을 보고 마음으로부터 부끄러웠다.

그러나 나는 어떠한 일이 있어도 부자(父子) 모두 아무 일도 하지

32 남루한 옷을 입고 맛없는 음식을 먹는다는 뜻으로 검소한 생활을 묘사하는 사자성어.

않고 얻기만 하는 어정쩡한 삶은 살지 않겠다고 어린 아이와 내 마음에 맹세했다.

이 날에 생각한다. 대동아 건설의 성업에 작은 돌 하나 정도는 짊어지는 오늘날 조선 동포의 행복을.

(1942.12.16)

이 책은 『경성일보』에 수록된 조선인 작가의 일본어 소설을 번역한 것이다. 수록 작품은 진학문의 「외침」(1917.8.10), 이석훈의 「즐거운 장례식」(1932.9.3~9.6), 「이주민 열차」(1932.10.14~10.10), 「유에빈과 중국인 선부」(1932.11.13~11.22), 「영원한 여성」(1942.10.28~12.7), 이무영의 「바다에 부치는 편지」(1944.2.29~8.31), 「이 날에」(1942.12.16)이다. 이무영의 「이 날에」는 수필이지만 작가의 작품 세계를 이해하는 데 도움이 될 것 같아 같이 수록하였다

식민지기를 통틀어 보면 조선인 작가의 일본어 소설은 (1) 초기의 습작기 작품, (2) 중기의 자발적 일본어 창작, (3) 후기의 내선일체 작품으로 나눌 수 있는데, 이 선집에 수록된 작품들은 정확하게 이에 대응한다. 진학문의 소설이 (1)에 해당한다면, 이석훈의 앞 세 작품은 (2)에, 이석훈의 「영원한 여성」 및 이무영의 작품은 (3)에 해당한다. 이 책을 통해 통시적으로 조선인 작가의 일본어 소설이 전개되어간 과정뿐만 아니라 공시적으로 조선인 작가들의 사고와 감정이 일본어 매체, 일본어 독자들로 이루어진 일본어 문학의 장으로 어떻게 굴절

되어 들어갔는지를 살펴볼 수 있을 것이다.

한국의 근대 작가는 대체로 일본어 습작을 통해 작품 활동을 시작하였다. 「과부의 꿈」(1902)을 쓴 이인직, 「사랑인가」(1909)를 쓴 이광수 등 근대 초기의 소설가뿐만 아니라, 1920년대에 등장한 한설야, 유진오, 이효석 등도 일본어 습작을 통해 소설의 문법을 익혀왔다. 본격적인 소설가는 아니지만, 번안이나 번역, 창작 등을 통해 근대 초기 문학에 관여했던 진학문(1894~1974)도 또한 예외는 아니었다. 서울에서 태어난 진학문(순성)은 1907년 일본 유학을 떠나 와세다대, 도쿄외국어학교에서 수학한 후 한국으로 돌아와 1917년 9월 『경성일보』 기자가 된다. 「외침」은 그 무렵 일본어로 발표된 소설로서 당시 일본에서 유행하던 이상주의, 인도주의적 경향의 시라카바(白樺)파의 영향이 엿보인다. 하숙집 주인 여자의 고통스러운 병, 친구의 실연, 또 다른 친구의 죽음 등 어둠으로 가득 찬 고통스러운 삶에서 어떤 의미를 찾아야할지 작가는 묻고 있다. 그러나 이 소설은 삶의 고통과 고민만을 그리는 것이 아니라, 그것을 뚫고 그것에 저항하여 솟아나오는 외침, 곧 자아와 개성을 그린 것이기도 하다. 이런 점에서 이 소설은 이후에 창작되는 김동인, 염상섭의 고백체 소설을 앞당겨 보여주며, 또한 치밀한 풍경 묘사, 내면 묘사라는 점에서 근대 초기 한국 소설의 문법이 일본어를 매개로 하여 어떻게 형성되는지 그 과정을 보여준다. 진학문은 뒤마의 『춘희』를 번안하고 타고르의 시를 번역하였으며 소설집 『암영』을 내는 등 초기 한국 근대문학의 형성에 기여하였으나, 1920년대 이후에는 언론인과 만주국 및 총독부 관리로 나아가 문학으로부터 멀어졌다.

1920년대 이후 개별 작가의 일본어 습작 활동은 계속되었으나, 이와 동시에 일본 문단에 진출하려는 작가적인 욕망 혹은 일본 작가와의 연대에 의한 자발적이고 본격적인 일본어 창작도 새로이 등장한다. 나프에서 활동한 김희명, 이북만, 김두용 등의 프롤레타리아 시가 후자에 속한다면, 장혁주, 이석훈 등의 1930년대 소설은 전자에 속한다고 할 수 있다. '자발', '본격'이라는 말은 상대적인 것으로서 '본격'은 '습작'과 대비되어 개별 작가의 본류에 해당하는 창작을 가리키고, '자발'은 일제 말기 내선일체라는 시대적·정책적 압력에 의해 창작된 것과 구별됨을 의미한다. 일제 말기 일본어 소설 창작이 자발적인 선택이 아니었다고 말하기는 어렵지만, 최소한 그전까지 작가의 일본어 선택 여부는 식민지 정책의 고려 사항이 아니었다는 점에서 자발적인 것이었다고 할 수 있다.

조선의 대표적인 이중어 작가를 말하라면 단연 이석훈이 그 선두에 설 것이다. 1907년생인 이석훈은 와세다대학 고등학원을 중도에 그만두고 조선에 돌아와 『경성일보』, 『오사카마이니치신문』의 특파원을 지내면서 1932년까지 다수의 일본어 소설을 발표한다. 조선어 잡지인 『제1선』의 기자가 되고 곧 경성방송국에 입사한 1933년 이후에는 또 다수의 조선어 소설을 발표하며, 내선일체가 본격화된 1939년 이후에는 조선어 소설과 일본어 소설 창작을 병행한다. 각각을 이석훈의 초기, 중기, 후기라 한다면 초기의 일본어 소설을 습작으로 볼 수도 있겠으나, 이 시기에 발표된 것만 해도 14편이 되는 소설들을 모두 습작이라 하기는 어려울 것이다. 이 책에 수록한 세 편의 소설은 그 가운데에서도 가장 늦게 발표된 본격적인 창작활동의 소산이라 할 것이다.

「즐거운 장례식」은 일종의 사소설이라 할 수 있는데, 주인공이 집의 파산으로 학교를 중퇴했고, 지방 신문기자를 하고 있으며, 아버지가 한때 면장으로 어업으로 파산했다는 점 등은 이석훈의 개인사와 일치한다. 몰락한 아버지의 장례식을 찾아 고향에 돌아온 아들의 심경을 그렸다. 아버지의 죽음과 몰락, 고향 상실로 상징되는 회한, 죄책감과 더불어 과거와 고향, 아버지로부터 벗어난 해방감을 동시에 그린 성장 소설이기도 하다.

「이주민 열차」는 한 농민이 자작농에서 소작농으로, 소작농에서 화전민으로, 다시 이주민으로 몰락하는 과정을 그린 소설이다. 근대 자본주의의 확장으로 인한 농업의 경쟁력 하락으로 김서방은 자작농에서 소작농이 되었다가 다시 화전민이 된다. 화전민이 된 김서방은 폭풍우가 초래한 산사태로 집과 가족을 잃었지만, 식민지 당국은 그 책임을 오로지 문명을 벗어난 화전민에게 돌릴 뿐 아무런 도움도 주지 않는다. 다만 화전민 가운데 일부를 뽑아 북방(시기적으로 보면 만주를 가리키는 것으로 보인다)으로 이주시키는데, 이 소설은 열차에 탄 이주민의 불안한 심정을 현재 시점으로 하여 그 몰락 과정을 과거 회상의 형태로 묘사한다. 이 과정에서 근대 자본주의와 그릇된 식민지 정책에 대한 날카로운 비판 의식이 드러난다. 프롤레타리아 소설이라고까지 말하기는 어렵지만, 점점 주변화 되어가는 조선인을 체제비판

적인 시선에서 그린다는 점에서 사회 소설이라고 할 수 있을 것이다. 작가는 이 소설을 자신이 기자로 재직하던 『제1선』(1933.2)에 개작하여 조선어로 다시 발표하였다가 조선어 단편집 『황혼의 노래』(한성도서주식회사, 1936)에 재수록한다. 원작과 번역본 간의 차이는 그리 크지 않아 이번 번역에 많은 도움을 받았다.

「유에빈과 지나인 선부」도 또한 저자 자신에 의해 「로짠의 사(死)」로 번역되어 『황혼의 노래』에 수록되었다. 그러나 같은 문장이 없을 정도로 원작과 번역 사이에 차이는 큰데, 한글 번역은 원작에서 훨씬 축소되어 거의 줄거리 요약에 가까울 정도이다. 대동구로 건너가 월병을 돌려주는 이야기부터 로짠의 고향 이야기는 아예 생략되었다. 용어나 이름 등은 남아 있어 이번 번역에서 '유에빈', '로짠'이라는 식으로 그대로 사용하였다. 그러나 비참한 어민들의 생활과 어민들을 착취하는 권력에 대한 저항이라는 기본 줄거리는 그대로이다. 압록강 하구 황해의 건조 새우 어장에서 일하는 어민들에게 월병을 강제로 떠맡기고 돈을 갈취하는 군벌 경찰의 횡포에 맞서 주인공 로짠은 과감하게 월병을 그들에게 돌려주는 데 앞장선다. 돈을 벌어 장가를 가겠다는 로짠의 꿈은 깨지고 이 사건으로 오히려 그는 경찰에 잡혀가는 신세가 된다. 서술자이자 로짠이 일하던 어장 주인의 아들이었던 '나'는 그 당시 일하던 중국 어민 가운데 한 명을 만나 로짠의 죽음과 동생 메이호의 전락에 대한 후일담을 듣는다. 이와 같은 줄거리에서도 알 수 있듯이 3인칭 시점에서 전개되다가 갑자기 1인칭으로 전환되는 서술상의 미숙함은 큰 흠이지만, 중국 군벌로 우회적으로 묘사되기는 했으나 가혹한 권력에 대한 비판의식이 뚜렷하게 드러난다는 점은 이 소설이 가진 미덕이라 할 수 있다.

많은 일본어, 조선어 소설을 발표했지만, 이석훈은 어느 쪽 문단에서도 높은 평가를 받지 못했다. 그러다 내선일체와 전쟁 동원을 선전하는 조선문인협회 전국순회강연(1940년 11월)에 참여하고 그 경험을 소설화한 「고요한 폭풍」을 발표한 이후 이석훈은 한국작가와 일본작가로 구성된 소위 '반도문단'에서 가장 중요한 작가 가운데 하나로 떠오른다. 「고요한 폭풍」이 국민총력조선연맹 문예상을 받은 것으로 그 사정을 알 수 있는데, 이 시기를 대표하는 장편 소설이 「영원한 여성」이다.

이 소설은 연애에 실패하고 조선에 건너온 일본인 여성 마키야마 사유리를 중심으로, 바이올린을 즐기지만 아버지의 강권으로 금광에서 일하며 사유리를 사모하는 이시이 군조, 사유리의 애인이었지만 그녀를 버리고 만주에서 사업을 벌이는 에가와 라이타의 삼각관계를 그린다. 여기에 삶의 권태를 이기지 못해 사유리를 흠모하게 되는, 조선에서 농사를 짓는 그녀의 외사촌 오빠 야마다 노부오가 가세한다. 이러한 기본적인 구성에다 연애는 제쳐두고 오로지 최고의 오르간을 제작하는 데 몰두하는 건실한 사업가 이준걸과 그를 흠모하는 성악 전공의 송애라의 이야기가 곁들여진다. 또한 소설 첫 장면에서 그려진 이준걸과 사유리의 만남, 연애 문제로 머리가 복잡한 사유리의 평양 이준걸 방문이라는 사건은 이 소설이 내선 연애로 번져갈 조짐을 보여준다. 또한 갈등은 여기에만 머무르지 않고 직업과 결혼 문제에서 기성세대의 생각을 강요하는 아버지와 이시이 사이의, 마찬가지로 정해준 대로 결혼하기를 강요하는 아버지와 송애라 사이의 세대 갈등으로 확대된다. 이렇게 보면 이 소설은 황금광 시대 직업과 연애 문제에서 갈등하는 젊은이들의 방황을 그린 청춘소설 내지 대중소설이 될 것이다. 물론 국어 강습소나 물자 자급 등 시국의 문제가 언급되지 않는 것은 아니나 이것들은 모두 서사의 진행과는 무관했다. 그러나 1942년 11월 23일자 연재분부터 등장인물들의 운명은 갑자기 전쟁하의 시국으로 말려들어간다. 1937년 초여름부터 시작되는 이 소설의 시간적 배경이 같은 해 7월 7일 벌어진 중일전쟁을 맞이하는 것이다.

중일전쟁은 모든 등장인물의 삶을 바꾼다. 우선 사유리는 전쟁을 향한 조선인과 일본인의 마음이 하나임을 확인하고는 이시이의 결혼 제안을 거절하고 에가와에 대한 순수한 마음을 다시 깨닫는다. 이시이는 사유리가 결혼을 거절한 여파도 있었지만 더욱 중요하게는 시국의 중대함을 깨닫고 금을 한 줌이라도 더 캐서 나라에 봉공하자는 생각으로 금광 사업에 몰두한다. 이준걸은 동생 준식을 지원병으로 보내고 자신은 오르골 제작 사업에서 군수 사업으로 전환한다. 금광으로 큰돈을 번 김준은 거액을 헌금하고 남은 돈으로 소외된 조선인 아이들을 훌륭한 일본인을 기르는 교육 사업을 시작하고, 거기에 사유리와 송애라를 교사로 맞이한다. 이시이는 조선을 떠나 일본으로 가려는 아버지와 결별하고 제2의 고향인 경성에 남고, 송애라는 아버지의 뜻을 거역하고 김준의 초라한 황민 교육 사업에 참가하는 등 세대 갈등조차 시국적인 것이 된다. 이러한 급격한 서사의 전환은 이 소설을 대중 소설이 아닌 시국 소설로 만들고 있다.

그런데 왜 그랬을까. 중일전쟁이 발발하기 이전에 가졌던 뱃놀이에서 "전쟁이라도 나면 충분히 자숙하지 않으면 군인들에게 미안하니까요."라고 말한 것에서 어느 정도 힌트를 얻을 수 있지 않을까. 근거를 제시하기는 무척 어렵지만 연재 날짜가 1942년 12월 8일 소위 '대동아전쟁'발발 1주년을 앞두고 있어 "충분히 자숙하"기 위해서가 아니었을까 하는 가설은 세울 수 있을 것이다. 그 미약한 근거로 이 소설이 1940년 2월 조선인 등장인물들의 창씨개명을 한 문장으로 소개하고, 그해 가을 준식의 개선을 한 문장으로 묘사한 후, 곧바로 1941년 12월 8일로 건너뛴다는 것을 제시할 수 있다. 이 소설의 마지막 연재는 1942년 12월 7일이었다.

그러면 남은 한 사람은 어떻게 되었을까. 에가와 라이타는 1941년 12월 8일 천황의 대조방송을 듣고 사유리를 떠올린다. 그리고 큰 결심을 한 후 애인임이 암시되는 비서 러시아 여성(이 장면에서 시국의 중대성을 깨닫고 그동안 소중하게 간직하던 러시아어 책을 불태우는 「고요한 폭풍」의 박태민을 쉽게 연상할 수 있다)과 그동안 이룩한 사업을 헌신짝처럼 내버리고, 조선으로 돌아와 그만을 기다리며 죽어가는 사유리를 임종한다. 그리고는 "영원히 내 가슴 속에 잠들고 있"는 사유리의 유지를 이을 것을 결심한다.

신문 연재소설은 기본적으로 대중 소설이지만, 큰 의미이건 작은 의미이건 일제 말기 시국적 요구는 대중 소설의 서사도 유지하지 못하게 했다. 이것이 일제 말기의 일본어 창작에서 '자발성'을 덜 중요하게 생각하는 이유일 텐데, 이무영의 경우도 이는 마찬가지였다. 더군다나 이무영의 일본어 선택은 곧 곤란에 직면하였다. 그는 여러 차례 일본어 글쓰기의 어려움을 토로했던 것이다. 이는 그가 일본의 농민소설가 가토 다케오의 문하생으로 유학했음에도 일본어 글쓰기가 서툴렀기 때문이다. 그럼에도 불구하고 그는 일본어 장편소설을 두 편이나 남기고 있다. 그 하나가 『부산일보』에 연재한 「청기와집」(1942)이고 또 다른 하나가 여기에 소개하는 「바다에 부치는 편지」(1944)이다. 「청기와집」으로 그는 조선예술상을 받았다. 그러나 아쉽게도 「바다에 부치는 편지」는 연재분의 절반 정도가 판독 불가일 정도로 선명하지 않아 앞부분밖에 싣지 못했다. 그렇지만 원본을 보고 전체를 수록할 수 있을 때까지 미뤄두기보다 부분적이나마 소개하는 것도 의미가 있을 듯하여 수록하였다. 그렇기 때문에 이 소설에 대한 해제도 부분적이고 정황적인 것일 수밖에 없음을 양해 바란다.

「바다에 부치는 편지」가 발표된 것은 해군특별지원병제도를 간접적으로 선전하기 위한 것이었다. 해군특별지원병제도는 1943년 7월 28일 공포되고 8월 1일부터 시행되어 같은 해 10월 훈련생 채용을 시작했다. 그러나 제도 수립 결정은 5월 12일에 이미 발표되어 각종 미디어에서 이에 대한 기사와 사설, 감상 등이 쏟아졌다. 그 선전의 일환으로 국민총력 조선연맹은 조선총독부 진해경비부의 후원을 받아 조선의 문인과 화가를 일본의 해군 시설에 파견하여 시찰케 했다. 그 프로그램은 1943년 8월 28일부터 14일 동안 진해 경비부, 사세보

해병단 및 해군병학교, 해군잠수학교, 해군성 쓰치우라 해군항공대 등을 견학하는 것이었다. 여기에 참가한 조선인은 소설가 김사량, 이무영, 아오키 히로시, 그리고 화가 윤희순이었다. 이후 김사량은 르포 「해군행」(1943.10.10~23)과 장편소설 「바다의 노래」(1943.12.14~1944.10.4)를 『매일신보』에 한글로 연재하였다. 이무영의 「바다에 부치는 편지」는 이것보다 늦은 1944년 2월 29일 『경성일보』에 연재를 시작하였는데, 일본어 창작이라는 점이 감안된 것으로 보인다.

원래 조선인을 해군이 동원할 계획은 없었고 대체로 조선인은 중국 전선, 대만인은 동남아 전선이라는 식으로 조선인을 주로 동원한 것은 육군이었다. 그러나 태평양 전세의 악화로 해군지원병령이 만들어져 그동안 대륙성을 강조하던 조선인에게 급작스레 해양성을 부여하게 되었다. 그런 이유 때문인지 「바다에 부치는 편지」는 다소 무리하고 어처구니없는 인물 설정을 했는데 '평생 물에 들어가지 않은 남자'를 주인공으로 삼았던 것이다. 주인공 최대영(崔大泳)은 이름과는 달리 평생 물에 들어가지 않은 남자, 심지어는 목욕탕에도 들어가지 않은 남자이다. 그가 물에 들어가지 않는 이유는 중간 부분에 밝혀지게 되는데, 고조부에서부터 아버지, 어머니에 이르는 네 대의 인물이 모두 물 때문에 죽음을 맞이했기 때문이었다. 이런 설정은 황당하긴 하지만, 조선인에게는 대대로 해양성이 결여되었다는 것을 상징하기 위한 것으로 보인다. 판독이 불가능하여 싣지 못한 부분은 그러한 공수증을 극복하고 해군에 지원하고 또 조선업에 종사하는(최대영이 조선업을 시작했음을 수록본에서 확인할 수 있다) 조선인 형제의 이야기가 펼쳐지지 않을까 예상된다. 이와 더불어 주목해야 할 인물은 또 다른 조선인 젊은이 임상훈이다. 그는 술도 잘 못 마시고 다른 사람과도 어울리지 않으며, 방안에서 앨범이나 뒤적이고 돈 계산이나 하는 남자이다. 이러한 임상훈의 '여성성'은 어떻게 극복되는 것으로 묘사할지 자못 기대되는데, 주목되는 점은 그것이 아니라 극복되어야 할 것으로서 공수증=여성성이 설정되고 있다는 점이다. 이는 당시에 찬양되던 '남성성=해양성'과 표리의 관계를 이룬다고 할 것이다. 해양성의 진작을 통해 해군 지원을 장려하는 시국적 요구는 이 소설에서도 서사의 기본틀을 이루는 것으로 짐작된다.

「이 날에」는 미일 개전 1주년을 맞아 조선인이 가져야 할 자세를 담담하게 기술한 수필이다. 느슨해지는 긴장을 다잡아 큰 각오로 국민의 길로 정진하자는, 당시에 이야기되던 흔하디흔한, 그래서 식상하고 진부한 키치 같은 느낌이 드는 글이기도 하다. 그러나 이러한 진부함이 오히려 악의 평범성을 드러내는 것일 터이다.

2020년 5월

역자 윤대석

지은이 소개(원고 게재순)

외침

진학문

1894~1974. 소설가, 언론인. 호는 순성. 창씨명 하타 마나부(秦學). 경기도 이천 출생. 게이오 의숙 보통부 중퇴. 보성중학 졸업. 와세다대학 중퇴, 도쿄외국어학교 중퇴. 『경성일보』 기자를 거쳐 『동아일보』 논설위원, 『시대일보』 발행인 역임. 1930년대 만주로 건너가 관동군 및 만주국 협화회 촉탁, 만주국 내무국·총무청 참사관·감찰관 등으로 활약. 조선에 돌아온 후 총독 자문기구인 중추원 참의를 지냄. 해방후 반민족행위자로 지목받아 조사중 일본 도피. 한국전쟁 중에 귀국하여 한국무역진흥공사 부사장, 전경련 상임부회장 등을 지냄. 뒤마의 『춘희』를 번안하고 타고르의 시를 번역하였으며 소설집 『암영』을 내는 등 초기 한국 문학계 형성에서 주요한 역할을 함.

즐거운 장례식 외 3편

이석훈

1908~1950(?). 소설가. 방송인. 본명은 이석훈(李錫壎). 호는 금남(琴南). 창씨명 마키 히로시(牧洋). 평안북도 정주 출생. 정주공립보통학교 졸업. 평양고등보통학교 졸업. 와세다대학 고

등학원 중퇴. 부친이 운영하던 새우 공장이 파산하자 귀국하여 『경성일보』 특파원, 경성방송국 아나운서 등으로 지내며 일본어 소설, 조선어 소설을 다수 남김. 조선문인협회 주최 시국강연에 참여한 후 「고요한 폭풍」을 써서 국민총력조선연맹 문예상 수상. 조선문인협회 간사, 조선문인보국회 소설희곡부 간사장 역임. 황민사상을 선전하는 녹기 연맹 맹원 및 『녹기』 편집부 촉탁 역임. 이후 만주로 건너가 『만선일보』 객원기자로 활동. 해방 후 해군 정훈감 서리 역임. 한국전쟁에서 인민군에게 체포됨. 사망연도 미상. 조선어 소설집으로 『황혼의 노래』, 일본어 소설집으로 『고요한 폭풍』, 『봉도물어』 등이 있음.

바다에 부치는 편지 외 1편

이무영

1908~1960. 소설가. 언론인. 대학교수. 충북 음성 출생. 휘문고보 중퇴. 일본 세이조 중학 중퇴. 농민 소설가 가토 다케오의 문하생으로 기숙하며 4년 동안 일본에서 작가 수업을 함. 『조선문단』에 소설 「달순의 출가」로 등단. 이후 『동아일보』 기자로 활동하며 「먼동이 틀 때」 등을 발표. 일제 말기 군포로 이주하여 농사를 지으며 「제일과 제일장」, 「흙의 노예」 등의 농민 소설을 씀. 더불어 일본어 장편 소설 「청기와집」과 「바다에 부치는 편지」 등 다수의 일본어 소설 발표. 해방 이후 서울대, 연세대 등에서 소설창작론을 강의하며 『농민』, 『농군』, 『노농』 등의 소설을 씀. 단국대 국문과 교수로 재직하다 뇌일혈로 사망.

옮긴이 소개

윤대석

서울대학교 국어교육과 교수.

서울대학교 국어국문학과에서 1940년대 '국민문학' 연구로 박사학위를 받았고, 이후 식민주의, 교양주의 및 문학 교육에 관심을 갖고 연구를 진행하고 있다. 주요 저서로 『식민지 국민문학론』(2006), 『식민지 문학을 읽다』(2012) 등이 있고, 역서에 야마무로 신이치의 『키메라-만주국의 초상』, 이시다 히데타카의 『디지털 미디어의 이해』 등이 있다.

『경성일보』 문학·문화 총서 ❻
조선인 작가 작품 선집 **영원한 여성 외**

초판 1쇄 인쇄 2020년 5월 12일
초판 1쇄 발행 2020년 5월 20일

지은이 진학문·이석훈·이무영
옮긴이 윤대석
펴낸이 이대현
편 집 이태곤 문선희 권분옥 임애정 백초혜
디자인 안혜진 최선주 김주화
마케팅 박태훈 안현진
펴낸곳 도서출판 역락
주 소 서울시 서초구 동광로 46길 6-6 문창빌딩 2층
전 화 02-3409-2060(편집), 2058(마케팅)
팩 스 02-3409-2059
등 록 1999년 4월 19일 제303-2002-000014호
전자우편 youkrack@hanmail.net
홈페이지 www.youkrackbooks.com

ISBN 979-11-6244-511-2 04800
979-11-6244-505-1 04800(전12권)

* 책값은 뒤표지에 있습니다.
* 파본은 구입처에서 교환해 드립니다.
* 이 도서의 국립중앙도서관 출판예정도서목록(CIP)은 서지정보유통지원시스템 홈페이지(http://seoji.nl.go.kr)와 국가자료종합목록 구축시스템(http://kolis-net.nl.go.kr)에서 이용하실 수 있습니다.(CIP제어번호 : CIP2020019332)